KB163116

아네코 유사기

Aneko Yusagi 김동수 옮김

방패 용사 성공담 ㉒

「필로리아.」

「…….」

마모루가 말을 걸어보지만, 배양조에 있는 소녀는 대답하지 않는다.

목차

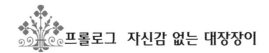

프롤로그 자신감 없는 대장장이

마을의 대장간에서……. 렌이 고온을 내는 화로에서 가열해 물러진 금속을 집게로 집어 모루에 올리고 쇠망치로 때렸다.

깡, 깡. 불꽃이 튀고, 금속이 서서히 무기다운 모습으로 형태를 바꾸어 간다.

나는 그 모습을…… 후배라 할 수 있는 이미아와 함께 액세서리를 제작하며 지켜보았다.

"……."

렌은 굉장한 집중력으로 쇠망치를 내리치며 무기 제작에 열중하고 있다.

"방패 용사님?"

"응? 아, 미안."

이미아가 주의를 주었다. 너무 한눈을 팔면 안 되겠지.

……내 이름은 이와타니 나오후미.

도서관에서 「사성 무기서」라는 책을 읽었더니 책 속의 등장인물인 사성용사 중 한 명, 방패 용사로 이세계에 소환되고 만 대학생이다.

나를 소환한 이세계에는 파도라 불리는 재앙이 세계를 멸망시키려 하고 있었다.

그 멸망에 저항하기 위해 소환된 것이지만…… 뭐, 이런저런 재난을 겪었다.

……강간 누명을 뒤집어쓰고, 그 누명을 벗은 후에도 온갖 귀찮은 일에 휘말렸다.

내게 누명을 뒤집어씌운 주범인 여자, 윗치도 아직 붙잡지 못한 상태다.

빨리 처분하고 싶지만 녀석은 내가 가는 곳마다 나타나면서도 묘한 녀석들을 부추겨서 계속 도망치고 있다.

아무튼 소환 후 이야기를 하면 그것만으로도 하루가 저물 정도로 재난의 연속이었다.

처음엔 어떻게든 파도를 극복하고 세계를 평화롭게 해 달라는 이야기였는데…… 조사하는 동안 파도에 관한 다양한 사실이 판명되었다.

우선 파도라는 건 신을 참칭하는 자라 불리는, 고도로 발전한 이세계인들이 다른 세계를 장난감으로 쓰기 위해 일으킨다는 사실을 알았다.

그리고 파도에 아무 대처도 취하지 않으면 세계와 세계가 융합되고, 일정 수가 합쳐지면 어째서인지 세계가 멸망해 버리는 모양이다.

즉, 우리의 적은 신을 참칭하는 자란 건데, 이놈들은 세계를 장난감으로 생각하는 노답 악당들을 이세계에 전생시켜서는 파도에 대항하는 수단인 용사와 정보, 편리한 물품 등을 파괴하고 있다.

이 사실을 알기까지 꽤 시간이 걸렸고, 많은 싸움을 거듭했다.

도중에 나를 소환한 이세계와는 다른 이세계에 가서 그곳에 있는 수렵구의 용사, 카자야마 키즈나와 알게 되기도 했고.

그래서…… 이 신을 참칭하는 자들이 보낸 자객, 전생자와의 싸움을 경험한 우리는 그 키즈나 일행이 위기에 처했음을 알고 도우러 갔었지만…….

그 사건 끝에 파도로 멸망한 세계 출신인 세인의 적 세력의 눈길을 끌고, 무슨 인연인지 나를 소환한 이세계의 과거 시대로 날려 보내지고 말았다.

간단한 개요만으로도 이 정도의 사건이 일어났다고 생각하면…… 진저리가 난다.

그러나 최근엔 어느 정도 상황이 좋아졌는지도 모르겠다.

우리는 일전에, 파도를 일으키는 원흉인 신을 참칭하는 자를 하나 처치하는 데 성공했다.

파도를 일으켜 데스 게임 같은 걸 벌이는 녀석이었지만, 빈틈을 찔러 쓰러뜨렸다.

이걸로 알게 된 사실이라면…… 이 신을 참칭하는 녀석들에게는 용사의 상징인 강력한 무기로도 상처 하나 입힐 수 없다는 것.

그러나 그런 녀석들에게도 0 시리즈 무기는 효과가 있었다.

이 0 시리즈는 우리를 소환한 시대에 있던 유적에서 발견한 붉은 약을 용사의 무기에 넣으면 입수할 수 있다.

이름 그대로 아무것도…… 공격력도 방어력도 0이라 매우 믿음직스럽지 못한 무기들이다.

이런 무기가 무한한 강함을 가졌다고도 할 수 있을 법한 신을 참칭하는 자에게 효과가 있다니 아이러니한 이야기다.

그 유적에 적혀 있던 내용이나 지금까지 입수한 정보를 음미해 보면, 사성용사의 역할은 신을 참칭하는 자를 격퇴할 수 있는…… 신을 사냥하는 자라는 세력이 올 때까지 임시로 시간을 끄는 것 같다.

이 0 시리즈는…… 신을 사냥하는 자가 이 세계의 과거와 현재 사이에 들러서 남긴 것이겠지.

그렇기에 우리는 신을 참칭하는 자를 처치할 수 있었던 것이다.

뭐, 당면한 목적은 지금 있는 과거 시대에서 원래 있던 현대로 귀환할 방법을 찾는 것이다.

신을 참칭하는 자의 세력을 쫓아내기는 했지만 본래 시대에 돌아갈 수단을 찾는 것도 중요하기에 양쪽을 다 할 수밖에 없겠지.

그런 상황이다.

그래서 지금 우리가 뭘 하고 있느냐면, 과거 시대로 날려왔을 때 함께 날려 온 마을에서 이후 싸움에 대비한 무기와 액세서리를 제작하고 있다.

마을에는 대장간을 만들어 두었었고, 다양한 기재도 완비되어 있어 직공만 있다면 제작은 가능하다.

무기 제작은 검의 용사인 아마키 렌에게 맡기고 있다.

나를 도와주던 무기상 아저씨의 스승에게 제자로 들어가 이것저것 배우고 있기 때문이다.

그리고 나는 후배인 이미아와 함께 액세서리 제작을 하고 있다.

사성무기가 주는 축복과 기능을 합해서, 어지간한 직공이 만드는 것보다 좋은 걸 만들 수 있다.

"방패 용사님, 이 원석은 어떡할까요?"

"흠…… 투명도는 문제가 없군."

보석의 원석을 빛에 비추어 투명도를 확인했다.

품질 등도 방패의 기능으로 확인할 수 있기에 어느 정도는 신용하고 있지만, 그래도 묘한 곳에 탁함이 있기도 하기에 이런 확인은 경시할 수 없다.

"가열 처리를 해야겠네요."

"그쪽이 색이 선명해지니까……. 하지만 도중에 깨지기도 하니…… 그쪽은 이미아, 너에게 맡기지."

이 세계는 게임 같은 측면이 있다.

액세서리는 장비하면 능력에 보정이 붙는다.

내게 액세서리 제작을 알려 준 액세서리 상인은 세계에서도 손에 꼽히는 장인이었던 듯, 배운 나도 상당히 좋은 것을 만들 수 있는…… 듯하다.

나는 이 액세서리 제작에서 엉뚱한 길로 접어든 녀석을 알고 있다……. 라르크라고 하는 녀석을.

아, 이미아는 내 마을에 노예로 왔던, 르모 종이라는 두더지 수인 여자아이다. 본명은 길어서 기억하지 못한다.

아무튼 그 이미아는 손재주가 좋아서 액세서리 상인이 내 후배 제자로 들여 액세서리 제작을 가르쳤다.

이미아는 갖고 있는 원석에 흙 마법을 사용하며 적당한 형태로 조절했다.

경도 같은 것도 조절할 수 있는 듯하다. 제법 편리하다.

"이 원석은…… 괜찮을 것 같아요."

"알았어. 그럼 가열 처리를 하기로 하고…… 디자인은 어떤 느낌으로 할까."

"이번에는 검의 용사님 용으로 이것저것 제작하는 거지요?"

"그래. 칼집도 좋겠지만 렌의 요청대로 다른 걸 만들 거야. 납 검하는 수고를 피하고 싶다는군."

용사의 무기에 액세서리를 붙이면 다양한 효과가 발동한다.

단순히 능력…… 스테이터스가 상승하는 건 물론 스킬 변화를 주기도 한다.

칼집을 사용하는 동작으로만 발동하는 효과도 있지만, 그 경우 칼을 수납하는 시간이 필요하다.

하지만 그만큼 효과는 극적으로, 내 오른팔이라고도 불리며 지금은 도의 용사인 라프타리아는 칼집에서 도를 뽑는 것을 통해 고속으로 공격할 수 있게 되었다.

지금은 칼자루 끝에 붙이는 장식을 만들 생각이다. 알기 쉽게 말하면 키홀더로군.

"잘되어서 플로트 스킬에 자동 추적 기능을 부여하는 액세서리가 나오면 좋겠지만……."

여기에 대한 검증은 시행착오를 거듭할 수밖에 없다.

렌은 부유검…… 플로트 소드를 다루는 게 서툴지만 묘하게 그런 스킬에 로망을 느끼고 있어서 잘 쓰게 되고 싶은 모양이다.

뭐, 신을 참칭하는 자도 그런 공격을 해 왔었지.

단순히 공격 횟수가 늘어난다는 의미로도 편리한 공격 방법이긴 하다.

설령 플로트 스킬 관련 효과가 붙지 않더라도 다른 우수한 효과가 붙으면 나쁠 건 없다.

키홀더 형 액세서리는 라프타리아나 다른 녀석들에게도 유용이 가능하니까 말이지.

"검의 용사님이 좋아할 법한 디자인은……."

이미아가 도면을 펼치고 가볍게 데생을 했다. 구체적이진 않더라도 이미지가 있으면 형태를 잡기 쉬워지니까.

나도 라프타리아와 다른 녀석들이 쓰기 쉽도록 너무 크지 않으면서도 눈에 확 들어게끔 보옥 타입의 키홀더 같은 디자인을 그렸다.

또 플로트 소드의 어시스트가 가능해지면 좋겠다는 바람도 담아서 새의 날개와 원격 조작 병기로 유명한 로봇 애니메이션의…… 까놓고 말해서 양파로 보이기도 하는 그것으로 했다. 모르면 정체 모를 액세서리로밖에 보이지 않는다.

뭐, 이런 참이다.

이미아는…… 하고 디자인을 봤다가 인상을 쓰고 싶어졌다.

뭐라고 할까, 한마디로 표현하자면 중학생이 좋아할 법한 디자인이다.

마법진 안에 은 십자가를 섞고 정중앙에 보석을 붙여서 전체적으로 눈알처럼 보이게 되어 있다.

어쩐지 불길하다.

"그건 좀……."

"어? 검의 용사님은 이런 디자인을 좋아하시지 않나요?"

확실히 렌이 좋아할 것 같긴 하다. 이전에는 쿨한 캐릭터인 척했었고…… 하지만 렌에게 대놓고 이런 거 좋아하지 않느냐고 말하면 부끄러워서 받아들이지 못할 법한 디자인이다.

이건…… 어딘가 몰래 야한 책을 수집하고 있던 걸 가족이 알아 버린 듯한 불편한 느낌이다.

"뭐, 괜찮지 않겠어? 받지 않으면 다른 녀석이 쓰게 하면 되고, 나도 실험 삼아 붙여 보지."

조금 반응이 보고 싶기도 하다.

이 액세서리를 단독으로 보면 좀 심한 느낌이 들지만, 액세서리로 뭔가에 붙이면 멋있을지도 모르고.

내 경우는 방패니까 보석 부분에 덮개처럼 붙이면 그럴싸하겠지.

"소재는 어떡할까요? 지금 가진 걸로 적당한 걸 검토하고 있지만……."

"그라웨이크 광석을 주조해서 부유 성능을 갖게 하면 노리는 효과를 끌어낼 수 있을지도 몰라. 그렇지 않아도 민첩성이 오르는 효과는 기대할 수 있어."

"알겠어요. 이번엔 그 노선으로 하죠."

응. 나와 동등한 기술을 가진 이미아가 있으면 말이 잘 통해서 좋다.

그렇게 형태를 잡고 금속을 녹여서 흘려 넣었다.

대장간의 화로에서 녹인 금속의 상태를 확인하고 형태를 잡아 각각 액세서리를 만든다.

그러는 동안에도 렌은 깡, 깡 하고 쇠망치로 무엇인가를 계속 두드리고 있었다.

상당히 집중했는지 우리가 주위에서 분주하게 움직여도 신경 쓰지 않았다.

렌은 집중력이 높은 게 장점이지만 그건 반대로 너무 집중해서 주위를 의식하지 못하는 단점이 되기도 한다.

무엇을 만들고 있나 살펴보니…… 외견상 도를 만드는 듯했다.

음, 도는 렌과 라프타리아 양쪽이 다룰 수 있으니 일석이조지만.

"……."

완성되었는지, 열을 머금은 칼날을 물에 넣었다.

……어? 왜 물이 소용돌이치고 있지?

"후우……."

렌은 땀을 닦고 고개를 들더니, 뒤에 내가 있는 걸 깨닫고 돌아섰다.

"나오후미, 거기 있었어?"

"꽤 집중하고 있었던 모양이군."

"그래."

"잘 만들어진 건가?"

"으음……."

렌은 칼날을 물에서 스윽 꺼내서 내게 보였다.

아직 제작 도중이란 느낌으로, 날은 예리하지 않다.

하지만…… 어쩐지 칼날에 공기의 소용돌이가 맴도는 것처럼 보인다.

"좋은 도가 될 것 같은데? 바람을 머금은 칼날이란 느낌으로."

속성 무기라는 녀석이리라. 이전에 본 기억이 있다.

"아니……. 정직히 말하면 스승님의 솜씨에 비하면 한참 떨어지는 물건이 될 것 같아."

"그래?"

일단 방패의 감정 기능으로 보면 작성 도중이라도 고품질을 유지하고 있다.

이 세계의 법칙으로, 몸 안을 순환하는 '기'라는 요소를 물체에 불어넣어 만들면 품질 등이 향상된다. 예를 들면 요리에 사용하면 굉장히 맛이 좋아진다.

나도 액세서리 제작에 자주 사용하고 있다.

이것을 의식해서 할 수 있는가 없는가로 완성품의 좋고 나쁨이 결정된다고 해도 과언은 아니다.

……이것만 기억하고 있으면 전문가에게는 좀 모자라더라도 어느 정도 품질은 낼 수 있다는 미묘한 수준이긴 하지만.

전문가에 비하면 역시 어딘가에서 부족할지도 모른다……. 부족한 채로 둘 마음은 없지만.

"그래, 스승님이었다면 이미 완성했을 테고 나 같은 녀석보다 좋은 게 나왔을 거야."

렌의 스승……. 답 없는 호색가로, 창의 용사인 모토야스가 이상해지기 전과 흡사한 녀석이다.

내심 모토야스 2호라고 부르고 있다.

확실히 대장장이로서 기량은 뛰어나다. 하지만 나에게는 만들어 주지 않겠지.

"도저히 스승님의 발치에도 미치지 못할 거야."

"너무 비하하지 마. 그리고…… 집중하는 건 좋지만 제대로 쉬어 둬."

렌은 내가 키즈나쪽 세계에 가 있는 동안 마을을 맡고 있었지만, 책임감에 짓눌려 쓰러졌던 적이 있다.

아무래도 마을 녀석들과 폭주하는 모토야스 등의 뒤처리를 하느라 바쁜 데다가 단련도 하고 있었던 모양이다.

그 뒤에 알았지만 대장장이 훈련도 했던 것 같다.

너는 언제 자느냐고 묻고 싶어지는 하드 스케줄이었으리라.

과로사할 생각이었던 건가?

"알고 있어. 나오후미 쪽은 어때?"

"아, 조립해서 연마하는 것만 남은 참이야. 그렇지, 이미아?"

"예. 이미 일부는 완성했어요~."

이미아에게 말을 걸자, 액세서리 일부분을 꺼내어 보여 주었다.

"기분 전환 삼아 나중에 이 액세서리를 시험하고 와."

"알았어. 어떤 효과가 나왔는지 보고하지. 이쪽도 나오후미용 방패를 만들고 있으니까 기대해 줘."

렌은 그렇게 말하곤 이미 식히고 있던 방패를 내게 보였다.

전에 쓰러뜨린 봉황을 소재로 사용한 방패인 듯했다. 아직도 붉은 열기를 내고 있다.

"뜨거워 보이는걸."

"소재의 특성이야. 스승님의 이야기로는 온도 조절에 실패하면 깨져 버리는 듯해."

영귀 소재도 특성이 강해서 무기점 아저씨도 영귀갑…… 내가 지금 가장 잘 쓰는 방패가 완성될 때까지 시간이 걸렸다.

그 점을 생각하면 렌이 만들고 있는 방패는 엉성하게라도 형태를 갖춘 만큼 나은 축인지도 모른다.

특성의 제어법을 배운 것이겠지. 아니라면 좀 더 시간이 걸렸으리라.

"스승님의 발치에도 미치지 못하고, 소재의 특성을 다 파악한 게 아니라서 조잡한 물건이 될지도 모르지만, 뭔가 쓸 만한 스킬이 나올지도 몰라. 기대하고 있어 줘."

"알았어."

렌에게는 그 스승에게 받은 봉황 소재의 검이 있다.

시저스 소드라고 불리는 가위 형태의 검으로, 이도류도 가능한 녀석이다.

그런데 렌은 자신이 만든 도를 보면서 어쩐지 한숨을 흘렸다.

"뭔가 막히기라도 했어?"

"……왜 그렇게 생각하지?"

"네 모습을 보고 그렇게 생각하지 않는 게 이상하지."

얼핏 보면 좋은 무기가 될 것 같은데.

듣기로는 필로가 떨군 깃털을 소재로 섞어서 만든 듯하다.

모토야스가 질투할 법한 소재로 만들었군.

뭐, 필로는 키즈나 쪽 세계에서 바람의 사천왕이 되어 있었으니까.

소재로서는 이 정도로 어울리는 것도 없다.

필로는 이런 곳에서도 도움이 되나……. 나중에 남은 깃털을 사용해서 메르티가 쓸 지팡이를 만들어 주는 것도 좋겠는걸.

"아니…… 무엇을 만들어도 벽에 부딪힌다고 할까, 품질부터 시작해서 무엇 하나 스승님을 따라잡질 못해서. 스승님은 '네가 만든 무기는 시시해. 얌전한 척하고 있을 뿐이야! 좀 더 개성을 내!'라고 말씀하셨지만, 도통 잘 모르겠어."

말을 듣고 렌이 만든 도와 방패, 그 외에도 연습으로 만든 듯한 물품들을 보았다.

아…… 과연.

"확실히 시시한걸."

"바, 방패 용사님……."

이미아가 말을 고르지 않는 내 모습에 당황했다.

그런 반응, 라프타리아 같아서 마음에 든다.

가능하면 조금 더 단도직입적으로 이야기하는 쪽이 스무스하게 진행되겠지.

참고로 라프타리아는 렌의 보호자라 해도 좋은 메르로마르크의 기사 에클레르와 함께 행상을 도우러 나가 있다.

종종 대련도 하고 있는 듯하다. 마음이 맞는 두 사람이랄까.

"우등생이란 느낌이랴⋯⋯ 장점도 단점도 없는 것 같아."

쓰기 편하다는 의미로는 나쁘지 않으니까 나는 싫지 않다.

하지만 조금 더 모가 난 구석이 있어도 좋으리라 생각한다.

"⋯⋯아픈 곳을 찌르는군. 스승님도 내게 같은 이야기를 했어. 양산품을 만들려는 게 아니잖느냐고⋯⋯. 어떡하면 좋은지, 나오후미는 알겠어?"

이건⋯⋯ 가르쳐 줘도 되는 걸까? 렌의 성장을 위해서는 침묵하고 있는다는 선택지도 있다.

이런 기술은 반복해서 숙달되는 경우가 대부분이다.

지금의 나도 행상 중은 물론 틈만 나면 이런 액세서리 제작과 약 제작을 했었고.

약 만들기는 즐거웠다. 요리 경험을 응용할 수 있었고.

나는 아까까지 만들고 있던 나와 이미아의 액세서리 도면⋯⋯ 초기 데생을 렌에게 보였다.

"이게 답이야."

렌은 고개를 갸우뚱하며 내 데생을 보고 미간을 찌푸리며 생각에 잠겼다.

"근사한 디자인이군. 이쪽은⋯⋯."

렌은 이미아가 디자인한 액세서리 데생을 보고 말 끝을 흐렸다.

붙여 보고 싶지만⋯⋯이라는 표정이다.

"이건 네 플로트 무기에 자동 추적 효과가 붙도록 의식해서 그린 데생이야. 잘되면 좋겠군."

"어? 그럼⋯⋯."

"물론 그에 어울리는 소재 같은 걸 골라서 만들고 있지."

그러고 보니 액세서리 상인도 모토야스 2호도 소재의 특성을 파악하고 적절한 형태로 만드는 게 중요하다고 말했던 것 같다.

한 번밖에 못 들었고 의식하지 않았기에 잊고 있었다.

그러나 렌에게는 그 이상으로 치명적인 문제가 있다.

"부끄러워해서 무난한 형태로 하면 소재의 맛을 살릴 수 없어. 렌, 네가 알기 쉽게 말하자면 네 감성을…… 중2병을 해방하라고."

내가 한 말이지만 심한 소리다. 나였다면 반드시 거절한다.

"무―― 무슨 소릴 하는 거야?! 그, 그런 것……!"

렌은 약간 바들바들 떨면서 시선을 피하며 큰 소리를 냈다.

이건 내심은 알고 있으면서도 부끄러워서 할 수 없던 걸 지적당한 반응인가.

"알기 쉽게 말하자면…… 이런 제작에는 자기에게 취해 있을 때의 네가 어울릴지도 몰라. 굳이 언급하자면, 필로의 소재로 만드는 거라면 모토야스 쪽이 굉장한 걸 만들 거야."

모토야스는 필로리알들의 옷을 직접 만들었을 터다.

재봉 도구의 용사인 세인이 라이벌로 볼 정도로 재봉 솜씨가 좋다.

그 의식의 근원에는 필로에 대한 병적인 사랑이 있다.

필로의 소재를 사용해 보다 필로를 빛나게 할 수 있는 옷을 만들라고 내가 명한다면…… 굉장한 성능을 가진 물품을 만들어내겠지.

물론 그걸 필로가 입을지 어떨지는 또 다른 문제지만…….

"그, 그렇게 해도 된다고?!"

"그딴 게 이 세계의 진리란 거지. 구역질이 나온다고."

애써 만들어 낸 우등생보다 내면이 드러난 열등생 쪽이 더 잘 먹힌다……. 마치 창작물의 주인공 같은 이야기지만, 부정하고 싶은 마음은 어쩐지 이해할 수 있다.

"이성으로 억누르지 않고 본능대로 만들라고 말하고 싶었던 거겠지. 물론 최소한의 기술이 있는 건 당연하고."

필로의 깃털을 금속에 녹아들게 할 수 있었으니 실력은 충분히 향상되어 있겠지.

적어도 나는 필로의 깃털을 장식으로 쓸 수는 있어도 금속에 섞거나 하진 않는다.

상성이 나쁠 것 같으니까.

그걸 이 정도로 해낼 수 있었으니까, 렌의 단조 기술은 그 정도로 높다는 이야기가 된다.

즉, 필요한 것은, 렌의 자제심이라는 족쇄를 해방하는 것이다.

부끄럽다고 무난하게 만들려고 하면 소재에 내포된 힘을 끌어낼 수 없다.

무기점 아저씨도 모토야스 2호도 그렇게 주의를 주었다.

물론 그때는 검을 만들던 것이 도가 되어 있긴 하지만. 소재의 목소리를 듣고 굴복시키라는 말도 했지만, 렌의 경우 그렇게 굴복시키는 영역까지는 아직 도달하지 못했다.

"우선은…… 집중해서 두드릴 때 떠오르는 대로 만들어."

"읏……. 스승님도 같은 이야기를 했었어. 어떻게 아는 거야."

"익숙하니까."

물론 요리할 때 소재의 목소리 같은 걸 들은 적은 없다.

말로가 소재의 기쁨이니 어쩌니 했는데, 관계없겠지.

……관계없길 바란다.

식재료는 나에게 무조건 복종하기라도 한다는 건가? 요리 경험을 기초로 적절한 처리를 하고 있을 뿐인데.

그게 식재료의 목소리……인가? 아닌 것 같은데.

그것도 가정 요리의 범위……였을 테지만 요즘엔 자신이 없어졌다.

냄비 뚜껑의 용사나 가마의 용사라고 불린 적이 있어서…… 부른 녀석은 용서 못 하지만.

"무슨 말인지는 알겠지만…… 어렵군."

"부끄러워하니까 그렇지. 처음부터 완벽하게 만드는 녀석은 없어. 이런 기술은 조금씩 연마해서 향상시켜 가는 거지."

"……알았어. 그럼 잠시 보고 있어 줘. 내가 자제하고 있다고 생각되면 이야기를 해 줘."

"집중을 방해할지도 모르는데 괜찮겠어?"

렌은 내 질문에 고개를 끄덕였다.

그리고는 아까까지 만들고 있던 도를 다시 만드는 작업을 시작했다.

"이쪽도 액세서리 제작 중에 말을 걸지. 그럼, 다시 한번 힘내

볼까."

그렇게 해서 나는 이미아와 함께 렌에게서 좀 떨어진 곳에서 액세서리 제작을 재개했다.

렌의 플로트 스킬을 지원할 수 있는 효과가 나오도록 의식해서 그라웨이크 광석에서 주조한 그라웨이크 주괴를 기본 소재로 제작해 간다.

보석류도 어느 정도 갖춰 둬야겠군.

"……흠."

이미아는 그린 캐츠아이라고 불리는, 묘안석처럼 세로결이 있는 보석을 골랐다.

……추적의 이미지를 연상할 수 있는 눈 디자인은 확실히 이치에 맞는 선정이다.

나도 그런 걸 사용하려고 생각하고 있었기에 말을 나누지 않고 작성한다.

주괴를 녹여 거푸집에 흘려 넣고 냉각……. 그리고 연마할 예정이다.

이미아는 이미 그린 캣츠아이의 커팅을 시작하고 있다.

작업이 신속하게 진행되는군.

여유가 생겼기에 렌 쪽을 확인했다.

달구어진 금속판을 모루에 올리고 깡! 깡! 하고 두드려서 도의 형태로 고치고 있다.

얼핏 봐서는 이전과 차이가 없다. 그러나…… 끝단이 두꺼운…… 새 같은 디자인이다.

그러나 렌은 두드리던 끝단을 보통 도로 되돌리기 시작했다.

툭툭 어깨를 두드리고 되돌리지 말라고 무언으로 가리키자, 정신을 차린 듯 고개를 끄덕이고는 다시 끝단을 부풀렸다.

……잘은 모르겠지만, 이건 확실히 필로의 깃털을 소재로 한 무기로서 올바른 형태일지도 모른다. 새를 모사한 느낌이 나면서 매우 가볍게 움직일 듯하다.

실제로 사용하려면 굉장히 독특한 감각이겠지만.

아무튼 그런 느낌으로 렌을 보면서 내 작업으로 돌아갔다. 액세서리의 토대가 냉각될 때를 가늠해서 연마를 하고 도금 가공 등의 방침을 이미아와 상담해 액세서리를 완성했다.

【그라웨이크 윙 아이】
품질 : 고품질

【크로스 그라웨이크 서드 아이】
품질 : 고품질

"다음엔 마력 부여지만, 현 단계에서 시험 장착해서 확인하는 게 좋겠군."

"예. 마력 부여의 출력 조정으로도 변화가 생기니까 정말 심오해요."

마력 부여를 해서 액세서리에 다양한 효과가 생기지만, 용사의 무기는 마력 부여 전과 후에 효과가 달라지는 경우가 있음이 판명되어 있다.

바라는 목표가 변화 전에 붙었다면 굉장한 낭비가 되므로, 실제로 착용해 보는 게 제일이다.

시험 작품은 이 정도로 하고, 전원에게 나누어 주기 위해 같은 액세서리를 몇 개 만들기 시작했다.

그러는 동안 대장간에 바람이 부는 걸 느꼈다.

바람이 불어오는 쪽을 보자 렌이 형태를 잡은 도가 이전보다 격렬한 바람을 휘감고 있었다.

"순조로운 모양이군."

"그래……. 큭……."

바람이 소용돌이쳐서 들고 있는 것도 힘겨운 듯하다.

"얌전히 있어! 아직 갈지도 않았다고!"

렌이 곤혹스러움과 초조함을 담아 강한 바람을 휘감은 도에 외쳤다.

도가 날뛰고 있는 건가? 완전히 중2력이 깃든 걸 알겠군.

아무튼 바람을 휘감은 도는 렌의 지시 따위 알 바냐는 듯 계속 바람을 불러일으키고 있다.

확인해 보자……. 음. 확실히 좋은 품질로 변화한 걸 알 수 있었다.

꽤 난폭해진 것 같긴 하지만.

남의 말을 안 듣는다니, 누군가를 똑 닮았군.

……원래 필로의 깃털이지. 이 위협이 통할지도 모르겠군.

나는 슬쩍…… 칼날에 얼굴을 가까이하고 중얼거렸다.

"그 이상 날뛰면 나기나타로 만들어서 모토야스에게 넘긴다."

바람을 머금은 미완성의 도가 움찔 하고 흔들리는가 싶더니 바람이 걷히고 얌전해졌다.

……정말로 필로의 의지가 깃든 무기처럼 되었군.

"굉장하군……. 덕분에 얌전히 도가 되어 줄 것 같아."

"필로 소재로 만들었다고 들었으니까 말이지. 설마 효과가 있을 줄은 몰랐는걸."

"어쨌든 고마워……. 이대로 가면 내가 만든 무기 중 가장 좋은 게 만들어질 것 같군."

"힘내라고."

"그래!"

그렇게 해서 렌이 필로 소재로 만든 도도 완성되었다.

【풍천왕의 태도】

품질 : 고품질

부여 효과

「마룡의 가호」「사천왕의 힘」「필로리알의 축복」「민첩 상승」「바람의 칼날」「퀵 차지」

다행히도 감정이 되는 건 원래 필로의 깃털이었던 영향일까.

하지만…… 이미 필로는 필로리알이 아니라 바람의 사천왕 요소가 커졌는지도 모르겠다.

바람의 칼날이란 휘두르기만 해도 바람이 칼날처럼 날아가는 효과인 듯하다.

퀵 차지는 힘을 모으기 쉬워지는 것 같다.

"꽤 괜찮은 도가 되지 않았어? 그리고 성능은 어느 정도지?"

"스승님이 영귀와 봉황으로 만든 무기에는 조금 미치지 못하는 정도야."

흠……. 즉, 마룡의 가호에 의해 마룡과 필로를 통해 내 분노를 플러스하면 아슬아슬 넘어설 수 있을 정도 성능이라고 보면 될지도 모르겠다.

"그럼 렌은 어서 웨폰 카피를 해. 나중에 라프타리아에게도 줘서 어떤 기능이 나오는지 체크해 보고 싶군."

"그래, 카피는 이미 했어."

렌이 자신의 검을 풍천왕의 태도로 바꿔 보였다.

……오리지널은 기발한 형태인데 어째서인지 렌의 무기가 되자 칼날이 심플한 도가 되어 있었다.

"전용 효과에 바람 마법 사용 가능이란 게 있군. 그리고 하이 퀵……."

"완전히 필로로군."

즉, 렌은 이 도를 장비하고 있는 동안 쓸 수 있는 마법의 폭이 넓어진다는 것이다.

전용 효과이기에 풍천왕의 태도를 들고 있지 않으면 사용할 수 없지만, 그래도 충분히 성능이 뛰어난 무기인 건 틀림없다.

"내포하고 있는 기능은…… 차지 단축과 레벨 업 시에 민첩 상승 보너스다."

어디까지 속도에 무게를 둔 건지.

"스킬은…… 칼깃 피리라는 거로군."

"어떤 스킬이지?"

"글쎄……. 내가 아는 브레이브 스타 온라인에는 없는 스킬이야. 시험 삼아 써 보지."

뭔가 강력한 스킬이면 이후의 싸움이 편해지겠지. 꽤 기대하게 된다.

렌은 대장간에서 나와 아무도 없는 장소에서 가볍게 스킬을 쏘았다.

"칼깃 피리!"

후욱 하고 렌의 검이 희미하게 빛났다. 검에 속성을 부여하는 스킬쯤 되나?

렌은 마법검을 사용할 수 있으니까 그다지 의미가 없을 것 같군.

렌이 서서히 검을 휘두르자, 피잇 하는 느낌의 높은 소리가 울려 퍼졌다.

"끄에…… 바압……."

양산형 필로리알들이 대장간 옆을 즐거운 듯 지나쳐 간다……. 뭔가 미묘한 공기가 떠도는 느낌이 들었다.

이 분위기…… 슈르한 의미로 필로리알들의 소리가 무안함을 표현하는 까마귀 울음처럼 들렸다.

"……무슨 효과가 있는 거지?"

몇 번 휘두르자 소리가 변화하는 걸 알 수 있었다.

"이츠키였다면 휘두르는 것만으로도 마법으로 만들 수 있을 것 같지만."

풀피리로 곡을 연주할 수 있는 녀석이니까. 키즈나 쪽 세계의 소리 마법을 발동할 수 있을지도 모른다.

"미안하지만 나는 악기 연주를 하지 못해."

"······꽝 스킬일지도 모르겠는걸."

뭐, 뭔가에 도움이 되기를 빌 뿐이다.

어쨌든 좋은 느낌으로 제작의 요령을 잡은 것 같군.

"그럼 다음엔 우리가 만든 액세서리의 검증이라도 할까."

그렇게 해서 그날은 마을 대장간에서 실험을 진행했다.

라프타리아에게도 풍천왕의 태도를 카피해 줬더니 렌과 거의 같은 느낌의 기능이 나왔다.

라프타리아의 스킬은 풍익참(風翼斬)이라고 하는, 공중에서 쏘는 발도 베기 스킬이었다.

날개처럼 된 칼날에서 강력한 진공의 칼날이 일직선으로 날아갔다나.

······바람의 사천왕의 기술이 재현되고 말았군.

필로가 보면 어떤 표정을 할지가 기대된다.

「뿌······. 라프타리아 언니도 저걸 쓸 수 있게 됐어. 필로 없어도 괜찮다고 말하는 것처럼.」

이렇게, 사천왕이 된 것에 대한 불만이나 무의미함 같은 걸 떠들 것 같군.

 **1화 시조**

렌과 이미아와 대장간에서 보낸 다음 날.

제작한 액세서리의 검증을 보류한 우리는 실트란 성에서 회의에 참가했다.

이것저것 사정이 변화했기에 할 이야기도 있고, 이후에는 어떻게 행동할지 다시 정할 필요가 있다.

일전의 전쟁을 극복한 후로 실트란의 활기는 날마다 늘어가고 있다.

액세서리를 이미아와 함께 만든 건 남으면 부유한 녀석들에게 고가로 팔아 부흥을 돕기 위해서였다.

"그래서 정세는 어떻게 되어 가고 있는 거지?"

마을째 과거로 날려왔을 때 불행히도 휘말려 버린 메르로마르크의 여왕, 메르티에게 물었다.

"각국에서 사자가 눈치를 보러 오고 있어."

"하지만…… 말이지."

마모루가 메르티의 말을 잇듯이 머리를 끌어안고 투덜거렸다.

시로노 마모루……. 파도에 의한 세계의 융합 순서를 따져서 내 선대에 해당하는 방패 용사인 듯하다.

훗날 실트벨트가 되는 실트란이라는 나라의 대표를 맡고 있다.

옛 파도의 시대로 날려 오고 만 우리는 우선 그 시대의 방패 용사인 시로노 마모루와 알게 되었다.

그리고 시로노 마모루가 통치하는 나라…… 우리 시대에는 아인과 수인의 나라 실트벨트의 근간이 된 실트란에서 협력을 받고 있다.

다만 이 시대에도 야심 넘치는 골칫덩어리 녀석들이 있어서, 피엔사라는 대국이 각국을 꼬드겨 실트란을 점령하려 했었다.

우리도 협력해서 그 피엔사의 침공을 막아낸…… 것까지는 좋았지만, 마모루에게도 남들에게 말할 수 없는 비밀이 있었다.

그것은…… 미래에 실트벨트의 대표가 되는 사성수 같은 종족이, 실트란의 아이들을 인체 개조해 만들어졌다는 것.

그리고…… 과거 시대에도 사람들의 혼을 연료로 세계를 지키는 결계를 만들어내는 수호수와의 싸움이 있었다는 모양이지만, 그 싸움 끝에 주작에게 살해되어 혼까지 먹혀 버린 자신의 연인을 소생시키려 한다는 것일까.

그 사실을 알려 준 것은 내 주변에서도 아직 일부뿐이다.

그것도 곧 밝혀야 하리라.

마모루는 이런 사정이 알려지는 것이 두려워서 머리를 싸매고 있는 것……은 아니겠지.

그런 고민으론 보이지 않는다.

"우리의 내실을 탐색하려는 게 너무 뻔해서 곤란한 건가."

"……그래."

"그런 거야. 내가 쿠텐로에 있을 때 휘하의 장군도 저런 표정을 짓곤 했어."

루프트도 기억이 있나. 쿠텐로에서는 왕에 해당하는 천명이었으니까 짚이는 곳이 있는 건 당연하다.

나도 최근에 마을에 접근하는 자가 늘었다는 보고를 받고 있다.

대부분 우리를 어떻게든 포섭하거나, 반대로 방해하는 등 귀찮은 짓을 하기 위한 조사 중이겠지.

다행히도 우리 마을엔 레벨이 높은 녀석이 많고, 은폐 상태로 탐색하는 것도 라프 종에게는 통하지 않는다.

게다가 필로리알과 마물들의 감시도 있어서, 쉽게 마을 안에 들어올 수는 없으리라.

그렇다면 마모루 쪽에 접근해서 우호 관계를 맺어 내실을 확인하려는 걸까.

우리가 어디에서 온 어떤 자들인지를 알기 위해서 말이지.

전이하기 전 세계의 역사에도 흔히 있던 수단이다.

선교사가 상대 국가에 포교를 하러 왔다고 하며 상대의 전력 등의 정보를 본국에 보고하고, 무너뜨릴 수 있다고 판단되면 갑자기 침략을 시작한다거나 하는 식으로.

침략은 하지 않는다 해도 자신의 나라가 피해를 받지 않도록 눈치를 보는 것이겠지.

신을 참칭하는 자를 쓰러뜨릴 수 있을 정도의 자들이라면 정체를 알고 싶다거나, 자국에 피해가 미치지 않게 하고 싶다거나…… 이유는 무수히 있다.

일축하는 건 간단하지만 매일 밤낮으로 마을에 어딘가에서 사자가 오는 건 참아 줬으면 한다.

조금 뒤늦게 이야기하는 감이 있지만, 우리 마을이 전이한 곳은 실트란의 국경 근처.

그다지 좋은 입지는 아니다.

애초에 파도의 흑막을 쓰러뜨리는 것도 중요하지만 원래 시대에 돌아가는 것도 중요하다.

이 시대의 파도를 일으키는 흑막인 신을 참칭하는 자를 쓰러뜨리면 원래 세계도 평화로워진다……거나 하면 좋겠지만.

그 외에도 키즈나 쪽 세계를 몰래 어지럽히던 윗치가 소속된 세인의 언니 세력이 남아 있다.

이게 신을 참칭하는 자와 같은 세력이라서 그 녀석들을 쓰러뜨리면 역사가 수정되어 소멸해 준다면 좋겠지만, 그다지 기대하지 않는 게 좋겠지.

그렇긴 해도 어떻게든 원래 시대로 돌아가야 한다.

하지만 그 수단을 찾을 수가 없는지라…….

그런 상황에서 무엇을 생각하는지도 모를 녀석들의 눈치 같은 걸 볼 여유는 없다.

"이런 문제는 정치에 해박한 메르티 여왕에게라도 맡기는 쪽이 좋겠지."

우리가 본래 있던 시대에서, 음모가 판치는 국가 정세를 선대 여왕 곁에서 지켜본 메르티라면 그 수완을 여지없이 발휘할 수 있으리라.

최고의 인재가 있어서 다행이다.

"정말이지, 나오후미는 나를 맘껏 이용하네……."

"직접적인 싸움은 우리로 충분하지만, 네 주특기는 정치잖아?"

"뭐어……. 지금은 그냥 방치해도 상관없어. 오히려 이쪽이 얼마나 힘이 있는지를 보여야 할 때야. 평소 이상으로."

"그럼 부흥 중인 곳은 보이지 않는 게 좋은가?"

실트란은 전쟁과 주작의 공격을 받아 반파 상태였던 듯하다.

내 마을에서 손재주가 뛰어난 르모 종 녀석들이 목수로 부흥을 돕고 있기에 상당히 수복이 진행되었지만, 그래도 곳곳이 너덜너덜한 상태다.

"그쪽은 문제없어. 이미 알고 있는 거잖아. 도리어 위험한 건 나오후미의 마을 쪽이야."

메르티는 꽤 심각한 표정으로 걱정거리를 이야기했다.

"어떻게든 파고들려고 각종 수를 다 쓸 테니까, 행상 쪽은 물론이고 마을의 아이들도 몸을 지킬 최소한의 강함을 갖춰야만 해."

"모두 함께 레벨을 올릴까."

단순히 강해지는 것도 나쁜 수는 아니다.

이 이세계에서는 마물 등을 죽이면 경험치라 불리는 수치를 입수할 수 있고, 일정량을 획득하면 레벨이 올라 문자 그대로 강해진다.

세인의 언니와 싸웠던 때를 생각하면, 용사인 우리조차 아직 레벨이 부족하다.

용사가 가진 무기에는 각각 강화 방법이 내포되어 있고, 그 강화 중에는 레벨을 깎아서 자질…… 강해지는 기초 능력을 올릴 수 있는 것도 존재한다.

우리도 사용하고는 있지만, 마찬가지로 용사의 무기를 소지한 세인의 언니와의 싸움을 참고하면 상대도 같은 강화를 하고 있어서, 현재의 레벨만으로는 측량하기 어려운 차이가 있다.

표면상으로는 같아도…… 예를 들어 80레벨이라 해도, 그때까지 축적해서 자질을 강화한 레벨 차이가 100쯤 되면 상대도 되지 않는다.

여기에선 파도 때문에 전 세계에 마물이 만연하고 있는 듯하고, 사람들에게 피해를 주고 있다.

치안 유지도 겸해서 마물을 퇴치하는 건 미래로 돌아갔을 때의 일까지 고려해서 나쁜 수가 아니다.

"그게 좋겠지. 안이하게 유괴 같은 짓을 할 수 없게 보여주는 것도 좋아. 하지만 조심해야만 하는 것은, 용사들 이외에도 간계를 부려 정보를 입수하려 하거나 끌어들이려 할 가능성이야."

"뭐어……. 그런 건 마을 녀석들도 분별하고 있을 테니까 괜찮다고 생각할 수밖에 없군."

내가 부흥시킨 마을의 녀석들은 라프타리아의 동향 녀석들이 많고, 대부분이 이전에는 노예였다.

평소에는 극히 밝게 행동하지만 대부분이 불행한 신세이고 세상의 쓴맛을 잘 알고 있다.

그렇게 생각하긴 하지만 바보 같은 녀석도 꽤 있으니 조심하는 게 좋은 건 분명하겠군.

"문제는 가장 수다스러운 훈도시 개라든가, 키르라든가, 필로리알인가."

"지금 키르 군을 두 번 말하지 않았나요?"

라프타리아가 딴지를 걸었다.

"그 녀석은 바보라서 불안하다고. 간계 같은 게 아니어도 초라한 차림을 한 스파이 따위에게 금방 속아 넘어갈 것 같잖아."

"확실히…… 부정은 못 하겠지만요……."

"슬그머니 필로리알들을 바보 취급한 건 왜야? 라프타리아 언니도 그걸 무시하지 않았으면 좋겠는데."

"미, 미안해요."

"그건 현실이잖아."

"응응. 그리고 필로리알은 모이면 무서워."

"루프트도 슬슬 라프 종만 편들지 말고 필로리알들이랑 사이 좋아져야 해."

"그건 무리가 아닐까……."

"……이러는데 정말로 예전엔 필로리알을 좋아했던 걸까."

메르티가 루프트의 반응에 머리가 아픈 듯 이마에 손을 가져갔다.

"어쨌든 필로리알이란 생물은 흉포하니까. 키르와 이미아를 사냥감으로 노리려는 녀석도 있는 것 같아. 루프트는 잘 이해하고 있어."

필로리알이란…… 마차를 끌 정도로 커다란 새 모양의 마물로 용사가 키우면 특별하게 성장한다. 성격은 기본적으로 낙천

적이고 먹보지만 흉포한 부분도 있다.

"나는 이 대화에 어떻게 반응해야 하지?"

우리 모습을 보는 마모루가 어떻게 반응해야 할지 곤란해 했다. 이 필로리알이라는 생물……은 아무래도 마모루와 그 동료, 이 시대에서 채찍의 용사를 맡은 호른이 만든 듯하다는 사실이 일전에 밝혀졌다.

아무래도 이 시대에는 다양한 비밀이 있는 모양이라서, 미래를 알고 있다 해서 방심할 수는 없다.

어디에 함정이 있을지 알 수 없으니까.

"그래서 마모루. 병상에 누운 네 애인의 상태는 어떻지?"

마모루가 필로리알을 만들어 낸 원인이 된 애인…… 손톱의 용사로 자칭 필로리아라는 소녀의 용태를 물었다.

병상이라는 건 표면상의 입장이고 실제로는 전사다. 마모루는 그렇게 죽은 그녀를 어떻게든 되살리려고 했다.

그런 마모루가 그녀를 되살리는 실험을 이전에 했다. 나는 몰래 그 경위를 들었다.

"……그런 사람이 있었구나."

메르티도 뭔가를 눈치챘는지 마모루 쪽에 시선을 돌렸다.

"순조로워. 너희 덕분에 나아지고 있……지만 딱히 여기서 숨겨 둘 필요는 없겠지."

"뭔가 숨기고 있다는 건 알고 있었지만. 이제 가르쳐 줘도 되는 걸까?"

이러니저러니 해도 메르티는 왕족이다.

상대가 뭔가 숨기고 있어도 일부러 무시하는 행동도 태연하게 할 수 있다.

이게 왕의 그릇이라는 걸까.

아니면 이 정도 관용도 없으면 세계 제일의 대국 따위는 짊어질 수 없는 것일지도 모른다.

"그래. 이제 괜찮아. 이것도 전부 너희 덕분이야. 하지만⋯⋯ 나타리아가 알게 되는 건 곤란해."

마모루는 쓴웃음을 지으며 숨기고 있던 비밀을 메르티에게 설명하기 시작했다.

신을 참칭하는 자를 쓰러뜨리기 전날 밤, 마모루에게 신세를 지고 있는 시안이라는 소녀의 안내로 우리가 실트란의 비밀 지하 연구소에 침입했던 때의 일.

그리고 마모루의 연인인 필로리아의 소생 실험과 실트벨트 대표 사대 종족의 근간이 된 자들의 인체 개조의 전모에 대해서.

이런저런 사정으로 교전했지만, 마모루는 우리를 당하지 못하고 나와 시안의 설득을 받아들여 패배를 인정했다. 그리고 사정을 들은 우리의 도움으로 문제 대부분이 해결되었다.

"그다지 좋다고는 할 수 없는 연구라고 생각하지만, 그런 녀석들을 상대로 한다면 필요악으로 받아들여야만 하는 걸지도 모르겠네."

뭐, 그 녀석들을 보면 그렇게 생각하는 것도 이상하지 않다.

우리가 우연히 싸울 수 있는 방법을 갖고 있었을 뿐이지 평범하게 싸우면 승산 따윈 없었으니까.

어떤 경위를 거쳤는지는 아직 모르지만, 이 뒤에 필로리알도 만들어질 듯하다.

"그렇구나……. 필로리알에게 그런 슬픈 출생의 비밀이 있을 줄은 몰랐어."

"메르티짱은 받아들일 수 있나요? 루프트 군도."

"여기서 소란을 피워 봤자 뭐가 달라질까? 이미 나오후미가 교섭을 끝낸 거지?"

"미 군이랑 뭐가 달라? 라프 종과도 태어난 방법은 다르지만 비슷한 거잖아?"

루프트도 아무렇지 않은 표정으로 말하는군.

참고로 루프트는 요즘 키르처럼 라프 종을 닮은 수인 모습으로 지내지만, 아인 모습이면 라프타리아가 미묘한 표정을 짓는다.

아마도 라프타리아의 아버지를 많이 닮은 얼굴생김 탓이리라.

그걸 생각하면 루프트가 어떤 모습을 하는 쪽이 라프타리아의 정신이 안정될 수 있으려나?

"……루프트 군은 이미 인체 실험을 당한 피해자였죠. 걱정할 상대를 착각했어요."

"문제없잖아~?"

"……."

라프타리아는 자랑스럽게 지금의 모습을 보이는 루프트의 말을 말없이 흘려 넘겼다.

"있잖아, 그건 나오후미의 마을을 보고 인류에 반한다고 하는 거야?"

"으……. 그러네요. 라프 종이라든가 루프트 군이라든가 루프트 군이라든가가 있죠. 제게 루프트 군처럼 되어 달라는 말씀도 하셨었고."

라프타리아도 어지간히 신경 쓰고 있었군.

"아하하……. 나오후미도 비슷하다는 거로군. 이해가 빨라서 다행이야."

"하지만 적국에 알려져서 좋은 정보가 아닌 건 분명해. 나타리아 씨에게는 둘러대는 쪽이 좋을지도 모르겠어."

"뭐어, 그렇지……. 무서운 건 실패해서 마모루가 우리에게 역정을 내느라 동맹이 깨지는 전개일까."

"원래부터 실패 확률이 높은 걸 각오하고 부탁한 거야. 실패해도 후회는 없……다고 해도 필로리아의 의식은 이미 돌아왔으니까 그건 걱정하지 않아도 돼."

마모루는 그렇게 말하며 안절부절못하고 문 쪽에 시선을 보냈다.

뭐, 오랫동안 만나기를 바랐던 연인이니까. 1초라도 길게 있고 싶겠지.

"어머? 그래?"

"그래. 곧 외출할 수도 있게 될 거야."

생각했던 것보다 경과가 순조로운 모양이다.

"의식이 돌아왔으니까 이야기는 할 수 있고, 너희 일행의 사정도 이미 이야기했어. 소개하고 싶으니까 와 줘."

"뭐, 그래도 된다면야……. 밖에 나온 순간 녹아 버려도 책임은 못 진다."

"나오후미는 왜 그렇게 무서운 경고를 하는 거야?"

"그렇게 된다면 원인은 내 쪽에 있고, 그렇게 되지 않도록 하고 있으니까 걱정하지 않아도 돼."

그렇게 회의를 적당히 마친 우리는 마모루가 숨겨 두었던 지하 시설로 가기로 했다.

실트란 성에 있는 지하 계단을 나아가 안으로 들어간 우리는 마모루의 연구실 앞에서 망을 보고 있는…… 피트리아라는 이름이 붙은 마모루의 사역마에게 손을 들어 가볍게 인사했다.

얼핏 봐선 우리가 아는 피트리아보다 어리고 보다 감정이 희박해 보인다.

인형이라고 할 정도는 아니어도 명령받은 대로밖에 움직이지 않는 느낌이랄까…….

"저기, 나오후미, 저 애는…… 조금 어리지만…… 피트리아 씨?"

"아마도……. 아직 우리가 아는 피트리아는 아닌 것 같지만."

"아까 이야기로 이해하긴 했지만, 저런 피트리아 씨를 보면 믿을 수밖에 없겠네."

"뭐, 저건 프로토 피트리아라고 생각하면 되겠지."

"그건 멋지게 표현하려는 거야?"

"딱히……. 적어도 우리가 아는 피트리아와는 뭔가 달라. 같은 이름의 다른 녀석일 가능성도 있어. 호른도 개발 중이라고 말했고."

기껏해야 아직 껍질뿐이고 안은 나중에 넣는다거나 하는 느낌으로 만들어졌을지도 모른다.

우리가 아는 피트리아는 확실히 저런 느낌이었지만…… 뭔가 다른 걸 알 수 있다.

적어도 저 피트리아에게는…… 영혼 같은 것이 부족하다. 그것만은 판단할 수 있다.

"그러네……. 많이 닮았지만…… 나오후미의 말이 사실인 걸 다시 실감했어."

우리는 그런 이야기를 하면서 마모루의 연구실에 들어갔다.

마모루가 보호하는 아이들의 치료는 이미 끝나서 각자 성 안에서 쉬고 있기에, 배양조에 들어가 있는 녀석은 절반 정도다.

남은 절반은 마모루가 실험으로 만들어 낸 필로리아의 클론…… 필로리알의 실험체밖에 없군.

그 안에…… 이전에 봤을 때보다도 가슴을 내밀고 떠 있는 소녀가 있다.

피트리아와 레인을 섞은 듯한 얼굴의…… 긴 머리 소녀다.

등에는 붉은 날개가 있지만, 저것은 주작의 인자에 의한 것이라나 뭐라나.

"오오, 마침내 왔네."

이 시대의 채찍 용사인 호른이 연구실에서 우리를 환영해 주었다.

자칭 사악한 연금술사인 호른은 우리 마을에서 마물들을 돌보는 연금술사 라트티르의 조상인 듯하다. 칠성 중 채찍의 힘을 사용하고 다양한 실험을 하는 연구자다.

마모루의 협력자이기도 하여 이 문제에는 깊게 관련되어 있다.

아마도 실제로 필로리알을 만든 것은 마모루가 아니라 호른이 겠지.

필로리알의 드래곤 혐오는 호른과 관계가 있다.

호른의 말에 의하면 마물은 드래곤이 최강!이라는 게 마음에 들지 않는 듯하다.

이 부분은 자손뻘인 라트와도 공통된 인식 같다.

"네가 왔다는 건, 마침내 필로리아를 꺼내는 거구나? 준비는 진즉에 다 했어."

"고마워, 호른."

"그런데 레인은 뭘 하고 있지?"

틀림없이 오늘도 세인과 함께 대련을 하고 있었을 것이다.

"아까까지 필로리아와 이야기를 하고 있었어. 하지만 필로리아가 화가 나서 쫓아냈어."

"또 쓸데없는 소리라도 했어?"

레인은 이세계에서 온 재봉 도구의 용사로, 세인 자매의 조상으로 추측된다.

태도가 극히 가벼운 여자라고 하면 될까?

이세계에서 손톱의 용사로 소환된 여동생 필로리아를 찾아 마모루 일행과 만났다는 모양이다.

또한 나에게 '공격력이 없다는 건 성행위도 아프지 않다는 거 아니야?' 같은 소리를 한 어처구니없는 녀석이다. 절대로 용서 못한다.

요리할 때 식칼을 써서 식재료를 자를 수도 있다고! 그러니 그럴 리는 없……을 거다.

……요리에서는 식칼 자체의 공격력으로 식재료를 자르는 것이고 성행위는 맨손 같은 취급일 테니까……라는 생각은 치워둔다.

아무튼 그런 느낌으로 실언이 많은 녀석이라 괜한 소리를 해서 여동생을 화나게 했으리라.

"처음에는 신나게 이야기를 하고 있었거든. 하지만 어째서인지 쫓겨났어."

"아, 그래."

……배양조에서 나오는 기념해야 할 순간에 쫓겨나다니 언니로서 좀 문제가 아닐까?

그런 생각을 하고 있자니…… 입구의 문이 열리며 시안이 얼굴을 내밀었다.

"아, 이제 필로리아 언니를 꺼내는 거야?"

주위를 두리번두리번 살핀 후 우리에게 말을 걸었다.

"그런 모양이야."

"……포울은?"

"그 녀석은 마을에 있겠지."

"그래? 왜?"

"우리는 회의하느라 왔고, 그 녀석은 회의 같은 거랑 안 맞으니까."

"그런가."

그렇지. 시안은 고양이 수인 어린애지만…… 아무래도 포울의 종족인 하쿠코 종의 조상인 듯하다.

여기도 저기도 조상님 천지로군.

시안은 포울에게 경계심이 없어서인지 격의 없이 대한다.

나나 마모루와도 다르게…… 누나가 남동생에게 명령하는 것 같은 관계라고 할까?

포울도 시안을 껄끄럽게 생각하고 있는 듯해서 필요가 없다면 그다지 만나려 하지 않는다.

틀림없이 어딘가 아트라와 분위기가 닮아서겠지.

"필로리아."

"……."

마모루가 말을 걸었지만, 배양조에 떠 있는 소녀는 대답하지 않았다.

이전에 봤을 때와 마찬가지로, 변화라고 할 만한 것이 보이지 않고…… 마모루가 이해하고 있던 상황과는 크게 다른 상태가 되고 말았음을 우리에게 알렸다.

괜찮다고 하지 않았나? 좋지 않은 분위기가 풍긴다.

"필로리아? 어, 어이. 괜찮아?!"

마모루가 단말에 떠 있는 바이탈 사인을 확인했지만, 이상한 점은 발견되지 않았다.

웅? 필로리아가 슬쩍 실눈을 뜬 것처럼 보인다.

"응? 하아…….."

삐빗 하고 단말에 문자가 떠올라, 마모루가 미간을 찌푸리며 깊은 한숨을 쉬었다.

그리고 단말에 무엇인가를 몇 번인가 타이핑했다.

그럴 때마다 곤란해하는 표정을 띄우고, 머리를 긁으며 입력을 반복했다. 끝내는 모든 것을 포기한 듯한 시선을 하늘에 보내고는 힘없이 말했다.

"아……. 좋아! 준비 완료다! 소생하라! 내가 만들어 낸 최강의 생물이여!"

'뭐야, 그 서두는?' 같은 생각을 하고 있는 동안 마모루가 단말의 버튼을 눌렀다.

그러자 배양조의 물이 부글부글 거품을 일으키면서 빠졌다.

푸슈웃 하고 소리를 내며 연기가 피어오르고, 배양조의 케이스가 벗겨졌다.

"후후후후훗! 긴 잠에서 각성! 필로리아, 화려하게 부활!"

연기와 함께…… 배양조에서 자고 있던 소녀가 왼손으로 오른쪽 눈을 가리는 포즈를 취하고 그렇게 외쳤다.

"……."

"잘도 필로리아를 깨웠구나! 너희는 이제부터 적색의 사섬광^{루비섀도윙}이 인도하는 사악 용사 모험기^{다크브레이브크로니클}의 한 페이지에 이름을 남기게 되리라! 한껏 힘을 펼치도록 해라!"

필로리아라는 녀석은 그렇게 말하고 자신만만한 표정으로 포즈를 유지했다.

"……."

주위의 공기가 침묵에 지배당한다.

본명이 리인이고, 이세계에 소환되어 혼란스러울 때 필로리아라고 개명했다고 해서 이상한 녀석이라고는 생각했지만…… 음.

"마모루, 미안하지만 소생 실험은 실패한 모양인걸. 부활이 너무 빨랐던 모양이야. 정신이 묘한 방향으로 병들었어. 빨리 처분해야겠어."

"어? 잠깐──!"

자칭 필로리아 씨가 내 말에 얼빠진 표정을 지었다.

마모루는 그런 필로리아에게 지친 모습으로 말했다.

"그러니까 말했잖아. 나오후미에게 그런 농담은 안 통한다고."

"농담 아닌데! 사악 용사^{다 크 브레이브}인데! 멋있는데!"

마모루가 자칭 필로리아 씨와 뭔가 언쟁을 시작했다.

"필로리아 언니는 변함이 없네. 안심했어."

"저게 성공이야?"

"응."

시안이 고개를 끄덕이고 말았다.

아니…… 뭐랄까, 저건 상대하면 지치는 타입이잖아. 마모루의 취향을 이해할 수 없다.

분명히 마모루의 이야기로는 용사에게만 의지하던 실트란에서, 용사만을 파도와 싸우게 하는 건 이상하다고 주장한 훌륭한 녀석이었을 텐데.

방금 대화만 보면 그냥 바보로밖에 보이지 않는다.

"평소에는 저런 느낌으로 까불지만, 여차할 때는 제대로 해."

"아, 그래……. 가능하면 평소부터 제대로 했으면 좋겠군."

"나도 그래."

"배양조에서 나오기 전에 이것저것 조절하는 게 좋았던 게 아닐까?"

"그건 필로리아를 재생시켰다고 말할 수 없는걸. 마모루가 바란 필로리아는 될 수 없었다고 생각해."

"그렇다고 해도 저건 아니지."

"내키는 대로 하게 둬. 여차할 때는 진가를 보일 테니까."

뭐랄까…… 다양한 의미로 상대하고 싶지 않은 녀석이로군.

"……어쩐지 나오후미의 이야기에 신빙성이 생긴 것 같네."

"메르티짱, 왜 납득하는 건가요?"

라프타리아가 탄식하듯 고개를 끄덕이는 메르티에게 질문했다.

나도 루프트도 같은 의문을 갖고 있다. 왜 납득한 거지?

"나오후미는 몰라? 필로리알 중에는 가끔 저런 느낌으로 묘한 언어로 폼을 잡는 아이가 있어."

"그런가. 알고 지내고 싶지 않군."

내가 아는 필로리알들은 낙천적이고 먹보다.

적어도 중2병을 앓고 있는 필로리알과는 알고 싶지 않다.

"그런 개성 있는 아이랑 길게 이야기를 하고 있으면 다른 아이도 서서히 옮는 거야."

감염성 중2병이라니…… 진짜로 병이었나.

"어떡하면 낫지?"

"필로짱이나 히요짱이 관리하고 있으니까 어느 정도는 나아. 시발점인 아이에게는 효과가 없지만."

"답이 없구만."

"개성으로 간주할 수 있는 범위라면 지켜봐 주자."

"역시 마을의 마물은 라프 종 한정이다."

"응!"

"그렇게 정리하지 말아 주세요. 아무튼 자기소개를 하죠."

"아, 그렇지만……."

왜인지 마모루에게 손을 흔들며 자신은 틀리지 않았다고 어린 애처럼 주장하는 자칭 필로리아 씨에게 말을 걸었다.

"미래에서 온 방패 용사인 이와타니 나오후미다. 마모루에게 신세를 지고 있지. 잘 부탁해."

자칭 필로리아 씨가 내 쪽으로 고개를 돌렸다.

……어딘가 필로 같은 느낌도 든다.

확실히 필로리알의 시조라는 것만은 알 것 같기도 하군.

……키르랑 아이들에게 선물하려고 가져 왔던 눈깔사탕을 꺼내 봤다.

"고, 고마워!"

자칭 필로리아 씨는 휙 하고 내 손에서 눈깔사탕을 받아 들더니 입안에서 굴리며 빨기 시작했다.

"달아~! 맛있어~!"

……뭘까. 완전히 필로리알을 어르는 것 같다.

이게 유전자의 힘인가.

"그래그래."

필로리아의 머리에 손을 올려 쓰다듬어 주었다.

"나, 나오후미?"

"에헤헤…… 앗! 갑자기 다크 브레이브의 손톱 용사인 필로리^브레이브 클로^아에게 무슨 짓이야! 딱딱해! 너무 딱딱해, 이 사람! 손을 쳐낼 수가 없어!"

필로리아가 급히 내 손을 쳐내려다가, 쳐내지 못하고 손을 부딪혀 끙끙대기 시작했다.

이 장난을 언제까지 계속할 생각이지? 유쾌한 녀석이라고 웃을 수는 있지만, 웃어도 되는 건가?

"마, 마모루!"

갑자기 마모루에게 뛰어들었지만…… 불안해져서 어쩔 줄 모르게 되었다.

아무래도 마모루가 보호자로서 필로리아를 돌보고 있는 걸로밖에 보이지 않는다. 지금 마모루도 필로리아를 끌어안고 머리를 쓰다듬어 위로하고 있고.

"자, 자아……. 평소처럼 진지한 태도로 대하면 나오후미도 평범하게 대답해 줄 거야. 장난을 치니까 나오후미도 어린애 취급하는 거잖아."

"뿌우……. 알았어."

……필로 2호라고 이름 지을까 머릿속에서 고민했다.

그렇지. 메르티와 필로를 더해서…… 중2병이던 과거의 렌을 섞으면 이런 녀석이 될 것 같다.

"마모루의 동료인 손톱의 용사 필로리아예요. 미래에서 정말 멋진 시추에이션으로 오셨다고요."

"……멋진가?"

내 경계심은 점점 더 상승했다.

관여되고 싶지 않은 분위기가 나오고 있지만…… 신경 쓰지 말고 이야기를 진행하자.

"사정은 파악하고 있는 거지?"

"그래, 필로리아를 살리기 위해 이런 금기에 손을 댈 줄이야. 사악하다는 표현조차 모자란 짓이라고는 생각하지만, 그래도 쉽게 쓰러졌던 필로리아가 나쁜 것 역시 사실……. 함께 죄의 대가를 치르는 길을 걸음으로써 파도의 종료를 바랄 뿐이다."

조금 어렵게 돌려 말하는 걸 좋아하나? 말도 참 듣기 불편하게 한다.

"필로리아. 말투, 말투."

"……마모루가 한 일은 칭찬할 수 없지만, 이렇게 되면 어쩔 수 없으니까 열심히 할게."

겨우 이 말을 하기까지 얼마나 걸린 건지, 정말 귀찮다.

아무튼 세인과 필로리알 양쪽의 조상님이라고 납득할 수밖에 없나.

"그래, 잘 부탁해. 이쪽의 사정을 파악하고 있다면 우리 목적도 알겠지?"

"응. 마모루가 신세를 졌으니까 필로리아도 힘을 빌려줄게.

미래로 귀환할 수 있도록 돕겠어."

필로리아는 그렇게 말하고서 다시 고개를 숙였다.

"이 날개는 재생에 따른 장해로, 주작의 힘을 빛의 날개로 펼칠 수 있게 된 것 같아. 잘 부탁해."

필로리아는 손톱을 펼치며 말했다.

그러고 보니 칠성무기는 일단 사성용사…… 성무기 용사의 권속이었지.

손톱은 방패의 권속이었나? 내 휘하에는 소지자가 없지만.

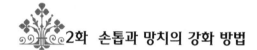 ## 2화 손톱과 망치의 강화 방법

"음, 우리 시대는 손톱의 칠성용사가 적의 손에 넘어가는 바람에 강화 방법을 몰라. 가르쳐 주지 않겠어?"

"어? 나오후미…… 손톱의 강화 방법 없이도 그렇게 강했던 거야?"

"그 반응은 뭐야? 모르면 이상한 건가?"

"아니……. 검의 성무기 쪽 세계와 융합해서 강화 방법을 사용할 수 있다고 들었으니까, 알고 있을 거라고 생각했지."

"그것도 이전에 설명했던 것 같은데…… 이 시대에 와서 쓸 수 없게 되었어."

어째서인지는 모르지만 강화 방법의 절반 정도가 사용할 수 없게 되어 있었다.

절반이라는 건 나와 렌이 이야기해서 내린 결론이다.

사성의 강화 중 나는 방패와 활, 렌은 검과 창의 강화밖에 사용할 수 없다.

그래서 렌과 힘을 합치거나 기를 병용해 부스트를 걸거나 하는 식으로 때워 가며 싸워 왔다. 채찍의 강화가 나름 우수했던 덕분에 어떻게든 버텼다고도 할 수 있다.

어쩌면 내게는 거울의 강화 방법 같은 것도 함께 걸려서 보좌해 주고 있었는지도 모른다.

그러니까 손톱과 망치의 강화 방법을 한시라도 빨리 알고 싶다.

……생각해 보니 마모루에게 빨리 물어봤어야 했군.

"그러고도 그 정도라니……. 무시무시하군."

"훗훗훗……."

필로리아가 또 장난을 칠 것 같아서 노려보았다.

그러자 필로리아가 움찔 하고 반응하더니 자세를 곧게 폈다.

"손톱의 강화는 스킬의 숙련도. 같은 스킬을 여러 번 사용하면 레벨이 올라 스킬 자체의 성능이 올라."

"SP 소비가 내려가거나 효과가 변하거나, 위력이 늘거나 쿨타임이 줄어들지."

스킬의 숙련도라니…….

사용하는 스킬을 확인하고 손톱의 강화 방법을 확실히 인식하자 게이지가 보이게 되었다.

과연……. 많이 쓸수록 쓰기 편해진다는 거로군.

……아, 지금까지 사용한 스킬에 숙련도가 반영되어 있다.

에어스트 실드 계통과 유성방패의 숙련도가 높은 건 사용 빈도가 높아서겠지.

단번에 적용된 것 같으니 성능이 어떻게 변화했는지가 볼거리로군.

그리고, 뭔가 있으면 펼치고 있는 플로트 실드 같은 것도 꽤 숙련도를 벌어 두었다.

하지만…… 이 시대에서 이 강화가 반영되는 건 동료 중에서는 나뿐이려나.

렌 쪽에서 강화가 밝혀지지 않은 건 도끼인가?

"망치의 강화는 몰라?"

"전승에 의하면 무기 합성이라고 하던데."

우리 시대엔 강화 방법의 전승 같은 건 끊겨서 존재하지 않는다만.

하지만 망치를 알 수 있다면 문제는 없나. 그렇게 생각하며 무기 합성이라고 이미지해 보았다.

어쩐지 상상할 수 있는 게 있군.

"무기 트리에 있는 가장 특징적인 전용 효과를 다른 무기에 부여하는 거지."

일단 강화가 진행된 영귀갑 방패로 실험해 보도록 할까.

영귀갑 방패 100 / 100

능력 해방 완료……장비 보너스, 스킬 「S 플로트 실드」, 「리플렉트

실드」

전용 효과 : 「그래비티 실드」「C소울 리커버리」「C매직 스내치」「C그래비티 샷」「생명력 향상」「마법 방어(대)」「번개 내성」「SP 드레인 무효」「마법 보조」「스펠 서포트」「성장하는 힘」

특수 전용 효과 : 「유성방패(영귀)」

아이템 인챈트 레벨 10 「방어력 15% 업」

○ ○ ○ ○ ○ ○

아래에 ○ 아이콘이 생겼다.

이게 망치의 강화 방법이리라.

참고로 블레스 시리즈인 자비의 방패는 다른 방패로…… 무기 합성과는 다른 카테고리인 듯하다.

블레스 시리즈는 강화 같은 걸 할 수 없지만, 보통 방패와 섞어서 성능을 발휘시킬 수 있다.

아무리 약한 방패라도 자비의 방패만큼의 힘을 부여할 수 있다고 생각해도 되리라.

일단 이 방패의 ○ 항목에 소울 이터 실드를 부여해 볼까.

아, 자비의 방패에 스펠 서포트라는 전용 효과가 있지만, 그건 쓰레기의 지팡이와 마찬가지로 마법을 영창하기 쉽게 해 주는 효과가 있다.

마룡이 내게 걸어 둔 유사 인격의 서포트도 있어서, 나는 레벌레이션을 다른 녀석들의 절반 정도 속도로 영창할 수 있다.

옷, 이야기가 탈선했군.

소울 이터 실드를 합성!

영귀갑 방패 100 / 100
능력 해방 완료……장비 보너스, 스킬 「S 플로트 실드」, 「리플렉트
실드」
전용 효과 ː 「그래비티 실드」「C소울 리커버리」「C매직 스내치」
「C그래비티 샷」「생명력 향상」「마법 방어(대)」「번개 내성」「SP
드레인 무효」「마법 보조」「스펠 서포트」「성장하는 힘」
특수 전용 효과 ː 「유성방패(영귀)」
아이템 인챈트 레벨 10 「방어력 15% 업」
혼식(魂食) ○ ○ ○ ○ ○

아, 소울 이터 실드의 강화가 리셋되었다…….

시험 삼아 강화한 적이 있는 다른 방패를 합성해 보았지만, 무기의 강함에 따라 증가하는지 안 하는지의 상한이 있는 듯하다.

그렇게 쉽게는 되지 않나……. 참고로 리플렉트 실드는……전혀 쓴 적이 없군.

일단 반격 효과가 없는 방패에 반격 효과가 있는 다른 방패의 효과를 일정 시간 부여할 수는 있었지만…….

영귀갑 방패와 진 마룡 방패 쪽에 원래 붙어 있는 카운터 효과가 우수해서 쓸 기회가 없다.

최근에는 어느 정도 제어할 수 있게 된 라스 실드도 쓰니까 말이지…….

쓸 수 없는 꽝 스킬이 되었다.

응용의 폭이 있는 건 좋지만…… 겹쳐서 쓸 수는 없고.

게다가…… 내 반격 효과는 라프타리아나 렌의 공격에 비하면 위력이 모자란다.

상태 이상을 노리는 정도밖에 바랄 수 없지만 그에 대해 대비하지 않는 녀석은 별로 없고.

유성방패 같은 걸로 막으면 효과가 없고 말이지…….

그리고 보면 거울의 권속기는 아직 내게 붙어 있어서, 방패를 보좌하는 도움을 주고 있는 걸까?

멋대로 거울 같은 게 나오기도 했는데.

확실하진 않지만, 거울이 한 강화도 내게 작용하는 듯 스테이터스 부분에 반영되어 있다.

적어도 렌과 라프타리아, 포울에게 들은 스테이터스보다는 높다.

……이츠키가 있다면 검증할 수 있을지도 모르는데.

참고로 라프타리아가 쓸 수 있는 것은 수렵구와 구슬, 그리고 도, 거울, 작살, 책의 강화 방법이다.

채찍에 가까운 부적의 강화는 사용할 수 없지만…… 그것도 이전에 이것저것 올려놓은 것과 채찍의 강화가 반발하지 않고 작동해 주고 있으니 사용은 가능하다. 라프타리아는 강화 배율이 이상하다고 말하고 있었지만.

아무튼 망치의 강화 방법에 관해서 생각해 두자.

일단…… 강화를 제거하는 것도 가능한 것 같군.

하지만 소울 이터 실드에 남은 횟수 같은 게 표시되고 있다.

기본적으로는 세 번인가? 이게 없어지면 어떻게 되는 거지?

"마모루, 방패에 남은 횟수가 표시되는데."

"그래, 다 쓰면 변경할 수 없어져. 다시 그 소재를 입수하면 보충되고."

역시 그런 구조인가.

"무기 합성으로만 나오는 무기가 있기도 해서 꽤 심오하지."

"호오……."

끝까지 강화한 도를 대장장이에게 맡겨서 입수하는 유명 로그라이크 게임의 *무기가 이미지에 떠오른다.

그리고 특정 법칙으로 합성하면 변화하는 그 **최강의 검도 떠오르는군.

지금 내가 이 강화를 쓸 수 있다는 건 렌은 쓰지 못한다는 뜻이 되나.

" '중(重)'으로 항목을 전부 채워 봐. 그게 가능하면 배가 고프지 않게 될 것 같군***."

"무슨 소리를 하고 있는 거야?"

방패를 바꾸면 위장이 극도로 쪼그라드는 마이너스 효과는 무시한다.

"무슨 게임인가?"

---

* 『풍래의 시렌』 시리즈에 등장하는 '화신풍마도(火迅風魔刀)'를 말한다.
** 같은 시리즈에 등장하는 '비검 카부라스테기(秘劍カブラステギ)'를 말한다.
*** 같은 시리즈에 등장하는 '깨달음의 방패(サトリの盾)'를 말한다. '중장의 방패(重裝の盾)'에 '중' 마크를 세 개 넣으면 변화.

"뭐, 그렇지."

어쩌면 그로우 업과는 별도로…… 활의 강화 방법 중 하나인, 소재로 강화하는 한계에 달한 무기를 새로운 무기로 진화시킨다거나 하는 것도 가능할 것 같다.

이때 필로리아가 어째서인지 가슴을 펴며 손톱을…… 뭔가 드래곤의 머리 부분을 모사한 듯한 손톱으로 변경시켰다.

"드래곤에게 효과가 있는 손톱을 겹쳤더니 새롭고 강력한 손톱이 들어왔어. 크크큭…… 겹쳐지는 힘에 의해 어둠이 증가한 거야."

"아, 그러셔."

조합하기에 따라서는 새로운 방패가 나올지도 모른다고 생각하면 어쩐지 즐겁군.

"엇……. 반응은 그것뿐이야?"

"필로리아, 나오후미에게 반응을 기대하면 안 된다니까. 다른 사람의 개그를 무시하는 게 특기니까."

딴지는 라프타리아의 주특기니까 말이지.

장난을 치고 싶다면 라프타리아에게 하는 게 좋다.

그렇게 생각하며 라프타리아를 보았다.

"나오후미 님, 귀찮다고 저에게 떠넘기지 말아 주세요."

솔직히 귀찮다. 뭐, 정보를 얻을 수 있었으니 수확을 얻은 걸로 해 두자.

아무튼 망치는 대장장이의 요소를 포함하는 권속기란 이야기인가. 알기 쉽다고 하면 알기 쉽다.

문제는 합성하는 방패의 조합인가.

시험 삼아 분노와 자비를 합성하려 했지만 물론 되지 않았다.

0 시리즈도 안 됐다. 특수한 방패는 합성이 안 되는 듯하다.

일단은…… 영귀갑 방패에 진 마룡 방패 등을 합성하는 게 맞으려나.

베이스는 영귀갑 방패로 하고…… 사령을 전부 섞으면 강력한 방패가 될 것 같은데 아쉽다.

뭐, 응룡은 가엘리온을 통하지 않으면 입수할 수 없고, 그렇게 되면 싸워야만 할 테니까 신경 쓰지 않는 게 좋을까.

……가엘리온의 비늘 같은 걸로 대용할 수 있을 것 같군.

마룡도 뭔가 사령에 필적하는 봉인을 품고 있다고 푸념한 적이 있었다.

뭔가 있을 것 같긴 한데.

뭐, 영귀 소재의 방패와 봉황 소재의 방패 같은 것으로 대용할 수 있을 것 같으니까 신경 쓰지 말자.

아, 진 마룡의 방패를 섞었더니 용의 비늘과 반격 효과가 추가되었다.

전부 작동하는 건 아니기에, 그때그때 나누어 사용하는 것도 전술로 고려해야겠군.

하지만…… 역시 과거 시대. 잃어 버렸던 강화 방법이 이렇게 간단히 판명되는 건 솔직히 기쁘다.

"그래서 남은 권속기는 뭐지?"

호른의 채찍, 필로리아의 손톱, 망치를 생각하면 그 외에 뭐가 있지?

"그건…… 아마도 마차일 거야."

"마차네."

역시 있었나. 피트리아가 갖고 있던 그거겠지. 틀림없다.

왜 말하지 않았는지 이해하기 어렵다.

"강화 방법은?"

"소지했던 자가 너무 적어서 알 수 없어. 조정자도 애먹을 정도로 소지자를 가리는 모양이야."

어이어이……. 운이 좋다고 생각한 걸 철회하고 싶어지는데.

미래의 소지자 같은 녀석과 마찬가지로 묘하게 까다로운 정령이란 건가?

원래 시대로 돌아가면 자백하게 하자.

"아무튼 언제까지 나오후미에게 의지할 수는 없어. 망치의 권속기에 적합한 자도 찾아야 해."

"새로운 힘을 토대로 힘내자~! 모두에게 인사하러 갈래~!"

필로리아는 비행기처럼 양손을 펼치고 달려갔다. 필로를 연상하게 하는군.

"아니, 그 전에 우리에게도 자기소개를 해 줬으면 해."

"아, 그렇지!"

필로리아는 메르티와도 악수를 나누고 자기소개를 끝냈다.

뭐, 필로리아라는 이름의…… 필로리알 같은 녀석이 이런 느낌으로 복귀했다.

지하 연구 시설에서 나오자 마모루가 돌보는 아이들이 필로리아에게 몰려들었다.

"필로리아 누나!"

"필로리아! 여기에 귀환! 모두 얌전히 잘 있었니?!"

"응!"

필로리아는 등장할 때 묘한 포즈를 취하면서 아이들에게 주의를 주었다.

"거짓말쟁이들! 필로리아 누나의 눈은 장식이 아니라고!"

"컥?! 필로리아 누나가 화났어!"

아이들도 혼난다고 판단했는지 등을 돌리고 달리려 했다.

하지만 필로리아는 그 녀석들 앞으로 돌아 들어가서는 노려보았다. 저건 화내고 있는 건가?

필로리아는 한 번 심호흡을 한 다음, 아이들의 머리에 손을 올리고 자상한 표정이지만 예리한 눈초리로 주의를 주었다.

"마음은 알겠지만 마모루가 폭주하는 건 막았어야지."

"하지만…… 우리는…… 마모루 형의 힘이 되고 싶어서……."

"그렇다고 해서 너희까지 그런 몸이 되어 봤자 필로리아는 기쁘지 않은걸……. 이미 엎지른 물이니까 더 말하진 않겠지만."

"……."

"잘못한 게 누군가는 알고 있어. 실트란이 보다 발전하기 위해서 필요했던 일이었을지도 몰라. 하지만…… 좋은 일은 아니야. 이 일을 자랑스러워해선 안 돼."

"네……."

필로리아는 미소 지으며 얌전해진 아이들을 한껏 쓰다듬어 주었다.

"자, 그러면 모두, 각성한 힘으로 세계를 제압하는 거야!"

"""오오~!"""

······저걸로 된 건가? 뭐랄까, 도덕심이 있는 착실한 녀석으로 보이는 한편 장난치고 뒤를 생각하지 않는 바보 같은 행동을 하는 구석도 있어서 모순된 걸로밖에 보이지 않는다.

이건 사디나처럼 종잡을 수 없는 성격이라고 해야 하나?

어쨌든 그러는 동안 성의 정원 쪽에서 레인과 세인이 왔다.

"떠들썩하다 싶었더니 마침내 나왔구나."

"아, 레인 씨네요."

아까까지의 텐션은 어디로 갔는지, 필로리아는 손님을 대하는 듯한 태도로 말했다.

어쩐지 얼굴이 경직된 것처럼 보이는 건 단순히 껄끄러운 상대라서인가?

"뭐야, 서먹하네. 친언니한테!"

레인이 필로리아를 끌어안고 가슴에 얼굴을 푸욱 파묻었다.

"으갸아아아아아악! 그만둬어어어어 가슴 괴물!"

레인의 가슴은 그렇게 큰가?

······라프타리아와 사디나와 비교해서 그렇게 차이가 없다고 생각했는데.

아, 필로나 메르티에 비하면 있는 편일까. 빨래판은 아니다.

응? 생각해 보면 라프타리아는 꽤 가슴이 큰 것 같기도 하다.

……이 생각은 그만두자. 뭐가 가슴이냐, 한심하긴.

조용히 생각하고 있자니, 필로리아는 억지로 레인의 구속을 풀고 떨어졌다.

"하마터면 다시 명부로 되돌아갈 뻔했어. 사악한 이세계의 용사 녀석!"

……정말이지 이 안정성 없는 녀석의 어디에 매력이 있는지 마모루에게 따지고 싶어진다.

"나 참……. 말해도 바뀌지 않는 건 좋다고 생각하지만, 여전히 그 텐션이 좋은가 보네."

"크흠……. 레인 씨는 빨리 원래 세계로 돌아가면 어떨까요?"

"그러니까 왜 친언니를 남처럼 대하는 거야."

필로리아는 다시 포옹의 자세를 취하려는 레인에 맞서 팔을 들어 저항을 시작했다.

둘이 나란히 양팔을 들고 틈을 엿보는 상태가 되었다.

곰끼리 위협하면 이런 느낌이 되려나?

"이곳은 필로리아에게 마음의 고향……. 불길한 자는 어서 떠나줬으면 하니까요."

뭐, 언니인 레인이 불편하다……는 건 알겠다.

나도 그다지 보고 싶지 않을 타입이고.

구체적으로는 나에 대한 무례한 발언이 원인이지만.

분명히 이세계에 소환될 때까지 이래저래 장난을 쳤겠지.

……어쩐지 실디나라든가 세인의 마음을 알 것 같아졌다.

언니란 건 대부분 이런 느낌인 걸까?

아니, 역시 이 셋이 미묘한 것이지 실제는 좀 더……라고 환상을 품고 싶다.

"자자, 필로리아. 레인도 너를 굉장히 걱정하고 있었으니까 매정하게 대하는 건 그 정도로 하자."

마모루가 그렇게 필로리아에게 이야기하자, 필로리아는 약간 싫어하면서도 양손을 내렸다.

"……알았어. ……미안해."

"알면 됐어. 그런데, 보아하니…… 아이들과 이야기를 하고 있었던 거니?"

"응, 조금 설교를. 모두 칭찬받을 짓을 한 게 아니니까."

"여기 있는 사람들은 모두 공범이야. 이번 사건을 반성할 마음 따위 조금도 없단다."

"그 문제는 이제 됐어. 그쪽 아이는?"

"아, 나오후미와 함께 미래에서 왔대. 우리 세계 출신인 세인 짱이래. 놀랍게도 미래에 우리 세계는 멸망했다나 봐."

세인은 필로리아와 레인의 대화를 다소 찡그린 얼굴로 보다가, 이야기가 나오자 재봉 도구를 보이며 손을 내밀었다.

"다크 브레이브의 브레이브 클로, 피트리아야. 잘 부탁해."

"……."

뭐라 반응하기 곤란한 자기소개를 들은 세인이 나를 본다.

일단은 상대해 줘.

"세인. 미래에서 온 재봉 도구의 용사. 요즘 용사 취급을 받지 못해."

신을 참칭하는 자 상대로 전력 취급을 못 받았다고 할까, 용사로 인식되지 않았었고.

멸망한 세계의 권속기라서 약해진 것이 원인이다.

그렇다곤 해도 번역 장애로 소리가 들리지 않는 문제는 그다지 발생하지 않게 되었다.

"레인이 쓰는 기술이라든가는 세인의 시대에 실전되었다는 모양이라서. 요즘은 가르쳐 주고 있어."

내가 설명하자 필로리아는 세인에게 얼굴을 가까이하고 약간 속삭이듯 물었다.

"어? 저 사람과 오랫동안 함께하면서 괜찮았어? 쓸데없는 소리를 좋아해서 지치지 않아?"

네가 할 말이냐고 따지고 싶어지는 소리를 성대하게도 늘어놓는군.

"……?"

세인은 영문을 모르겠다는 표정으로 고개를 갸웃거렸다.

"세인짱은 꽤 수다쟁이야. 나 상대로 이것저것 이야기해 주는걸."

아아……. 뭔가 말할 수 있다면 꽤 이것저것 말하겠지.

같은 세계 출신이니 말도 잘 통할 거다.

"그래? 그럼 필로리아와도 이야기를 하자. 미래의 이야기가 흥미진진……. 큭큭큭, 미래에서 온 용사라니 꼭 예언을 듣고 싶노라."

나중에 한 말이 매우 마음에 걸리지만 여기에선 잠자코 있자.

내게 해가 없다면 좋을 대로 해도 상관없다.

"리인, 너는 마법에 소양이 있었지? 괜찮다면 가르쳐 주지 않을래? 나는 광익을 전개하는 요령 전수가 어려워."

"과거의 이름으로 나를 부르지 마라! 이런이런, 무능한 언니를 둔 다크 브레이브는 고생이 많군. 할 수 없지. 배워 두어서 손해는 없을 터이니."

오? 필로리아는 자기 세계의 마법을 가르쳐 줄 수 있나.

그렇다면 세인의 파워 업도 빨라질 수 있겠군.

"당장 전수할 거야?"

"아니, 일단 나오후미의 마을에 있는 나타리아에게 인사를 한 후가 좋겠다고 생각하고 있어."

"시간도 점심을 넘겼으니…… 키르네도 데리고 식사할 겸 인사하러 갈까."

그렇게 해서 성 밑 도시 쪽에서 가게를 열고 있는 키르 일행과 일단 합류하고, 사람들을 줄줄 데리고 마을로 귀환하기로 했다.

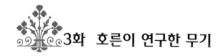

3화 호른이 연구한 무기

마을에 돌아온 우리는 키르 일행을 해산시키고 대련 중인 포울과 렌, 에클레르가 있는 곳으로 갔다.

나타리아도 함께 있는 모양이다.

대련 중인 훈련장으로 가자…….

"하앗! 팔극진(八極陣) 천명──!"

"다프~."

나타리아가 해머를 한껏 휘둘러 라프짱 2호, 즉, 다프짱을 때리려 하고 있었다. 그러나 다프짱은 쉽사리 피하고는 반격이라는 듯 작은 망치로 이마를 때렸다.

"큭……. 뭔가요, 이 생물은! 쓸데없이 세련된 회피를──."

"여전히 한심한 꼴을 보이는군……이라고 탄식해 봐야 소용없나. 그대의 아비보다도 솜씨가 좋다고 이 몸은 판단하고 있다."

수룡이 나타리아에게 탄식을 섞어 말했다.

"다프~!"

나타리아가 다프장에게 한껏 희롱당하는 광경을 조우하고 말았군.

"라프~!"

그러는 동안 우리가 온 걸 깨달은 라프짱이 내 쪽을 향해 달려오며 울었다.

"다녀왔어."

"어서 와."

렌이 우리를 눈치채고 대련을 중단했다.

나타리아도 우리가 온 걸 깨닫자 대련을 그만둔 듯하다.

"사람이 꽤 모인 모양인데, 무슨 일이 있었나요?"

"아, 약간."

"뭔가요? 제가 뒤를 잡히는 게 그렇게 신기한가요?"

"아니, 네가 얼마나 강한지 같은 건 잘 모르고."

마모루 일행이 경계할 정도니까 상당한 솜씨가 있겠지만 다프짱에게 당하는 모습을 보면 아주 대단한 건 아닌가?

"다프~."

"이자가 이상한 거예요! 제 움직임을 간파하고 있는 것처럼 움직이고 있다고요!"

"그거야……."

정면으로 덤벼드는 사디나를 쓰러뜨릴 만큼 숙련된 움직임을 취할 수 있는 녀석이니까.

아마도 진심으로 상대한다면 기술 면에선 우리를 포함해 이길 수 있는 녀석 쪽이 적을 거다.

라프타리아도 틈을 보였달까, 적당히 했던 이 녀석에게 한 방 맞추는 게 고작이었고.

실디나의 저항도 있었는데 그 정도로 강했던 거다.

그런 제약도 없는 라프 종 상태라면 상당하겠지.

"다프다프!"

딱히 숨길 필요는 없겠으나, 다프짱이 울며 소란을 피웠다.

말하지 않는 게 좋다는 건가? 잘 모르겠군. 오히려 나타리아
가 안쓰럽게 보이게 되었다.

마모루의 비밀도 그렇고, 나타리아는 이것저것 모르는 게 너
무 많겠지.

"아마도 그자에게는 쿠텐로의 기술이나 무엇인가가 담겨 있
을 게다. 용제의 핵처럼 말이다."

수룡이 멀다고도 가깝다고도 할 수 없는 추측을 흘렸다.

"미래에는 꽤 기묘한 기술이 봉인되어 있는 것이다. 그러
나…… 그런 기술이 있다면 쿠텐로는 안녕하다는 이야기도 되
겠지. 이렇게 너의 미숙함을 지적해 줄 수 있으니까 말이다."

"강해지면 이쪽이 곤란한 일이 늘어날 것 같은걸."

마모루가 작은 목소리로 중얼거렸다.

나타리아가 지금보다 강해지면 곤란하다는 거군. 덤벼들려고
했던 것 같고.

"이 기회에 실컷 배우는 것이 좋지 않겠나?"

"납득하긴 어렵지만, 알겠습니다. 확실히 좋은 가르침을 얻을
수 있을 것 같으니까요. 하지만 그 전에……."

나타리아가 필로리아를 향해 시선을 돌렸다.

"왜 전사했을 당신이 이곳에 있는지 신경 쓰이네요. 게다가
묘한 날개를 달고……."

"훗훗훗! 전사? 그건 거짓 정보였던 거야. 정의를 주장하는 조정자!"

필로리아가 묘하게 생기 어린 어조로 답했다. 우리에게 자기 소개를 했을 때처럼 한쪽 눈을 가리는 묘한 포즈를 취하면서.

"사악한 힘을 양분으로 활동하고 있었지만, 때때로 그 힘이 저항해서 쇠약해졌던 필로리아는 이런 일도 있을까 싶어서 채찍의 용사에게 힘을 빌려 꼭두각시를 사역하고 있었던 것이다. 그 꼭두각시가 쓰러졌던 것에 지나지 않아."

틀림없이 마모루와 그렇게 둘러대도록 입을 맞춰 뒀으리라.

"……그런가요."

굉장히 수상한데도 일단 흘려넘기며 반응했군.

나타리아도 필로리아를 상대하는 건 귀찮다고 생각하고 있는 것이리라.

"그리고 이 날개에 관해서 말이지만, 조정자여. 필로리아의 종족에 대해 모든 걸 알고 있는가? 필로리아의 종족은 오의로써 상성이 맞는 강인한 마물의 힘을 그 몸에 깃들게 할 수가 있는 것이다! 이 힘은 주작의 것이다! 이후의 활약을 분해하며 보고 있거라!"

"즉, 주작의 힘을 그 몸에 깃들게 했단 말이군요……. 좋아요. 이세계의 종족에 관해서는 저도 자세히 알지 못하니까요."

뭐, 거짓말이라고 확신할 수 있을 만큼 황당무계한 이야기라고도 생각하지 않는 거겠지. 어쨌든 나타리아는 필로리아의 종족에 관해 잘 알지 못할 테니까.

게다가 이 필로리아의 텐션은 극히 성가시다. 신경 써 달라는 아이 같아서 지치고, 진짜인지 거짓말인지 알 수 없는 소리를 주절주절 떠들지.

"그래서, 저에게 무슨 용건인가요?"

아, 귀찮아졌는지 나타리아는 필로리아를 상대하는 걸 포기한 듯했다.

마음은 알겠어. 진지하게 상대하고 싶지 않아.

"망치의 권속기에 관해 뭔가 아는 게 없을까? 마모루가 전력을 늘리고 싶다는데."

"……방패의 성무기의 권속기인 망치. 그 역할은 대장장이의 일 등과 함께 방패의 용사에게 조언하는 것이지요. 본래 방패를 가진 자에게 망치를 상대하게 하면 어떻게 될까요? 손톱과 망치의 상성을 동시에 생각해 보세요."

방패의 용사인 내가 아니라 방패를 가진 자의 인식…….

망치는 해머. 무기로 생각하면 때리는 무기지.

방패로 망치와 손톱을 각각 버티는 경우를 생각해 보았다.

손톱은 참격이 기본이겠지……. 때리는 건, 해석에 따라 다르지만 건틀릿의 역할이겠고.

긁는 공격이라면 면적이 넓은 방패로 효율적으로 쳐 낼 수 있고, 버티는 것도 쉽다.

반대로 망치는 때리는 무기. 방패와 갑옷이 괜찮다 해도 가진 자와 몸에는 충격이 가해지겠지?

과연, 즉, 망치란 방패 용사에게 껄끄러운 상대인 건가.

소지자가 부재라면 어떻게든 보충하든지 하고 싶군.

"전력 강화란 말이죠……. 생각은 이해했어요."

내가 생각하는 동안 나타리아가 고개를 끄덕였다.

"망치의 권속기 말입니다만, 전임자의 사망 후에 어딘가로 가 버렸다는 소문입니다. ……슬슬 찾아보죠."

"알 수 있는 건가?"

"어느 정도……까지는요."

그런 기능이 있는 건가. 꼭 라프타리아와 루프트도 배우게 하고 싶군.

그렇게 생각하며 두 사람을 보자, 내 생각을 눈치챘는지 라프타리아는 이해했다는 듯 고개를 끄덕이고 루프트는 눈을 반짝반짝 빛내고 있었다.

"그럼 조금 시간을 주시겠어요?"

나타리아가 나가려는 모습을 보이자, 그때까지 조용히 있던 호른이 끼어들었다.

"잠깐 기다려 볼래? 신을 참칭하는 자를 물리친 세력에 속한 조정자가 함부로 돌아다니면 어떤 녀석이 얽혀들지 모르잖아."

"그 정도는 물리칠 수 있어요."

냅다 거절했다. 호른은 진짜로 나타리아에게 미움받고 있군.

"어라? 내 선의와 발명품을 보지 않아도 되는 거야?"

"……또 뭔가 꾸미고 있나요? 당신도 질리질 않네요."

"나―를 누구라고 생각하는 걸까? 뭐어, 나쁜 이야기는 아닐 거야. 나갈 거라면 그 김에 봐도 문제는 없을 테니깐."

나타리아는 도발하듯 권유하는 호른을 보고 한숨을 쉬었다.

"알았어요. 어차피 나가려던 참이니까요. 다음엔 뭘 저지를 셈인가요?"

"그건 봤을 때의 즐거움으로 남겨 둘게. 자, 그러니까 마모루와 나오후미, 필로리아와 천명께서는 나—와 함께 실트란으로 돌아가야겠어."

"……밥은 나중에 만들어야 할 것 같군."

그때 나타리아가 움찔하며 나를 응시하기 시작했다.

살펴보자 마을 녀석들도 기대로 눈을 빛내고 있다.

"이런이런, 그러면 식사를 끝낸 뒤로 해야겠네. 발명품은 도망가지 않으니까. 그리고 식사하러 온 후손도 붙잡아서 보여줘야겠어."

그렇게 해서 곧장 밥을 만들고, 모두 식사를 끝낸 후에 출발하게 되었다.

나타리아도 말로 하진 않았지만 마을에서 먹는 식사가 마음에 드는 모양이군.

"음, 쿠텐로의 요리와는 비교할 수 없을 만큼 맛있어."

"해산물도 구할 수 있다면 쿠텐로의 맛에 맞춰줄 수 있다만? 간 적이 있으니까."

"그것도 나쁘진 않군. 토산물을 기대하도록. 그렇지?"

수룡이 와구와구 먹는 게 인상적이었지만…… 내 주변에 있는 드래곤은 모두 비슷하게 식욕이 왕성한 건 왜일까.

뭐, 필로리알들과 마을 녀석들도 마찬가지지만.

"······어디까지 재현할 수 있지요?"

나타리아가 흥미를 갖고 질문했다. 긴 외국 생활로 고향의 맛이 그리운가?

"방패 형이 만드는 쿠텐로 요리? 지난번에 만든 건 엣후와였던가? 그건 지금까지 먹은 것 중 가장 폭신폭신하고 맛있었어."

루프트가 이때라는 듯 쿠텐로에 있는 요리의 이름을 들었다.

일본에서도 에도 시대에 만들었던 요리 중 비슷한 게 있다.

그리고 내 세계······ 일본에서는 '*타마고후와후와'라는 요리랑 닮았다.

일반 가정에서 만들면 뭔가 약간 부족한 맛이 되기 쉽다.

국물이나 계란의 상태에 이것저것 신경을 써야 하는 요리다.

구체적으로는 국물을 냄비에서 데우고 거품기로 거품을 낸 계란을 냄비에 넣어 굳힐 뿐이라는 심플한 요리다. 국물 등의 맛에 따라 다양한 차이가 나오는 게 즐겁다.

물론 요리의 도핑으로 기를 섞어 제작하면 맛이 분명한 별개의 물건이 된다.

"그리고 회도 맛있어. 형이 만든 회는 생선 살이 탱글탱글해서 혀 위에서 짜앗 하고 감칠맛이 퍼져 나간다구."

루프트가 이때라는 양 나타리아에게 내가 만드는 요리를 소개하고 있다.

"······."

"나타리아 씨?"

---

* 계란찜과 비슷한 시즈오카 현의 향토 요리.

라프타리아의 질문을 받은 나타리아의 귀가 쫑긋했다.

"뭐, 뭔가요?"

"나오후미 님의 요리가 입에 맞으시는 듯해서 다행이에요."

"딱히 그런 건……. 그저 쿠텐로의 맛이 그리웠을 뿐이에요."

"나는 형이 만들어 주는 쪽이 좋으려나. 천명을 하고 있을 때보다 좋은 걸 먹는 느낌이야."

"루프트 군은 솔직하네요. 하지만 그래서는 성에서 요리를 하던 분이 가엾어요."

"그렇긴 하지만…… 요리사 씨도 형에게 배우고 있다고 실디나가 말해 줬어."

"많은 요리사가 나오후미 님의 요리 과정을 훔쳐보시죠……. 이세계에서는 요리 전문인 거울의 용사로 많은 분을 먹여서 쓰러뜨린 적도 있고."

그때 말이군. 동료를 강화하는 데 필요했으니까 어쩔 수 없다.

"……이건 굉장히 위험한 공격이 아닐까 해요."

"이게 방패 용사의 소양인 거겠지? 동료에게서 신뢰를 얻기 위해서는 함께 식사를 즐기는 것도 중요하지 않겠나? 음?"

수룡이 경계하는 나타리아에게 주의를 주었다. 뭐, 의심하려면 끝이 없으니.

"마모루! 눈앞의 밥이 갑자기 행방불명 되었어! 어디에 간 거야?!"

"방금 네가 먹어 치웠잖아. 기억 안 나?"

"어?! 필로리아 먹은 기억 없어! 맛있어!"

맛있다고 말했다고. 자각 없이 먹은 거잖아.

"정신없이 먹은 거잖아. 여전히 먹보구나."

마모루와 필로리아, 호른이 훈훈한 부모 자식 같은 느낌으로 식사를 하고 있다.

그 옆에서 포울과 시안이 조용히 식사하는 걸 발견했다.

"포울, 매일 이런 요리를 먹을 수 있어서 행복해."

"그, 그래. 형님의 요리 솜씨에는 당할 수 없지……. 이야기만 듣고 내 돌아가신 어머니의 맛을 재현한 적이 있을 정도야."

"포울이 살던 고향의 맛……. 나도 먹어 보고 싶어. 다음에 만들어."

"아, 아니……. 그거라면 형님 쪽이."

"그래도 좋지만, 포울은 괜찮아?"

"……생각할 시간을 줘."

이런 식으로, 마을에서의 떠들썩한 소동은 식사를 끝낼 때까지 계속되었다.

또한 키르 일행은 그러는 도중에 평소와 똑같이 시끄럽게 굴었던 것을 여기에 덧붙여 둔다.

매일 같은 식으로 소동을 일으키니 역시 질리는군.

"아, 훌륭했어. 어떡하면 저런 맛을 낼 수 있는지를 연구해 보는 게 좋지 않을까 생각할 정도였네."

식사를 마치고 실트란 성으로 돌아가면서 호른이 말했다.

"우우……. 마모루, 필로리아 배가 꽉 차서 토할 것 같아……."

"이런 곳에서 토하는 건 참아 주라……."

세인과 레인, 필로리아는 특히 많이 먹었으니.

이건 종족적 특징인가? 이세계의 천인이란 종족은 밥을 먹는 페이스를 조절하지 못한다거나.

……필로리알 모두가 먹보인 것의 근원을 찾은 것 같다.

"갑자기 나까지 불러서 어디로 가나 했더니 그런 연구를 시킬 생각이야?"

라트 쪽은 약간 불쾌한 듯 호른을 상대하고 있다.

소중히 하고 있던 미 군을 개조당해서 내내 기분이 불편하다.

"마물들의 평가는 어떻지?"

"대공의 요리를 먹고 싶다는 아이는 굉장히 많아."

"마물들에게는 그다지 먹이지 못했으니."

필로리알들처럼 인간화 하는 녀석들이 때때로 식당을 습격하는 경우는 있지만 다른 마물들을 먹인 횟수는 적다. 바이오 플랜트로 생산한 야채 같은 걸 주식으로 먹이고 있기 때문이다.

뭐, 라프종으로 변한 녀석들에게는 몰래 주기도 하지만.

라트의 소중한 마물인 미 군도 소문을 들었는지 먹어 보고 싶어 하는 모양이라, 이전에 준 적이 있었던가.

먹으면서 몸을 이용해 맛있다는 표현을 했던 것 같지만, 어쩐지 녹고 있어서 마음이 복잡했다. 녹고 있는 라프 종은 눈이 즐겁지 않으니 그만두었으면 한다.

"이번엔 나―의 발명품을 조정자에게 보이는 김에 후손에게도 의견을 들을까 해서 말이야."

"아, 그래……. 그거라면 차라리 나으려나……."

"그래서, 저를 어디로 안내할 생각인가요?"

"여기야."

호른은 그렇게 말하면서, 하필이면 마모루의 지하 연구소로 나타리아를 안내했다.

숨기려고 하던 중요한 곳일 텐데 잘도 저렇게 태연하게 안내한다 싶었지만, 호른의 연구소인 걸로 해 두면 나타리아도 깊게 힐문하거나 조사하진 않으려나.

나쁜 꾀가 잘도 떠오르는 녀석이다. 위험한 연구물은 요 며칠 동안 잘 숨겨 뒀으리라.

현재 호른이 안내하고 있는 길은 마모루가 연구하고 있는 구획과는 다르다.

나타리아에게 들킬 정도는 아니지만 라프타리아가 불편한 표정이다.

"라프~."

"다프……."

라프짱들이 라프타리아의 어깨에 타고 주위를 두리번거리는 모습은 흐뭇하군.

나는 루프트와 손을 잡고 있다.

"……알고는 있었지만 당신은 정말로 비밀 연구소가 좋은 모양이군요."

"사악한 연금술사에게는 빠질 수 없는 거잖니!"

"당당하게 말하지 말아 주세요."

나타리아가 가슴을 펴고 자랑스러워하는 호른을 향해 질린 목소리로 주의를 주었다.

뭐, 적어도 우리 마을 지하에도 이런 걸 만들었으니까.

쿄도 비슷한 짓을 하고 있었지. 연금술사의 특징인가?

"아무렇지도 않게 내게 보여 주려고 하는 모양인데, 대체 뭘 할 생각이죠?"

"곧 알게 돼. 이 방이야."

호른은 안쪽 방의 문을 열고 안내했다.

그 방은…… 얼핏 보면 내 마을에 만든 지하 시설 안에 있던, 키르를 개조하려 했던 방과 닮았다.

방 안에는…… 배양조에 해머가 떠 있다. 저게 뭐지?

"……다프?!"

어째 다프짱이 그 해머를 보고는 묘한 소리를 내는데…….

응? 저 해머……. 본 적이 있는 것 같다.

"우리 마을에 있던, 필로리알의 성역에서 발견한 고대의 물품을 개조한 것 같은 물건인가?"

"그것과는 완전히 달라. 애초에 이건 아직 미완성이니까."

천천히 다가가서 배양조에 떠 있는 해머를 확인해 보았다.

──가 깃든 망치

품질 : ?

부여 효과 ?

"확실히 미완성품이지만…… 호른이 미완성인 물건을 보이다니 뜻밖이군."

호른은 완성하기까지는 비밀로 하는 타입이라고 생각했다.

"이건 뭔가요?"

나타리아가 약간 미간을 찌푸리며 물었다.

"기묘한 물건이긴 하군. 최근엔 놀라는 일투성이다."

수룡도 같은 의견인 듯했다. 나도 잘 모른다고.

"결론부터 가르쳐 주는 건 좋아하지 않아. 뭐, 원래 나―도 만들지 말지 생각하고 있었지만, 후세를 생각하거나 전사한 자가 빠진 구멍을 메울 방법 같은 걸 모색하거나 해야 했거든."

"하아……."

"……어쩐지 알겠어요. 또 얼토당토않은 걸 만든 거군요."

라트는 이게 뭔지 깨달은 모양이다.

"뭐, 내― 후손이라면 이게 뭔지 알지도 모르겠네."

"비슷한 걸 만든 녀석이 있었어요. 어쨌든 사성전설이나 전설의 무기에 필적하는 걸 만들고 싶다고 바라는 연금술사나 대장장이는 많으니까."

"그럼 이것도 그런 무기에 필적하는 건가?"

강력한 무기가 된다면 나쁠 거 없지 않나?

아니다. 호른은 미완성이라고 말했지.

애초에 연금술사인 호른이 무기 제작, 그것도 대장장이 일을 하다니 위화감이 있다.

고대 무기를 고쳤다면 개조이지 발명은 아닐 테고.

"어떤 의미론 정답이자 오답이네."

"……이전에 레인이 이 세계에 오기 전에 무기가 인간화하는 세계에 간 적이 있다는 말을 했는데, 그걸 재현한 거라든가?"

"그것 역시 흥미가 있지만 아니야."

그런 종족이 있는 세계도 있나.

뭐, 보석이 사람의 모습을 하고 있는 세계도 있으니 말이지. 테리스가 그 예다.

세계는 넓군. 이세계에는 미지의 종족이 잔뜩 있겠지.

"흠……."

미완성. 나타리아의 무기에 맞추어 망치.

용사가 아니라 조정자인 나타리아……. 쿠텐로의 독자적 기술.

미래에도 통할 정도의 연금술 기술을 가진 호른.

베이스는 연금술. 무기의 성능보다도…… 뭔가 다른 곳에 중점을 둔 무기.

무기가 인간화하는 세계……. 테리스 같은 정인을 인간화하기 전에 연마해서 보석 가운데에 장식한다면 어떻게 될까?

인간화하는 무기, 즉, 의지가 깃든 무기라는 이야기다.

멍하니 배양조에 떠 있는 망치를 보고 있으니…… 어째서인지 예전에 했던 게임이 떠올랐다.

"저기, 방패 형. 저거 이전에 실디나가 갖고 있지 않았어?"

"그러고 보면 저건……."

불쑥 이 망치를 닮은 것이 무엇이었나 떠올랐다.

과거의 천명이 갖고 있던 망치다!

그리고 실다나는 잔류 사념을 기반으로 깃든 소지자의 의식을 트레이스했다.

만약 이게 완성되어 쿠텐로에 안치된다고 하면…….

"인격 복사인가?"

"오오! 미래의 방패 용사가 맞췄어! 이 발명품은 뛰어난 기술을 가진 자의 인격을 방패에 복사해서 기술을 재현할 수 있게 하는 거야."

강한 잔류 사념이 깃들어 있는 게 당연했었군. 처음부터 묻혀 있었다고 한다면.

"역시나……라곤 하지만, 거짓 생명을 불어넣는 기술이 있다 해도 인격 복사 같은 것까지 가능한 거야?"

"불가능을 가능하게 하는 사람이 나—니까."

신을 참칭하는 자의 방해라도 받았는지, 호른의 기술은 우리 시대에는 거의 전해지지 않았다. 그러나 마모루의 연구를 이어받아 필로리알을 만들었던 것 같으니 기대는 할 수 있다.

"기술의 모방이나 마법의 단축도 가능케 하는 강력한 무기가 될 거야. 다른 것과의 차이는 무기의 형태를 한 생물이 아니라는 거네."

"말하고 싶은 말은 알 것도 같지만……."

차이가 알기 어렵다.

쿄가 만든 기괴한 무기와의 차이는 생물인가 아닌가밖에 없나?

일단 모델이 되는 인격이 쓰는 기술과 마법을 사용하게 해 주는 거니까 다르다고도 할 수 있지만…… 납득하기 어렵다.

"그래서, 인격 복사를 한다고 하면 호른은 누구의 인격을 넣을 생각이지?"

적어도 나는 싫다. 자신의 인격이 카피되어 무기에 머물다니 죽어도 거절한다.

"미래의 방패 용사 일행과 만나지 못했다면 조정자에게 협력해 달라고 할 생각이었어. 확실히 쿠텐로에는 그런 기술이 있으니까 상성이 좋을 테고, 복사하기엔 딱이지."

아, 신탁 말이로군. 실디나가 사용하고 있던, 사물에 깃든 의지 같은 걸 끌어내서 트레이스할 수 있는 능력이다.

"웃기지 마세요!"

나타리아는 라프타리아가 화낼 때에 필적할 만큼 노기를 토했다.

오오, 머리카락은 물론이고 무녀복까지 마력으로 펄럭이고 있다.

"흠……. 인류의 호기심이란 무서운 것이로군. 본체가 핵인 드래곤이 봐도 놀랄 만한 물건이다."

수룡 쪽은 감탄하고 있는 것 같지만…… 이거 자칫하면 위험한 상황 아닌가?

나타리아가 망치를 쳐들고 호른에게 다가가고 있다.

"아아앗……. 마모루, 괜찮을까?"

"호, 호른에게도 생각이 있을 거야, 아마."

마모루 쪽은 잘못 말하면 자폭할 뿐이라서 모두 호른에게 맡기는 느낌이다.

"제가 왜 이런 실험을 도와야 하는 건가요?"

대답을 잘못했다간 호른은 틀림없이 처분되리라.

천명의 재량을 일탈한 나타리아의 개인적 원한 때문에.

"이런이런, 지금은 미래의 방패 용사 일행이 어떻게든 신을 참칭하는 자를 쫓아내 주었지만, 미래의 방패 용사 일행이 없어지면 어떡하려고? 마모루와 나—들만으로는 피엔사의 건도 있어서 계속 몰리기만 할 뿐이었지."

"그래서 어떻다는 건가요?"

"용사가 궁지에 몰리는 데도 불구하고 조정자는 지켜보기만 했었잖아? 뛰어난 전투 능력을 가진 조정자의 기술을 복사해서, 능력은 높아도 기술이 부족한 자에게 주면 훨씬 더 도움이 될 거 아니야."

"……말하고 싶은 건 그뿐인가요?"

그럼 죽으라고 말하려는 듯한 나타리아를 향해, 호른은 결정타를 꽂듯이 웃으며 답했다.

"세계가 위기인데 자기 희생을 할 수 없는 조정자에게 용사를 벌할 권리 같은 게 있는 거야?"

침묵이 주위를 지배했다.

잘도 이렇게 쏙쏙 핑계가 나온다 싶어 질린다.

용사를 벌할 뿐 세계를 위해 아무것도 하지 않는 관리자 따위 방해꾼에 지나지 않는다.

룰을 지켜서 세계가 멸망하면 무슨 의미가 있나.

애초에 호른은 채찍의 정령이 마음에 들어 하는 모양이라 벌할 대상에서 면제되어 있다.

그런 호른의 지적이니까, 조정자는 가장 앞서 싸우는 용사의 의견에 귀를 기울여야만 한다. 여기서 억지로 호른을 처분하는 건…… 세계를 지키는 조정자로서의 입장과 맞지 않는다.

"한 방 먹은 것 같구나. 천명이여, 그만두어라."

수룡이 여기서 턱에 손을 괴며 나타리아에게 주의를 주었다.

"하지만……."

"지금은 세계의 존속을 우선해야 할 때인 게야. 어딘가의 어리석은 용사를 벌하는 것과는 이야기가 다르지."

"큭……."

나타리아는 매우 분한 듯 해머를 내리고 호른에게서 떨어졌다.

이 녀석, 이런 패턴이 많군.

"조정자란 때때로 용사를 벌하고 때때로 이끌어야만 한다. 언제까지고 미래의 용사들에게 기댈 수만은 없어. 이런 실험 정도는 도와주거라."

"당신은 편하시겠군요! 복제되는 입장이 되어 보세요!"

"딱히 편하지는 않다만? 드래곤이란 어떤 생물인가 너희도 알지 않느냐?"

드래곤은 엄청 오래 사는 것 같으니까.

용제쯤 되면…… 애초에 수룡은 우리 시대에도 살아 있는 모양이고.

그쯤 되면 확실히 장절하군.

"수룡의 친구로서, 네 인격을 복사한 녀석이 생겨나겠지."

"이런 친구는 미묘하지만⋯⋯."

어이 수룡, 내 설득을 걷어차지 마라. 그렇게까지 말하면 나타리아가 설 곳이 없어지잖아.

몰린 녀석은 뭘 할지 모르는 법이거든?

"그건 이쪽이 할 말이에요. 죽은 후에까지 늘 저를 내려다보는 당신과 친구라니 사양하고 싶어요."

"다프다프다프!"

여기서 다프짱이 콧김을 뿜으며 화를 냈다.

"그러니까 천명에게는 이 망치에 의식을 복사하는 실험을 도와줬으면 해."

"⋯⋯정말로 싫지만요. 이것도 세계를 위해서라는 당신의 입발림에 넘어가 주는 것뿐이에요. 제 선의를 헛되게 하면 그때야말로 죽이겠어요!"

"그러면 됐어. 애초에 시험작이니까 그렇게까지 잘되지는 않을 거야. 조금씩 조절해야지."

호른은 그런 말을 하면서 묘한 헬멧 같은 것을 꺼내 나타리아에게 씌웠다.

그리고 준비한 의자에 앉게 했는데⋯⋯ 어째 렌이 이 자리에 있었다면 VRMMO 세계에 다이브할 수 있다거나 하는 말을 할 것 같다. 나중에 데려와 볼까.

검 같은 걸 만들어서 렌의 인격을 복사해 봐도 좋겠지.

그런 느낌으로 잠시 묘한 헬멧을 씌우고 조절하던 호른이 벽에 붙은 스위치를 켜고 실험을 시작했다.

부웅부웅 하는 소리를 내며 나타리아가 쓴 기묘한 헬멧에서 배양조로 이어진 관 사이에 빛이 흐른다.

"혼과 의식을 빨아들여 해머에 넣는다거나?"

"나오후미 님!"

내가 말한 순간 나타리아가 펄쩍 뛰어오르려 했다.

"그런 시시한 짓은 안 해! 나—를 못 믿겠다는 거야?"

"믿고 싶지 않은 거예요."

"그렇게 말해도 첫 실험은 이미 끝났는걸."

"어?"

호른은 딸깍 하고 스위치를 끄고는 나타리아에게 말했다.

부글부글 물이 빠지고 배양조의 케이스가 내려가서 보이지 않게 되었다.

그리고 해머를 만진 호른이 잠시 생각한 후에 나타리아에게 그걸 건넸다.

"갖고 있으면 네 마음의 소리가 들리지. 스트레스가 많아."

"으…… 그건……."

"짚이는 곳이 있는 거겠지. 아무튼 시험 작품으로 잠시 갖고 있어 줘. 조금씩 의식 복사의 정리가 끝나 갈 거야."

"뭐지? 어떤 목소리가 들리는 건데?"

흥미가 생겨서 해머를 만져 보려고 하자 나타리아가 끌어안은 채로 거부했다.

처음으로 라프타리아의 꼬리를 만지려고 했을 때의 반응과 비슷하군.

"누구든 절대 만질 수 없어요! 이런 것 파괴하는 쪽이 나을지도 몰라요!"

"부숴도 의지는 남아 있으니까 의미가 없는데."

"……."

말도 안 되는 물건을 받은 나타리아도 고생이로군.

"마음은 알아요, 나타리아 씨."

여기서 라프타리아가 나타리아의 어깨에 손을 얹었다.

어떻게 이해하는 거지?

알 리 없다는 표정을 하고 있던 나타리아였지만, 라프타리아가 바라보는 곳을 보고는 동정의 시선을 보냈다.

"아아, 그렇군요. 저희는 동류인 것 같아요."

"예. 함께 힘내죠."

"뭐지? 왜 친교가 깊어지는 거야?"

"글쎄? 잘 모르겠지만 재미있네. 방패 형."

"라~프~."

나와 루프트와 라프짱이 각자 의아해하고 있자, 어쩐지 주변이 납득한 듯한 시선을 보냈다. 더더욱 모르겠군.

"……그래서, 나에게 이런 걸 만들었다고 자랑하고 싶었다는 거?"

라트가 이 모습들을 지켜보다가 물었다.

"아니야. 일단 도와줬으면 해. 지금은 숫자가 부족해서 곤란하거든."

"그래그래……. 이건 미 군에게도 응용할 수 있을 것 같아."

"잘 알고 있네."

그리고 호른과 라트가 의견을 나누기 시작했기에, 우리가 할수 있는 건 여기까지라고 판단하고 그곳을 떠나기로 했다.

또한 나타리아는 해머를 누구에게도 주지 않겠다는 듯 끌어안고, 불만 가득한 병든 표정으로 우리 뒤를 따랐다. 수룡은 한숨을 쉬며 그런 나타리아를 바라보았다.

"그럼…… 망치의 권속기를 찾아오죠. 아니, 잠시 모습을 감추죠."

"본심이 새어 나온다. 그럼 나중을 위해 다녀오지. 뭐, 며칠쯤 있으면 찾을 수 있을 게다."

나타리아와 수룡은 그렇게 말하고 실트란 성을 떠났다……고 할까, 도망쳤다.

일단 망치의 반응이 큰 것은 나타리아를 만난 마을이라고 해서, 마모루가 배웅했지만.

아무튼 며칠 동안은 상황을 봐야 할 듯하다.

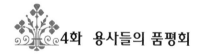

4화 용사들의 품평회

다음 날, 이전부터 연구하던 액세서리류를 제작자인 나와 렌, 이미아가 선보여서 라프타리아와 포울에게 교대로 시험 장착을 하기로 했다.

마모루와 필로리아, 호른도 와 있다.

레인과 세인은…… 뭔가 시끄러워질 것 같다고 필로리아가 싫어하기에 다른 시간에 시험할 예정이다.

또한 이 둘은 마모루와 나에게 이런저런 감시용 침을 붙이고 있기에 대화는 다 들리는 모양이다.

뭐, 용사끼리의 교류라고 할까, 이후의 싸움에 대비한 시험 장착 모임이란 느낌이군.

메르티는 실트란 성에서 루프트와 마모루의 보좌를 하는 반 수인 대신과 함께 다른 나라의 사자를 상대로 외교를 하고 있다.

마모루가 안이하게 모습을 보이지 않는 것도 상대에게 압력이 된다나 뭐라나.

일단 에클레르가 경호하고는 있지만…… 괜찮을까 불안하군.

"너희는 꽤 다양한 액세서리를 만들고 있군."

마모루가 나처럼 시험 제작 액세서리를 방패에 붙이고 이것저것 시험하며 말했다.

"뭐, 그렇지."

"아, 이 액세서리 좋은걸. 실드 부메랑의 위력과 비거리가 굉장히 늘어나는 것 같아."

마모루가 부웅 하고 방패를 던지자 상당히 멀리까지 고속으로 날아갔다.

보아하니…… 던진 방패가 회전해서 빛의 칼날까지 나오는 것 같다.

속도도 오른 것 같고, 위력도 눈에 보일 정도로 오른 게 느껴진다. 솔직히 부럽다.

"그건 렌을 위해 만든 거였지만……."

플로트 계통 스킬에 자동 추적이 붙지 않을까 생각해서 설계했던 것이다.

참고로 나에게 실드 부메랑 같은 스킬은 없다.

마모루에게 들은 바로는 나도 카피한 적 있는 프리스비 실드라고 하는 방패에서 습득할 수 있었다고 하는데.

같은 방패의 용사인데 이 차이는 대체 뭐지?

참고로 실드 체인이라고 해서, 실드 배시 후에 사용하는 추격 스킬 같은 것도 있는 듯하다.

실드 배시는 갖고 있지만, 실드 체인 따윈 갖고 있지 않다.

체인 실드는 갖고 있지만.

단어가 역순일 뿐인데 효과가 다르다거나, 공격이 가능하다는 것 때문에 분해서 서글퍼지는군.

애초에 나와 마모루는 같은 방패 용사인데도 차이점이 너무 많아 참고할 수 없어서 곤란하다.

"오오! 이 장식은 필로리아 취향! 이미아짱이랬던가? 멋진 솜씨를 갖고 있어서 다크 브레이브로서 흥미가 생기는걸. 꼭 전용 액세서리를 만들어 줬으면 해."

"네, 네엣?"

필로리아가 달라붙자 이미아는 곤란한 듯한 표정으로 우리 쪽에 얼굴을 향했다.

필로리아는 손에 크로스 그라웨이크 서드 아이를 들고 있었다.

"그것도 렌을 위해 만든 거야."

렌을 위해 만든, 눈알과 마법진을 묘사한 그것이다.

참고로 렌이 이 액세서리를 붙이고 발동한 무기의 특수 효과는 헌드레드 소드의 명중 정확도가 올라가는 거였다.

렌의 설명에 의하면 모토야스의 경우는 에이밍 랜서, 이츠키의 경우는 애로우 레인이라는 스킬과 거의 같은 스킬 같다.

그 외에 밤눈이 밝아지고 마법 예측선…… 상대가 영창하는 주문이 어떤 궤도를 그릴지를 무기가 어느 정도 예측해서 보여 주거나 마법의 발동이 빨라졌다고 말했다.

눈 모양으로 디자인한 덕인지 명중과 눈에 관련된 효과가 나오게 된 듯하지만…… 부유 무기에 추적 성능을 붙이고 싶었던 것이니 결과적으로 말하면 실패다.

그렇긴 해도…… 효과를 셋이나 발휘할 수 있다고 생각하면 우수하다고 해야겠지.

"마력 부여를 하면 효과가 변하리라 생각하지만……."

만약을 위해 나와 라프타리아, 포울도 시험 착용을 해 보려고 했던 녀석이다.

"재미있네. 나—도 끼어도 될까?"

"호른이 한다면 절반이 생물인 액세서리가 될 것 같지 않아? 일전의 식물처럼."

라프 종을 위한 나뭇잎은 호른이 만든 것이다.

구체적으로 말하면 성무기나 권속기를 구속하는 액세서리 종류를 해석해서, 해방하기 쉽게 하는 물건 같은 걸 만들어 줬으면 한다.

"그것도 어떤 의미로 액세서리가 될 수 있다고 생각하는데."

"그렇겠지만 내 전문 분야에서는 벗어나니까."

보석이나 금속 같은 걸 가공해서 액세서리로 만드는 게 메인 이라…… 연금술로 만들어 내는 건 분야 밖이다.

하지만 약을 보석처럼 결정화해서 액세서리로 한다면 어떻게 될지 흥미가 생기는군.

"나타리아가 가져간 망치가 잘 완성될 경우 응용하면 되지 않을까?"

"확실히 그게 좋을지도 모르겠어."

"액세서리라……."

포울이 액세서리를 손에 들고 중얼거렸다.

"흠……. 포울의 경우는 키홀더보다도 추가 장신구 같은 게 좋을까?"

예를 들면 건틀릿 위에 감는 금속 가시라든가.

손톱과는 비슷하지만 다른 무기라 타격이 중심이니까.

뭐, 예리한 건틀릿도 있지만 필로리아가 갖고 있는 손톱과는 다르게 운용하게 된다.

"뭔가 리퀘스트가 있다면 맞춰 주지."

"그렇게 말해도 말이지……. 없는 것보다는 있는 쪽이 좋긴 하지만 구체적으로는……. 검의 용사처럼 부유 무기 같은 것은 아직 습득하지 못했고, 건틀릿이라 원래부터 양손에 껴야 하니까."

포울의 경우는 아직 구체적으로 바라는 효과를 모르는가.

평소부터 사용할 스킬을 정하고 있는 느낌이 아니고 말이지.

"사슬이나 줄로 건틀릿을 연결한다면 어떨까?"

얼핏 보면 수갑으로 보일지도 모르지만, 어떤 효과가 나올지 궁금하다.

"그럴 바에는 형님의 방패 같은 걸 붙이는 쪽이 좋은 효과를 기대할 수 있을지도 모르지."

과연, 건틀릿은 원래 호구나 방어구에 해당하는 것이니까.

포울은 타격 무기로 다루고 있지만 방패라는 측면도 있다.

버클러 같은 건 나도 카피 가능하고……. 그 경우는 카피하게 되는 게 액세서리가 되겠지만.

흠……. 작은 방패를 액세서리로 붙일까.

무기가 어떻게 판단할지 모르겠지만 내 무기가 늘어난다는 의미로도 나쁠 리는 없겠군.

하지만 이 경우는 액세서리인지 방어구인지…… 대장장이 능력이 필요한지 관할이 애매하군.

나중에 렌과 상담하도록 하자.

"그런데 렌은 대체 어떤 액세서리를 원하고 있는 거야?"

다양한 액세서리가 렌을 위해 만들어졌다는 이야기를 들은 마모루가 질문했다.

"아, 렌은 플로트 계통을 능숙하게 쓰고 싶어 하거든. 그래서 어떤 의미로는 보조 도구로써 액세서리를 만들고 있는 거야."

"편리하다고 하면 편리한 건 틀림없으니까……."

나와 마모루가 나란히 플로트 실드를 출현시켜 둥둥 떠오르게 했다.

손이 늘어난 느낌으로 막기 쉬워지니까.

"그렇다면 회유한 용제 쪽에 파편을 줘서 액세서리로 하는 건 어떨까? 어쩌면 다른 방법으로 무기를 조작할 수 있게 될지도 모르겠는데."

드래곤을 싫어하는 호른이 제안했다. 싫더라도 이용은 착실히 하는군.

마법을 영창할 때 내 뇌리에 울려 퍼지는 마룡이 떠올랐다.

마법 단축이 가능한 반면 시끄러울 때가 있지만…….

"그 경우는 수룡에게 부탁하는 처지가 될까?"

가엘리온은 현대에 있고, 마룡의 본체는 이세계이고……. 이 시대에서 드래곤을 기르는 건 귀찮달까 이 이상 드래곤은 늘리고 싶지 않다.

"크크큭……. 부유검은 로망을 자극하는 법이니 마음은 알겠다……."

필로리아가 아까부터 중2 모드로 흥분하고 있었다.

"검의 용사인 렌이라고 했는가! 다크 브레이브인 필로리아도 그 뜻을 이해할 수 있노라! 함께 어둠에 손을 물들이지 않겠나!"

"나오후미……."

한쪽 눈을 가린 중2 포즈로 눈을 반짝이며 다가오는 필로리아를 보고, 렌이 곤란한 표정으로 도움을 청했다.

본인은 이런 걸 졸업……이랄까 꺼림칙한 기억으로 봉인하고 있는 것 같지만 주위가 그걸 허락하지 않는다.

어쩐지 불쌍하군.

지우려 했던 분노가 종종 다시 필요해지는 나와 비슷한 처지일지도 모르겠다.

"아…… 음. 그 녀석에게 대장장이의 조수를 시키면 내가 없는 동안에도 좋은 걸 만들 수 있지 않을까? 능숙하게 고삐를 쥐고 요령을 익힐 생각으로 하면 되잖아."

"그 소리는 표현을 바꿨을 뿐이지 과거의 흑역사를 파내서 써먹으란 소리잖아!"

아, 렌이 딴지를 걸었다.

말하고서는 아차! 하는 표정을 짓고 있다.

한동안 강하게 말하지 않게 되었는데, 요즘 놀림당하는 기분에 참을 수 없게 되었나.

뭐…… 지난번에 대장간에서 날뛰는 도에게 부끄러운 대사를 했었지.

욱신거리는 오른손을 억누르는 듯한 느낌이었고.

"렌의 중학생 시절의 망상이 세상을 구하리라 믿으며!"

"형님이 포기했다!"

포울이 이때라는 듯 외쳤다.

"나오후미 님, 키즈나 양에게도 비슷하게 '나태가 세상을 구하리라 믿으며!' 라고 말씀하셨죠. 그 표현을 좋아하시나요?"

"문제를 내던진다고도 하지."

"솔직히 얘기하면 되는 문제가 아니라고 생각하지만요……."

"어이!"

렌이 도움을 요청하듯 내게 손을 뻗었다.

내가 잽싸게 피했을 때는 이미 필로리아가 렌에게 달라붙어 있었다.

"큭…… 나는 어떡하면 과거에서 벗어날 수 있는 거야."

"그 대사가 이미 미끼를 주는 거나 마찬가지라고 생각하는데."

……할 수 없군. 나는 구조선을 띄우기로 하고 렌도 알 수 있도록 필로리아의 주인, 즉, 마모루를 가리켰다.

이 녀석이라면 어떻게든 할 수 있겠지.

"아……. 필로리아, 적당히 해."

"어? 그치만 필로리아랑 열심히 하면 렌은 강해질 수 있잖아."

"그렇지만, 봐……. 렌이 곤란해 하니까. 그런 건 남자에게도 민감하거든."

"어? 부끄러우면 용사도 못 하는데~?"

"용사라는 건 부끄러운 직업이었어?"

"눈에 띌 것! 모두를 인도하려면 멋있는 것도 중요! 부끄러워 하면 제대로 할 수 없어."

아아, 그렇습니까…… 하고 나와 마모루가 나란히 필로리아를 바라보았다.

군복 같은 걸 멋지게 만들면 사기가 오른다는 이야기는 들은 적이 있으니 틀린 건 아니다.

"그러니까 지금이야말로 렌의 마음속에 잠든 마물을 깨워야 할 때!"

"나오후미……."

의지했던 마모루의 설득도 들으려 하지 않는 필로리아. 렌은 진지하게 내 도움을 요청했다.

할 수 없구만.

"렌, 이 액세서리는 어떻다고 생각하지?"

나는 이미아가 만든 크로스 그라웨이크 서드 아이를 들어 보였다.

"응? 어떻다니……."

"설계도만 봤을 때는 부끄러워 하는 것 같았지만 실제로 만들어서 무기에 붙이니 그렇게까지 마음에 들지 않는다는 느낌은 아니다만?"

"……."

렌은 침묵한 채로 크로스 그라웨이크 서드 아이를 계속 바라보았다.

"만드는 쪽에서는 부끄러울지도 모르지만 객관적으로 보면 이 정도가 되기도 해. 신경 쓰지 마."

이미아의 명예를 위해 말하지만 제작 자체는 훌륭하거든?

오히려 렌이 좋아할 듯한 디자인으로 만들면서도 그다지 중2하게 보이지 않는 만큼 이미아의 솜씨는 확실하다고 할 수 있다.

부끄러운 물건이라고 하면…… 키즈나에게 만들어 준 루어쪽이 위험할지도 모른다.

"으, 으음……."

"이전의 제작 공정만 생각하면 장난치는 걸로밖에 보이지 않았지만 완성품은 그리 신경 쓰이지 않잖아? 요는 아무리 부끄럽더라도 실적이 있다면 불평할 수 없게 된다는 거지."

"하지만……."

"네 선배인 무기점 아저씨를 떠올려 봐. 그렇게 사나이다운 아저씨지만 필로의 인형옷을 만든 적도 있다고."

무기점 아저씨가 제작한 필로 인형옷이라는 물건이 있다.

그건 무기점 아저씨의 어두운 역사라고도 할 수 있는 물건이리라.

그걸 어떤 마음으로 만들어냈는지 신경 쓰이지만 질문해서는 안 된다.

"뭐? 전에 슬쩍 본 기억이 있는데, 아저씨가 만든 거였나?"

"정확히는 개수에 개수를 거듭한 거지만. 그렇게 신경 쓰이던가?"

지금은 거듭되는 개수를 받고 메르티의 잠옷으로 변모해 버렸다.

"아니……."

"그렇다는 거야."

"능숙하게 구슬리고 계신 느낌이 드네요."

라프타리아의 딴지는 변함없이 예리하군.

실은 라프타리아에게는 비밀로 세인에게 라프짱 잠옷을 만들어 줄 수 없나 상담 중이다.

본인이 수행에 바빠 만들어 주는 게 언제가 될지.

"그러고 보니 나오후미는 마모루의 그 방패를 쓸 수 없는 거야?"

"그 방패?"

이전에 내게 보여 준 모 전설 왕국의 방패 같은 방패가 또 있는 건가?

"필로리아, 설마 그 방패를 말하는 거야?"

뭘까? 필로리아가 감수한 부끄러운 방패 같은 게 나올 듯한 분위기.

마모루가 어째 총을 쏘는 것처럼 검지를 구부리고 있었다.

아마 그것만으로도 알 수 있는 기묘한 방패라는 것이겠지.

"그런데? 그리고 이거."

필로리아는 양손을 들고 뭔가 휘두르는 동작을 했다.

뭐지? 이 녀석들은 무슨 해괴한 방패를 갖고 있는 거야?

위기를 느끼고 이곳을 떠나려 하자, 라프타리아만이 아니라 렌에게도 어깨를 붙들렸다.

"너희, 무슨 속셈이야?"

"도망치려고 해도 안 되지. 나를 이만큼이나 놀림감으로 삼았으니까 말이야."

"그래요. 이번에는 나오후미 님 차례인 걸로 하면 되잖아요. 강해지기 위해서예요?"

"큭⋯⋯."

네놈⋯⋯. 나는 네 작업에 조언했을 뿐이라고.

라프타리아에 대해서는 반성하지 않는다. 필로리알은 라프 종으로 갈아 치워야만 하니까.

그 조잘조잘 시끄럽고 잠재적 중2병인 새는 필요 없다.

"가령 카피할 수 있어도 나오후미는 못 쓰지 않을까? 뭐, 방패의 종류가 늘어나니까 없는 것보다는 낫겠지만."

"아무튼 보여주시지 않겠어요?"

라프타리아가 렌과 함께 영업 스마일로 마모루를 재촉했다.

어째 얼굴이 굉장히 빛나 보이는군.

"아, 으응……. 그럼 레인. 보고 있다면 가져다주지 않을래?"

어딘가에서 보고 있다는 걸 전제로, 마모루가 레인에게 말을 걸었다.

잠시 있다 휙 하고 레인과 세인이 나타났다.

"야호! 말한 대로 가져왔어~!"

"왔구만, 사람을 가리지 않고 음담패설을 하는 음란녀!"

필로리아가 중2 모드로 힘껏 언니를 손가락질했다.

"용건이 끝났다면 꺼림칙한·음담패설녀는 물러가라! 그대들은 성에서 마법 공부를 하는 것이다!"

"그런 말을 들으면 돌아가고 싶지 않아지지."

"응."

역시 참가하고 싶은지 세인도 동의하듯 고개를 끄덕였다.

"아, 레인 씨, 괜찮다면 저 사람을 데려가 주지 않겠어?"

"뭐라고?! 검의 용사는 음담패설녀에게 매수당한 건가?"

렌이 이때라는 듯 필로리아를 레인에게 팔았다.

가능하면 상대하기 싫다는 것이 훤히 보였다.

"듣기 거북하군! 난 이런 건 이제 그만뒀다고."

"후후후……. 일선에서 물러났다고 말하고 싶은 게로군? 하나 네 마음 깊은 곳에 있는 마음은 다르다고 나는 느끼고 있노라. 자, 어서 마음을 바꾸고 함께 음담패설녀를 퇴치하는 것이다."

필로리아도 여기서 물러나지 않는 건…… 동류를 발견했기 때문일까?

이 상태라면 필로리알들도 감염될 것 같으니 조심해야겠군.

"누가 이 애를 말려 줘……."

렌도 고생이 많군. 주로 우리 탓인 듯한 느낌도 들지만.

"자자……. 레인과 세인도 나중에 액세서리 시험 착용에 참가하기로 했으니까 기다리고 있어 줘."

여기서 마모루가 렌과 필로리아를 돕고 나섰다.

"필로리아와 교대로 계속하나?"

"그렇게 되겠네. 어쨌든 우리는 초대받은 쪽이고 말이야."

마모루도 동료들의 사이가 큰 문제로군. 필로리아와 레인의 사이를 중재하는 건 굉장히 귀찮을 것 같다.

……우리 쪽은 모토야스가 그렇지만.

필로가 용사가 아니라 다행이다.

용사가 됐다면 이런 느낌으로 교대제를 했을지도 모른다.

"뭐, 보고 있는 건 허가받았으니까. 세인짱과 같이 얘기하면서 느긋하게 보고 있어 줘. 리인……이 아니라 필로리아, 너무 사람들을 곤란하게 하면 안 돼."

"그런 건 잘 알고 있다! 하나 브레이브 소드의 숨겨진 힘을 일깨우기 위해서는 필요한 것이다!"

"좀 참아 주라……."

아아, 정말이지 자매가 나란히 귀찮구만.

음담패설 언니, 중2병 여동생…… 어느 쪽이 좋지?

이따위 선택을 강요당하면 격하게 짜증 날 것 같다. 마모루에게 동정심이 든다.

……속을 알기 어려운 언니와 카드 게임을 좋아하고 약간 나사가 빠진 여동생이 내 머릿속을 스쳐 갔지만, 신경 쓰지 않기로 했다. 그 녀석들은 술이라도 주면 어느 정도는 얌전해지니까.

차라리 이 녀석들도 술이라도 주고 취하게 하는 게 좋을 것 같다.

"마모루, 다음에 이 녀석들에게 음주(마시고 뻗게 하기)를 가르쳐 주는 건 어떨까?"

"나오후미 님의 음주라는 단어가 마시고 뻗게 한다는 말로 들렸어요."

라프타리아의 예리함이 한층 더해지고 있다.

너무나도 이해도가 높아서 눈을 마주치면 마음을 읽히는 차원까지 도달한 듯하다.

"너희도 계속 그런 텐션이면 언젠가 마모루가 쓰러질걸. 어느 정도는 자중하라고. 안 그러면 렌처럼 쓰러진다! 렌처럼!"

"강조하지 말아 줘……."

"와오. 검의 용사도 큰일이네! 그럼 마모루를 위해서도 언니인 나는 어른스럽게 물러나기로 할게."

"큭……. 연상인 것을 자랑할 줄은……. 마모루에게 '필로리아의 처음을 두 번이나 받을 수 있다니 잘됐네.'라고 말한 건

잊지 않으리라아아아아아아아!"

필로리아가 날개에서 희미한 불길을 흘리며 외쳤다.

뭐랄까…… 여전히 막 나가는 언니로군. 미움받는 것도 당연한 것 같다.

이런 녀석을 상대하고 있는 세인은…… 사실 굉장한 녀석이 아닐까?

아니, 세인의 언니 쪽도 비슷한 느낌으로 보이는 만큼, 경계는 태만히 할 수 없지만.

"그래그래. 그럼 이따가~."

그렇게 해서, 레인과 세인은 마모루에게 부탁받은 물품을 건네주고 떠나갔다.

"그래서, 이게 마모루의 이상한 방패인가?"

뭔가 포장된 물건을 들어 올려 확인했다.

아, 만진 바로는 방패라는 걸 매우 잘 알 수 있는 형상이었다.

하지만 한쪽이 이상하게 크다. 서핑 보드 같은 실루엣이다.

"그래, 아무튼 안쪽을 봐 줘."

"생각해 보니 마모루가 방패를 변화시켜서 나에게 보여주면 되었던 거 아냐?"

"그렇긴 하지만 실제로 만져 보는 쪽이 좋잖아?"

놀라게 해 주고 싶은 마음도 있는 듯하군.

그럼…… 마모루가 만들었는지 만들게 한 건지 모를 괴이한 방패란 어떤 물건일까. 그리 생각하며 포장을 벗기자 나온 것은…… 원형 방패고 그 가운데에 구멍…… 정확히는 총이 붙어 있었다.

이거 틀림없이 실드 피스톨인가 하는 무기 아닌가?

일단 부속품으로 탈착이 가능한 구조인 듯하다.

보우건 같은 것도 붙일 수 있으려나?

"이건 확실히…… 이상한 무기를 가지고 왔군."

이러니저러니 해도 마모루 역시 방패의 방향성을 이것저것 연구하고 있었던 듯하다.

내 경우 무기점 아저씨에게 의지했기에 이런 물품은 건드리지 않았었다.

"마모루가 이걸 사용할 경우는 어떻게 되지?"

"생각한 대로 총 부분으로 방아쇠를 당기면 공격할 수 있어. 실험 삼아 만든 거라서 단발이지만."

"흠……. 위력을 높여서 라이플처럼 연사성을 높이는 조합 같은 건 하지 않았던 건가?"

"거기까지 했더니 방패로 인식되지 않게 되었어. 총이 메인이라고 인식되는 모양이야. 실제로 보우건을 붙였더니 카피할 수 없게 되었어."

이 세계는 이세계에서 용사로 소환된 사람들이 있어서 총기 같은 것도 존재한다.

다만…… 총기류도 스테이터스의 영향을 받기에 레벨이 낮으면 일반적으로 공격력도 낮다.

실드 머신건 같은 걸 만들어서 이츠키에게 카피하게 한다면 어떻게 될지가 궁금하군.

다만…… 어쨌든 카피도 안 되고 쓸 수도 없는 결과가 될 것 같다.

일단 실드 피스톨인 채로 들어 봤다.

웨폰 카피가 발동했습니다!

아이언 실드 피스톨의 조건이 해방되었습니다.

아이언 실드 피스톨
능력 미해방…… 장비 보너스, 명중 +2
전용 효과 「매직 불릿」「방패 시야 투과」

성능은 지금 내 상황에서 보면 굉장히 낮다. 그래도 카피는 할 수 있었군.

시험 삼아 아이언 실드 피스톨로 변화시켜 봤다.

"나오후미도 카피가 되는군."

"일단은."

마모루가 마찬가지로 아이언 실드 피스톨로 변경해서는 근처의 돌을 조준하고서 방아쇠를 당겼다.

팡 하고 높고 가벼운 소리가 났나 싶더니, 방패에서 총알이 날아가 돌에 명중해 튀었다.

"이런 느낌이야. 난점은 위력이 실드 부메랑이나 실드 배시보다 밀리는 점일까."

마모루는 나와 달리 공격도 할 수 있는 방패 용사니까. 공격 수단으로서는 유효할지도 모르겠다.

　가능하면 탄환의 대미지가 고정이었으면 좋겠군.

　그렇게 하면 내 스테이터스랑 상관없이 상대에게 상처를 입힐 수 있다.

　그런 생각을 하며 방아쇠를 당기자 핏 하고 뭔가 마모루보다도 훨씬 가벼운 소리가 나고는 노린 돌을 향해 느릿한 속도로 날아가 부딪혔다.

　"……."

　움찔도 하지 않는 돌을 모두 보고, 침묵이 주변을 지배했다.

　이건 역시 내 공격력 없음이 반영되어 있는 게 틀림없다.

　"저기……."

　젠장……. 역시 이렇게 되나.

　침묵하며 어떻게 말해야 하나 고민하는 모두의 표정이 나를 한층 더 어두운 기분에 빠지게 한다.

　그래서 도망치고 싶었다고!

　"이, 이건 뭐랄까…… 나, 낙담하지 마."

　중2병인 필로리아가 연기를 그만두고 나를 위로했다.

　그만둬! 비참해질 뿐이거든! 상처를 더 자극하지 말라고!

　"매직 불릿인가 하는 전용 효과가 있는데도 이런가."

　"응? 그런 효과 있었나? 내 경우는 단발 발사였는데……."

　같은 방패인데 마모루와 나 사이에 전용 효과가 다른가? 잠깐 실험해 보자.

방패에 힘을 담아…… 매직이라면 마법일 테니 마법의 총알을 의식하고 다시 방아쇠를 당겼다.

그러나 이번엔 철컥 하는 소리가 날 뿐 아무것도 나오지 않았다. 마력을 대가로 총알이 나가는 건 아닌 듯하다.

처음 한 발도 아무것도 소비하지 않았다. 마법을 담을 수 있다거나?

간단한 마법을 사용해서…… 그렇게 생각하자 내 의식 안에 기생하고 있는 듯한 마룡의 분신이 목소리를 냈다.

『내 차례 ♪』

"패스트 힐!"

뭐 이 정도라면 영창 없이도 위력 차이 없이 발동할 수 있다.

후욱 하고 방패 내부에 있는 총 부분에 마력이 깃든 느낌이 들었다.

일단 시험하고 볼 일이라고 생각하고 있자니, 어째서인지 방패가 휘익 하고 포울 쪽을 향했다.

그리고 휘익 하고 좋은 반동과 함께 마법의 총알이 방패에서 날아갔다.

굉장히 작은 목소리지만 '실험이에요!' 라고 들린 것 같았다.

"우왓!"

근거리였기에 피할 틈도 없이 포울에게 맞고 마법의 빛이 흩어졌다.

보아하니 상처는 없는 듯했다. 내 공격력을 생각하면 당연하지만.

생각해 보면 시전한 패스트 힐이 포울에게 명중한 것이겠지.

"마법을 그대로 총알로 발사하는 방패라는 건가."

"형님, 지금 주저 없이 나를 쐈는데……."

"아니, 나는 방아쇠를 당기지 않았다만."

"아트라 양이 장난을 쳤다거나 한 건 아니죠?"

"그거라면…… 괜찮지만."

포울이 생각에 잠겼다.

마조히스트냐! 하지만 부정할 수 없는 게 슬프다. 어쩐지 미묘하게 소리가 들린 것 같기도 하고.

하지만 아무 망설임도 없이 오빠를 공격하는 여동생은 괜찮은 걸까?

"마법을 총알로 쏠 수 있게 되었다는 건가. 굉장하군."

"난점은 내가 쓸 수 있는 마법이 회복과 원호 마법…… 능력 강화 마법뿐이라는 거지."

"그건 총으로 쏠 필요성이 적은 계통 아니야? 적어도 이 시대에는 그렇겠네."

호른이 분석하며 질문했다.

이 세계의 경우, 회복 마법 같은 건 사정 범위 내에 있는 대상을 노리고 영창하면 시각화되지 않고 멋대로 발동한다. 공격 마법처럼 조준을 해야만 하는 게 아니다.

"그렇지. 운용 방법이 없는 건 아니지만 그렇게까지 필요할 사태가 올지는 의문이군."

원호 마법을 구슬로 만들어 거울로 난반사시켜 발동하는 걸 마룡과 함께 한 적이 있으니까 불가능한 건 아니다.

하지만…… 수고가 들고 필요가 없잖아. 렌에게 원호 마법을 쓰게 하는 쪽이 더 강력한 마법을 쓸 수 있다.

나는 마법으로 강화를 받을 수 없게 되어 있고 말이지.

무기 합성으로 섞는다고 해도…… 미묘하게 쓰기 힘들다.

"동료의 마법을 충전해서 여차할 때 발동할 수 없을까?"

"조금 시험하게 해 줘."

렌이 내 방패에 손을 대고 마법을 영창했다.

하지만 아까처럼 장전되는 느낌은 없었다.

"무리인 것 같군."

"여전히 쓰기 힘든 방패로구만!"

어째서 이런지……. 이 방패는 우리가 생각한 잔꾀를 받아들여 주질 않는 걸까.

방패 정령을 만난다면 마모루는 공격할 수 있는데 나는 할 수 없는 이유를 따져야겠다.

"신경 써 봤자 어쩔 수 없어요, 나오후미 님."

"……그렇군. 그럼 다음 방패를 확인해 볼까."

마모루가 레인에게 가져오게 한 다음 방패의 포장을 벗겼다.

꽤 큰 방패인 건 포장된 상태에서도 알았지만, 그 모습에는 마모루의 노력이 엿보였다.

커다란 방패 위아래에 검을 세 자루 달아 소드 실드라고 불리는 것으로, 휘둘러서 적을 강타하는 식으로 운용하는 종류의 무기였다.

확실히 방패로서의 측면은 있겠지. 하지만 상당히 힘에 의존하는 무기인 건 틀림없다.

필로리아가 양손을 올리고 붕붕 휘두르던 게 이거로군.

"일단…… 방패로 취급되긴 해."

"어째…… 실트벨트에서 본 것 같은 느낌이 드는군."

카피는 하지 않았다.

정확히는 장식품 측면이 너무 강해 카피조차 되지 않았다고 말하는 게 올바른가.

실트벨트에 있었던 건…… 의미를 따지면 변칙적인 국기 같은 물건이었지.

시험 삼아 손에 들고 확인해 보았다.

아이언 소드 실드의 조건이 해방되었습니다.

아이언 소드 실드
능력 미해방……장비 보너스, 방어력 +3, 완력 +2
전용 효과 「실드 배시 강화」「원 그리기」「충격 경감」

전용 효과의 성능은 좋지만 미묘하다.

무기점 아저씨의 가게에 장식되었던 방패와 좋은 승부가 될 만한 성능밖에 없다.

지금의 상황에서는 아무리 강화해도 현재 사용하는 방패의 발치에도 못 미친다.

게다가…… 장비해서 오르는 스테이터스 중 공격력에 아무 변화도 없다.

즉, 내가 이걸 장비해서 휘둘러도 상대를 상처 입힐 수 없다는 것이다.

시험 삼아 활의 강화 방법인 광석 강화를 해 보았다.

상한은 있어도 실패 없이 가능한 거지만…… 내 경우는 모든 방패가 방어력은 올라도 공격력은 오르지 않는다.

"……공격력이 오르지 않아."

시험 삼아 변화시켜서 가볍게 휘둘러 보았다.

'원 그리기'를 의식했더니 스킬 같은 느낌으로 머릿속에 모션이 떠올랐기에 그걸 따라서 해 봤지만 내 공격은 덧없이 허공을 가를 뿐이었다.

크니까 양손으로 들 필요가 있다는 점도 귀찮고, 원을 그리며 휘두르는 것도 빈틈투성이가 된다.

실드 배시 강화는 좋다고 생각하지만 내가 사용하는 실드 배시는 한순간 현기증을 일으킬 뿐이다. 그래도 현기증의 효과 시간을 늘릴 수 있다면 좋을지도 모르겠다.

무기 합성이 있으니 간신히 쓸 수 있게 되긴 했는데…… 강화해도 효과가 미진하군.

……응. 필요 없다. 스테이터스 보강 정도로 해야겠다.

"원래 형태로 두고 바다에서 서핑 보드나 카누 대신 쓰는 게 최선이겠는걸."

"신랄한 평가지만 사실이야."

만들게 한 마모루가 인정했다. 공격할 수 있는 방패 용사인 마모루조차 그 정도인가.

"써먹기 애매하다고 밖엔 못하겠군."

"마모루의 경우는 제법 공격력이 올랐었는데? 초기에는 꽤 썼을 정도고."

제길……. 밸런스형이라고도 할 수 있는 마모루가 지극히 부럽다.

방어 특화 따위 혼자서는 아무것도 못한다고.

방패도 방패다! 왜 마모루는 공격할 수 있는데 나는 안 되는 거냐!

"어떠냐 라프타리아, 렌. 이걸로 만족했나! 하하하하하하!"

"왜 그렇게 서글픈 웃음을……."

"시험하게 한 건 우리지만……."

"나오후미 님은 공격력이 없는 만큼 더 모두를 지켜 오셨잖아요……."

"그렇다고. 공격력이 없는 만큼 우리 중에서 가장 방어력이 뛰어난 건 틀림없는 사실이잖아. 마모루보다도 나오후미 쪽이 내구력 높을걸?"

"그건 정말로 부럽다고 생각하는데…… 다만…… 음. 같은 방패 용사가 더 말하면 역효과가 될 테니까 그만둘게……."

마모루의 배려하는 언동이 더욱 나를 몰아붙인다.

알고 있다고! 공격 능력이 하나도 없는 내가 가엾다고 생각한다는 걸!

배려해 줘도 즐겁지 않다!

"둘 다 기억해 둬!"

"……방금 발언으로 억지를 부렸던 걸 후회하던 마음이 사라졌어요."

"먼저 잔뜩 괴롭힘을 당했으니 마찬가지야."

호른이 그런 이야기를 주고받는 우리를 보고 한숨을 흘렸다.

"동료끼리 다투다니 뭘 하는 걸까……."

"이게 나오후미 일행이 우호를 다지는 나름의 방법인 거야."

"늘 서로의 마음을 터놓으며 신뢰하는 관계……. 필로리아는 싫지 않노라."

"확실히 형님은 자주 이런 식으로 대화하는 것 같은 느낌이 들지만……."

"저, 저기……. 여러분, 액세서리는 어떻게 할까요?"

지금까지 조용히 있던 이미아가 나를 생각해서 화제를 되돌리고자 입을 열었다.

"내 편을 들어 주는 건 이미아뿐인 모양이군."

뒤에서 이미아를 끌어안고 머리를 쓰다듬었다.

"아…… 아우우우……."

부끄러운 건지 이미아가 굳었다.

뭣하면 라프짱과 루프트를 불러내서 방어를 단단히 하는 것도 나쁘지 않다.

너무 장난치면 라프타리아도 적이 되는 경우가 있으니까.

"나오후미 님, 이미아 양을 곤란하게 하지 말아 주세요."

라프타리아의 냉정한 지적은 못 들은 걸로 하자.

"요즘 라프타리아는 지적이 심해……. 이미아 정도로 이야기 하던 때가 그리운걸."

그런 느낌으로 끈질기게 이미아를 쓰다듬었다.

"으…… 저도 말이 너무 심했던 걸 반성할게요."

어라? 라프타리아가 물러났군?

뭐, 라프타리아의 지적이 거칠어진 건 주로 라프 종 관련된 사건이 발단이었지만.

이전의 라프타리아는 착실히 분위기에 맞추고 말투에도 신경을 써 주었었고.

"아으으으……. 저어, 라프타리아 씨. 저기……."

"화난 게 아니니까 괜찮아요……. 나오후미 님, 이미아 양이 곤란해하니까 슬슬 그만둬 주세요."

라프타리아가 심호흡을 하고서 다시금 주의를 주었다. 어쩐지 이미아도 수긍하고 있군.

이미아는 긴장을 잘 한달까, 부끄럼쟁이였지.

라프타리아도 이 정도로 이미아를 질투하거나 하진 않겠지.

양보해 준다면 상관없나. 마음껏 라프 종 연구를 하자.

이미아를 쓰다듬는 걸 그만두고 액세서리를 확인했다.

좋은 액세서리가 몇 가지 발견되었군. 나도 질 수 없다.

"그럼 모두, 일단 확보해 두고 싶은 효과가 있는 액세서리와 필요 없는 액세서리로 나눠 줘. 필요 없는 건 수시로 부여를 해서 다른 효과가 될지 시험할 테니까."

"알겠어요."

"저기저기저기, 전용 액세서리는 만들어 주지 않아?"

필로리아가 눈을 반짝반짝 빛내며 나와 이미아에게 물었다.

확실히 게임 같은 곳에서라면 로망이 넘치는 물건이겠지.

"어, 으으음⋯⋯."

"반대로 묻겠는데 전용이란 건 어떤 범위를 가리키는 거지?"

액세서리 제작을 하고 있으니까 생각하는 의문이다.

게임이라면 이 캐릭터만 장비할 수 있다는 식으로 지정하면 되지만, 현실의 전용 액세서리가 되면 기준을 알 수 없게 된다.

직업 전용? 무기 전용?

예를 들어 내 방패에 붙이는 액세서리라면 수정 부분에 붙은 캡 같은 게 되겠지만, 조금 조절하면 검의 코등이도 될 수 있다.

"그건⋯⋯ 필로리아가 쓰는 걸 전제로 만드는 거!"

"확실히 그런 작성법도 있어. 전용 액세서리가 되겠지. 하지만⋯⋯ 사용할 상대를 알지 못하면 어려울걸."

적어도 나와 이미아는 필로리아를 잘 모른다.

기껏해야 중2병 버릇이 있는 귀찮은 여자아이라는 느낌이다.

"마모루가 너를 위해 약혼 반지라도 만들면 전용 효과가 나오지 않을까?"

"뭐──."

필로리아의 얼굴이 화악 붉어졌다.

"아, 아니⋯⋯ 저기⋯⋯."

마모루도 부끄러워하기 시작했다. 염장질은 적당히 하라고.

호른도 덥다는 듯 손으로 부채질을 하면서 귀찮아하는 표정을 짓고 있다.

"아무튼, 전용 장비라……."

지난번에 호른이 주었던 나뭇잎은…… 라프 종 전체가 쓰기 편한 전용 액세서리라는 느낌이었지.

그 나뭇잎을 라프짱이 수리검처럼 손에 들고 도약하며 놀던 게 기억난다.

바이오 플랜트와 앵광수로 만든 물건인 듯한데, 어떻게 했는지 모르지만 복수로 늘어나는 것이다.

원래는 하나였지만 나뭇잎을 늘려서 수리검이나 부적처럼 던져 맞출 수 있었던 듯하다.

분신 쪽은 잠시 있으면 시들어서 사라지지만 명중할 때까지는 형태를 유지한다.

라프 종들이 라프짱에게서 빌려 다양한 짓을 하고 있었다.

나뭇잎이 날아가는 도중에 불구슬로 바뀌거나 하는 기예는 보면서 재미있었지.

라프타리아도 미간을 찌푸리며 그런 광경을 보고 있었지만.

부적으로 쓰면, 라프타리아가 가진 도의 권속기…… 키즈나 세계의 마법을 발동할 수 있지 않겠느냐고 제안했더니 미묘한 표정을 지었다.

그런 걸 전용 장비라고 하는 거겠지.

즉, 견본은 있다.

내 머릿속에 라프짱의 전용 장비가 떠올랐다.

라프짱은 오리지널인 라프타리아를 포함하고 있기에 너구리 모양.

그리고 너구리에서 인간으로 변화한다고 하니 떠오르는 옛날이야기. 옛날이야기에서 너구리가 사용하던 물건.

*카치카치야마는 안 맞겠군…….

에스노바르트랑 같이 있으면 그림이 되겠지만, 라프짱이 피해자가 된다.

할아버지 할머니를 처참한 꼴로 만든 못된 너구리가 아니니까.

그럼 다른 유명한 옛날이야기의 소도구라고 하면…….

종이를 꺼냈다. 다음에 만들 것, 액세서리랄까 아무튼 만들고 싶은 무언가의 데생을 해 두었다.

이건 굳이 따지면 대장장이의 작업에 해당할까? 슥슥 펜을 놀리며 떠오르는 이미지를 그렸다.

우선 라프짱이라고 알 수 있는 모습을 그리고…… 거기에서 옛날이야기, **분부쿠 차가마에서 차 솥 풍의 갑옷을 그렸다.

그리고 발전시켜서 루프트에게도 어울리도록…… 응, 크니까 자연스럽게 갑옷을 차 솥처럼 만들면 될 것 같다.

다음은 라프타리아지만, 무녀복이 어울리니까 차 솥은 목제, 소재는 앵광수에서 떼어 내서——.

"……나오후미 님? 무얼 생각하고 계신가요?"

퍼뜩 정신을 차리자, 라프타리아가 살기를 두르고 내 어깨에

---

* 카치카치야마(かちかち山) : 일본의 옛날이야기. 노파를 잔혹하게 살해한 너구리를 토끼가 징벌하는 이야기.
** 분부쿠 차가마(ぶんぶく 茶釜) : 일본의 옛날이야기. 한 가난한 남자가 덫에 걸린 너구리를 구해주자 너구리가 작은 솥으로 변신해서 은혜를 갚는 이야기.

손을 올려놓고 있었다.

"너희의 전용 장비인데? 전용이라고 하면 이럴까 싶어서."

"라프짱들의 장비라는 것까지는 알겠지만, 이 기묘한 세공은 뭔가요?!"

"……분부쿠 차가마?"

"그러네. 옛날이야기에서 본 기억이 있어."

마모루와 렌이 내가 그린 러프를 확인하고 고개를 끄덕였다.

"루프트까지면 어울린다고 생각하지만 라프타리아 씨에게는 무리가 아닐까?"

"라프타리아까지 어울리는 다른 물건이라면 너구리 요괴로…… 아카덴츄(赤殿中)인가."

"뭐지 그건? 모르겠는데."

마모루와 렌이 함께 고개를 갸웃거렸다.

"아, 토쿠시마 지방의 요괴라나 봐. 붉은(赤) 덴츄(殿中)라고 해서…… 민소매 겉옷을 입은 너구리 요괴인데, 어린아이로 둔갑해서 업어 달라고 조른다는 모양이야. 그래서 업어 주면 기뻐한다고 하지."

"무거워진다거나 속인다거나 하지 않아?"

"안 그래."

*코나키지지 같은 느낌이지만, 업히면 기뻐할 뿐이다.

"……."

---

* 코나키지지(子泣き爺): 노인의 모습이지만 갓난아기처럼 운다는 요괴. 불쌍하게 생각해서 업으면 갑자기 무거워지고 떼어놓을 수 없게 된다고 한다.

마모루와 렌 모두 묘한 침묵을 유지했다.

"해는 없을 것 같지만…… 득도 없을 것 같군."

붉은 웃옷을 라프짱들에게 입힐 뿐이겠지.

귀엽긴 하리라. 실로 라프짱에게 어울릴 듯한 요괴다.

"나오후미가 없는 동안 루프트가 키르와 놀 때 그런 느낌의 옷을 입고 바다에서 헤엄치고 있었지."

뭐라고, 이미 루프트가 사용 중이었나. 하지만 전용으로 만들었던 게 아니니까 실험하는 의미는 있다.

"라프타리아, 어느 쪽이 좋지? 문제는 모델이 붉은 조끼 외에는 입지 않은 것 같다는 건데."

"어느 쪽도 싫어요."

뭐, 그렇겠지. 알고 있었다.

"할 수 없지. 간단한 아카덴츄 쪽은 세인…… 아니, 재봉을 할 수 있는 녀석이라면 간단히 만들 수 있을 테니까 부탁하자. 소재를 신경 쓰면 효과가 나올지도 몰라. 솜은 렌에게 맡길게."

"어째서인가요! 애초에 뭐가 '할 수 없지.' 라는 건가요!"

오? 라프타리아가 꼬리를 부풀리며 항의했다. 자연스럽게 말하면 통할지도 모른다고 생각했지만 안 되나?

"전용 장비의 실험이다만?"

"그렇게 말하면 뭐든 넘어갈 수 있을 거라고 생각하시면 큰 착각이에요!"

나는 라프타리아의 양어깨를 붙잡고 타이르듯 말했다. 이러면 받아들여 주려나?

"라프타리아, 강해질지도 모르는 가능성을 무시하는 건 인정할 수 없어."

"여기에서 물러났다가 라프짱들에게 효과가 있다고 판명되면 저에게 피해가 미칠 것 같으니까 싫어요."

라프타리아의 태클은 기세로 꺾지 못할 정도로 성장했군.

그리고 꼼꼼히 생각하고서 거절인가……. 그러나 이쪽도 물러설 수는 없다.

나는 라프 종들을 파워 업 시켜야 한다는 짐을 지고 있으니까. 뭐, 짊어지지 않아도 상관 없지 않을까 생각하긴 하지만 전용 장비라는 로망을 실험하는 건 근사하니 속행한다.

"누님도 큰일이네……."

"포울의 경우는 종족 의상이 있었지? 그건 전용 효과 같은 게 있었나?"

"하쿠코 종에게만 효과를 발휘하지 않는 건 있어."

포울이 순순히 답했다.

당연하지. 그런 걸 빼먹을 리 없으니까. 즉, 종족 전용 효과가 있는 장비는 실재한단 것이다.

"누님의 경우는 쿠텐로에 그런 게 있지 않을까?"

"나타리아가 있다고 해서 이 시대의 물건을 빌릴 수는 없잖아."

"나타리아 씨는 기꺼이 빌려주실 거라고 생각해요. 이상한 게 만들어지지 않도록 말이에요."

"하지만 현재 나타리아는 없지. 그리고 이 시대의 쿠텐로에는 없을지도 몰라. 확인하느라 시간을 낭비하지 않기 위해 새로운 전용 장비를 만드는 건 좋다고 생각하지 않아? 라프타리아의 전용 장비는 있지만, 라프짱들에게는 나뭇잎밖에 없고."

"나오후미는 물러나지 않을 것 같네……."

"전용 반지…… 으으……."

오? 또 필로리아가 얼굴을 붉히고 얌전하게 있다. 앞으로는 이 노선으로 입 다물게 하자.

"조끼는 무녀복 위에 입으면…… 그럭저럭 괜찮지 않을까?"

렌이 라프타리아에게 타협안을 제시했다.

"아무리 그래도 알몸에 웃옷만 입으라고는 하지 않아."

"그런 건 말할 것도 없어요!"

지금 입은 무녀복 위에 조끼잖아?

옷을 너무 겹쳐 입는 것 같긴 하지만, 하오리 같은 거라고 생각하면 그렇게까지 이상하게는 보이지 않겠지.

"이 문답, 이전의 나타리아 씨를 생각나게 하네요."

"그렇군."

"나—와의 거래를 이런 상황에 겹쳐 보는 건 실례야!"

라프타리아는 깊은 한숨을 흘렸다.

"하지만 적당히 해 주세요. 알몸으로 이상한 차림을 하고 싶진 않아요."

"당연하잖아. 나를 뭐라고 생각하는 거야."

노예 소녀를 키워서는 알몸으로 만들고 붉은 조끼를 입히려 한 변태가 되는 상황은 회피할 수 있었다.

그보다도 라프타리아의 경력을 단축해서 현재 상황을 정리하면 이렇게까지 짧아지는군.

……무슨 이야기를 하고 있었더라? 아, 전용 장비였다.

사용할 상대를 한정해서 만들면 전용 장비라고 할 수 있을지도 모른다.

심플하게 생각하면 그 사람을 위해 마음을 담아 만드는 것이고.

……역시 라프타리아를 위해서라고 생각하며 액세서리를 만드는 게 좋은 연습이 되리라.

가장 의지하고 있으니까. 라프짱들도 거기에 맞춰 주고 있고.

그렇다면 라프타리아가 예전에 만들어 준 팔찌 등이 이미지로 떠오르지만…….

방향성 등도 중요하다. 어떤 능력을 올릴 수 있도록 소재를 조합할까?

라프타리아는 공들여 장식한 보석 같은 것도 어울리겠지만, 내 이미지에서는 벗어나 있다.

"나, 나오후미 님?"

라프타리아의 손을 잡고 손목의 사이즈를 확인했다.

이전에 만들었을 때는 가장 유용한 것을 주었을 뿐이었지.

쓰기 편한 크기로 전투에 방해가 되지 않도록 해야 한다.

그것들을 고려한 재료를 고르는 게 좋겠지.

라프타리아와 인연이 강한 요소라면…… 앵천명석과 앵광수, 그리고 비상시의 약.

음, 뭔가 아이디어가 구체화된 느낌이다.

하지만 완성해도 스킬을 강화할 만한 물건이 되지 않으리라는 게 어려운 점인가.

"그런데 라프타리아. 이전에 주었던 벌룬으로 만든 볼은 어떻게 했지?"

"네? 그…… 방에 있는 선반 속에 소중히 두고 있어요."

처음 만났던 때를 떠올렸는지, 라프타리아가 부드러운 표정이 되어 답했다.

"확실히 수리를 위해 벌룬 소재를 챙긴 적이 있었지?"

아주 소중한 보물로 간직하고 있다는 건 나도 봤으니까 안다. 그때의 나는 별생각 없이 준 것이었지만, 라프타리아의 입장에서는 소중한 추억이리라.

"예."

"그때 남은 거면 되니까 나중에 조금 나눠줘. 운을 부르는 용도로 쓰고 싶으니까."

그렇기에 필요하다. 이제부터 만들 장비에.

"……알았어요."

"나오후미의 바보짓에 휘둘려서 고생하는 것처럼 보였지만, 역시 사이가 좋구나."

렌이 뭔가를 중얼거렸다. 그저 평소대로다만.

"뭔가 좋은 후보를 생각한 모양이네?"

"그런 것 같아요."

어째서인지 호른과 이미아가 나란히 우리 쪽을 흐뭇해하는 눈으로 보고 있는 것 같다.

에잇, 빤히 쳐다보지 말라고.

"벌룬 소재를 이용해서 끈으로 된 수영복 같은 걸 만들 생각은 딱히 없어."

"그런 짓을 하실 거라면 절대로 안 드릴 거예요!"

왜 이렇게 탈선하는 걸까. 강력한 전용 장비를 만드는 연습을 하고 싶은 거라고.

"하지만…… 전용 장비와 무기를 조합하는 건 어렵겠는걸."

일단 라프타리아와 라프 종을 위한 전용 장비로 연습하고서 무기로 응용할 수 있을 것 같은 물건을 모색해 보자.

그날의 액세서리 시험 장착 모임은 그런 느낌으로 진행되었다.

쓸 만한 걸 모아 보면…….

나는 유성방패의 내구력을 올리고 플로트 실드의 사거리를 확대하면서 츠바이트 클래스까지 원하는 마법을 반사할 수 있었다. 기를 담으면 마법 반사의 출력을 올릴 수 있지만 대신 몇 번 반사하면 액세서리 자체가 파손된다.

렌은 헌드레드 소드의 명중 정확도를 올리고, 야간 시력과 마법 발동 예측.

라프타리아는 스타더스트 블레이드로 흩뿌리는 별을 늘리고, 도를 휘두르면 예리한 꽃잎이 흩날려 추가 공격, 마력 증가.

포울&필로리아, 공격 시의 크리티컬 포인트를 눈으로 확인, 기를 담기 쉬워짐, 속도 상승.

세인&레인, 실의 공격력과 강도 상승, 사역마의 성능 업.

마모루, 실드 부메랑 강화, 실드 배시의 위력 증가, 오토 유성 방패.

호른, 채찍으로 쓰는 구속 스킬의 효과 시간 연장, 공격에 마비 효과 부여, 조합 시간 단축.

특히 마모루에게 시험시켜 보니, 일정 주기로 유성방패가 자동 전개되는 굉장한 것이 발견되었다.

그래서 나도 잽싸게 사용해 봤지만, 나와는 규격이 다른지 같은 효과가 나오지 않았다.

이놈…… 방패 정령놈, 어디까지 나를 능욕할 셈이냐.

적당히 하지 않으면 거울의 용사로 갈아타 버린다.

마모루는 내 마법 반사가 부럽다고 말했지만 그렇게까지 부러울까 싶다.

이런 건 서로에게 모자란 부분을 찾기에, 남의 떡이 더 커 보이는 것이겠지.

호른의 액세서리는 수수하지만 본인은 마음에 들었던 듯하다. 무엇에 사용할지는 쉽게 상상이 되지만.

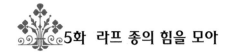 5화 라프 종의 힘을 모아

다음 날은 라프타리아와 함께 마법 연습을 하기로 했다.

최근 라프타리아는 스킬과 기술 위주로 싸웠기 때문에 마법 쪽이 소홀해지고 말았다.

라프짱 쪽에 마법으로 밀리는 건 아닌가 하는 걱정도 포함해 이것저것 훈련하기로 했다.

물론 키르나 다른 아이들의 치료를 위해서도 이것저것 하고 있지만, 전투에서 더 활용하는 방법으로 끼워 넣을 수 없을까 생각해서 말이지.

환각을 조합하며 연계하면 상대를 농락할 수 있다.

내성이 있더라도 그걸 넘는 힘이 있다면 통할 것이다.

"그럼 갈게요."

"그래."

라프타리아가 영창을 시작했다.

『힘의 근원인 내가 명한다. 다시금 이치를 깨우쳐…….』

나는 용맥법으로 발동하는 마법을 역해석했다.

『내 차례 ♪』

그 순간 머릿속 마룡이 멋대로 해석을 진행해 무효화 술식을 완성해 버렸다.

실패로군. 레벌레이션 클래스가 되면 간단히 무효화당하지 않을 텐데.

드라이파에서 멈춰 있는 게 드러났다.

일단 마룡이 손을 쓴 덕분에 라프타리아도 용맥법을 사용할 수 있게 되었지만, 능숙하게 마법을 완성하지 못하고 있다.

"스톱."

"예……."

"음……. 용맥법 자체는 꽤 쓸 수 있게 되었는데 왜 이렇게까지 능숙해지지 못하는 걸까."

"죄, 죄송해요."

라프타리아는 자신의 부족함을 탓하듯 고개를 숙였다.

"신경 쓰지 않아도 돼. 일단은…… 키즈나 쪽 세계의 마법을 연습해 볼까."

"나오후미 님, 알고 계세요?"

"아…… 어느 정도는. 음악계 마법은 별개지만."

그쪽은 이츠키가 해박하다. 필로처럼 노래하는 걸로도 발동할 수 있는 모양이지만 나는 그 원리를 잘 모르겠다.

"지금은 마룡이 사용하던 마법을 쓸 수 있게 해 주고 있지?"

자기 부하들에게 힘을 빌려주도록 요구해서 모인 힘을 마법으로 형성하는 방식이다.

구조적으로는 용맥법과 크게 다르지 않다.

의지할 상대와 우회로를 설정해서 어디서든 협력하게 하는 마법이다.

악마 따위와 계약해서 마법을 발동하는 느낌에 가까우려나.

내게 기생하고 있는 마룡의 유사 인격이 그 원리를 꼼꼼히 가르쳐 주었기에 어느 정도는 기억했다.

하지만 무기의 호환성 탓인지 나는 거울이 아니면 발동할 수 없다. 조절이 필요하다.

"그, 그렇지만……."

이게 라프타리아에게 잘 맞는 건 안다.

협력자가 많을수록 영창이 간략해지고 위력이 상승한다.

합창 마법과 용맥법의 사촌쯤 되는 마법인 것은 틀림없다.

키즈나의 세계에서는 예전에 봉인된 마법이었던 모양이고 상당히 전력 향상을 노릴 수 있겠지.

자질이 있는 건 키즈나 쪽 세계에 소속된 무기의 소지자로 마룡의 가호를 받은 자 한정이지만.

"저는 누구에게서 힘을 빌리면 되는 건가요? 나오후미 님이 협력해 주시리라고는 생각하지만."

"내가 힘을 빌려줄 수 없는 건 아니지만 그러면 공격력이 심각하게 저하하니까 말이지."

라프타리아가 쓰는 마법은 환각계니까 상성은 나쁘지 않다.

그러나 내가 힘을 빌려주면 이번엔 내가 마법을 영창할 여유가 부족하다.

언제라도 가능하면 좋겠지만 나뿐이어선 곤란하다.

"라프~!"

그런 느낌으로 이야기를 하고 있자, 라프짱이 내 곁으로 달려와 울었다.

"그렇지……. 뭣하면 라프짱들의 협력을 받는 게 좋을지도 모르겠군."

"네? 저어, 나오후미 님?"

원래 라프타리아의 머리카락으로 태어난 라프짱이 라프타리아에게 마력을 공급하면 상성도 좋겠지. 마법의 근원이 같으니까 합창 마법 같은 위력이 나올 가능성은 높다.

"마룡의 사천왕도 어떤 의미로는 마룡에게 충성을 맹세한 자들의 마력을 모아서 만들어진 녀석들이었으니까."

"나오후미 님, 마왕 라프짱이니 하는 이야기를 하고 계셨었죠……. 하지만 그러면 제가 마왕 포지션이 되어 버리는데요?"

"마왕 라프타리아라……."

그것도 나쁘지 않다. 어차피 나도 방패의 마왕이라고 매도당한 적이 있으니.

"나오후미 님!"

"신경 쓰지 마. 라프 종의 힘을 모아서 마법을 사용하면 지금 이상으로 편해질 가능성은 있겠지?"

"……일단은 노력해 볼게요. 마룡 씨에게 기초는 제대로 배웠으니까요. 그다지 쓰고 싶지는 않지만, 해 볼게요."

그렇게 해서 라프타리아는 곧장 라프 종들에게서 힘을 빌려 마룡식의 마법을 사용해 보기로 했다.

"저어…… 그럼 라프짱, 도와주세요."

"라프!"

"그럼 마을에 있는 라프 종들에게 말해 볼까. 라프 종들!"

마물 우리 등에 있는 라프 종들에게 사정을 설명하고 승낙을 받았다.

"""라프~!"""

모두 나란히 협력하겠노라는 어필을 해 주었다.

"네……. 그러면……."

라프타리아는 의식을 집중하고 팔을 들어 마법 영창에 들어갔다.

무녀복을 입고 있어서인지 글래스의 춤을 보는 느낌에 가깝다.

마룡의 마법은…… 용맥법의 응용으로 어떻게든 되기에 영창 자체는 간단하다.

기초만 배웠다면 뒤는 가호로 어떻게든 된다.

협력자가 필요하지만 구조 자체는 합창 마법. 협력자가 여기에 있으니까 문제없음……일 터.

『나의 온갖 협력자들이여. 내 요청에 따라 마의 힘을 토대로 나타날지어다!』

"""라프~!"""

라프 종들이 라프타리아의 바람에 따라 힘을 공급했다.

"웃……."

라프타리아가 앞쪽으로 기우뚱하며 쓰러졌다.

"괜찮아?"

"예, 예……. 크웃, 하지만…… 뭐, 뭔가."

파앗…… 하고 라프짱이 빛나며 라프타리아 조금 위쪽에 떠오르더니…… 빛을 발하는 하오리가 되어 라프타리아를 덮었다.

그에 맞추어서인지 라프타리아의 꼬리 부분에도 크게 빛나는 빛의 꼬리가 출현했다.

"이건……."

라프타리아가 하오리와 빛을 내는 커다란 꼬리를 보며 미간을 찌푸렸다.

그리고 쓱 하고 손을 옆으로 움직이자 음양의 형태를 한 구슬이 회전하며 세 발 정도 발사되었다.

눈을 가늘게 뜬 라프타리아가 이번엔 도에 손을 올리고 추가로 무언가를 하려는 듯했다.

"오행 천명진(五行天命陣) 전개."

극히 자연스럽게, 천명으로서 기술을 사용할 때 생겨나는 마법진이 라프타리아의 발치에 출현했다.

"팔극진……."

그리고 지금까지 발동에 조금 시간이 걸렸던 큰 기술의 자세를 갖춘 라프타리아가 도를 횡으로 그었다.

"천명검(天命劍)!"

차앗! 하고 좋은 느낌으로 도의 궤적이 뻗어나갔다.

"어째 마룡이 영창한 것과는 다른 것 같지 않아? 마법을 외우는 게 목적이었잖아? 왜 기술을 사용한 거지?"

"으음……. 그러네요. 묘하게 힘이 모이는 느낌이 들어서…… 마법도 잘 모르는 느낌으로 사용되고요."

아, 그런가. 딱히 영창하지 않아도 쓸 수 있다면 좋은 거려나?

나는 라프타리아에게 출현한 빛나는 하오리를 붙잡아 확인했다.

아……. 이거, 하오리처럼 보이지만 후드다. 후드 부분은 라프짱의 얼굴 같은 디자인.

후드 부분을 펼쳐서 라프타리아에게 입혀 봤다.

"라프짱인가?"

아, 후드의 눈 부분과 시선이 마주친 것 같다.

라프짱은 재주가 좋군. 이런 것도 가능한가. 꼬리는…… 뭔가 묘한 느낌.

공기가 굳어 있다고 할까, 마력이 응축되어 존재하는 것 같다.

"일단 마법을 써 보자. 날 표적으로 해."

"앗, 네."

라프타리아는 다시 의식을 집중해 마룡이 쓰게 해 준 마법을 영창하기 시작했다.

『이 힘은 환각의 도표, 모든 것을 매장하는 마도의 진수, 우리의 적을 환혹하는 환영……. 천명이 명한다! 나의 적을 환각의 바다에 떨굴지어다!』

"마천(魔天) 환영층(幻影層)!"

팟 하고 라프타리아가 마법을 발동시키자 내 주위가 안개로 뒤덮이고 검은 그림자가 무수히 출현했다.

이건 환영이라고 봐도 되려나?

생각해 보면 라프타리아의 환각 마법을 직접 받은 적은 없었다.

과거의 천명이 여우녀 상대로 환각 대결을 펼친 적이 있었는데, 그것과 비슷한 느낌으로 안개 속에서 무엇인가 마음에 그린 것이 떠올랐다.

""라프~!"""

""나오후미 님? 괘, 괜찮으세요?"""

무수한 라프짱과 둘로 늘어난 라프타리아……. 흠, 꽤 강력한 환각이 발생하고 있군.

"그래, 환각이 꽤 강하군. 라프타리아."

라프타리아에게 말을 걸었다.

"저기, 나오후미 님. 저는 그쪽에 없는데요……."

뭣? 이쪽에 있는 라프타리아는 내 환각인가?

음……. 라프짱과 내가 협력해서 사용한 공즉시색 같은 것도 이런 느낌의 환각이었을까?

별생각 없이 사용했지만 꽹장히 까다롭군.

"아, 이 마법, 보여줄 수 있는 환각이 상당히 복잡하게 되어 있네요."

안개가 파앗 하고 걷히며 라프타리아가 말을 걸었다.

"상당히 강력한 환각 마법을 쓸 수 있게 되는군."

"네, 라프짱들이 힘을 빌려주는 덕분에 영창이 빨라서 의식 마법 클래스의 마법을 발동할 수 있게 된 것 같아요."

연습 단계에서 이 정도까지 된다면 대단한걸.

"그리고 마법을 써 보고 알았는데요……."

라프타리아가 뒤에 출현한 큰 꼬리를 가리켰다.

"아무래도 이 꼬리는 마법을 빨아들이는 성질이 있는 것 같아요. 이걸로 마법을 쳐 내면 어느 정도 마력으로 변환해 흡수할 수 있는 느낌이네요."

"모토야스의 앱저브 같은 느낌인가?"

모토야스가 사용하는 용사 전용 마법 앱저브는 사용하면 창으로 마법을 흡수해 마력으로 변환할 수 있다.

난점은 움직이면 효과가 무효화되는 것이라지만 라프타리아의 경우는 움직일 수 있다.

변환 효율은 앱저브보다 낮은 듯하지만 기동력을 올린 간이판이라고 생각하면 상당히 우수한 방어 수단이리라.

"네, 거기에 가깝다고 생각해요. 응용의 폭은 넓지만…… 이 하오리와 마법의 꼬리는 대체 뭘까요?"

"글쎄."

마룡이 쓸 때는 이런 현상을 확인하지 못했다.

아마도 라프짱들이 협력해서 힘을 빌려주고 있기에 가능한 것이리라.

"라프 종이라고 하는, 라프타리아의 요소가 크게 영향을 주고 그게 모인 힘일지도 몰라. 호른과 라트에게 물어볼까."

"솔직히 해명하는 건 싫어요."

"하지만 앞으로의 싸움에서 쓸 수 있다면 유리해지겠지?"

"그렇지만……. 일단 마법을 해제할게요."

라프타리아가 팟 하고 마법을 해제하자 안개가 걷히고 하오리와 꼬리가 빛이 되어 사라졌다.

"라프웃~."

라프짱이 퐁 하고 원래 모습으로 돌아와 라프타리아의 어깨에 올라탔다.

"""라프웃~."""

라프 종들이 털썩 하고 지친 듯 주저앉는다.

"음……. 글래스를 빙의시켰던 실디나 같은 상태인가?"

"거기에 가까울지도 모르겠네요. 라프 종들의 힘을 라프짱에게 모아 저에게 억지로 신탁을 받도록…… 한 느낌일지도."

흠……. 유사하게 라프타리아가 부스트 상태가 되었다는 걸로 생각하면 될지도 모르겠다.

"아무래도 라프 종들에게서 마력을 빌린 만큼 모두의 소비가 커지는 듯하군."

"여차할 때 사용하면 비장의 수가 될 수는 있겠어요. 이런 기술이 발견되기도 하는군요."

"그렇지. 그렇지만 라프타리아가 마법 연습이 부족한 건 확실하니까 제대로 복습하자. 라프 종만으로 시전하면 이렇게 되니까 다음에는 다른 협력자, 나나 렌에게 힘을 빌려서 마법을 사용하는 전제로 연습하자고."

"네, 넷."

그러는 동안 루프트가 우리에게 왔다.

오늘은 마모루의 성에서 메르티와 함께 일하는 게 아니었던가.

"아까 왜인지 힘을 빌려 달라는 라프타리아 누나의 목소리가 들렸는데."

아, 역시 라프 종의 연결을 통해 루프트에게도 소리가 들렸던 모양이다.

"아아…… 잠시 이세계의 마법을 실험하고 있었는데……."

"예상 밖으로 좋은 결과가 나왔어. 마룡의 마법도 무시할 순 없군. 썩어도 준치, 마법의 대가란 말이지."

나는 루프트에게 라프타리아가 어떻게 해서 파워 업 했는지를 설명했다.

응응 하며 고개를 끄덕이던 루프트였지만, 도중에 고개를 갸웃거렸다.

"이야기를 들으면…… 아스트랄 인챈트 같네."

"아……. 확실히 비슷할지도 모르겠군."

천명의 축복과 앵천명석의 결계가 작동하지 않으면 쓸 수 없지만, 아스트랄 인챈트라고 해서…… 누군가 한 사람을 일시적으로 강력하게 만드는 기술이 있었다.

우리는 용사니까 쓸 수 없지만, 동료의 레벨과 강함을 모아 한 명의 힘을 키우는 쿠텐로의 기술.

확실히 앵광수와 앵천명석의 힘으로 협력자의 레벨을 모아 부여한다는 점이 비슷하군.

"이번 경우는…… 마을 안이니까 사용할 수 있었던 걸까?"

라프짱에게 물었다.

"라프?"

아니, 의아해하는 표정을 지어도 곤란하다.

"실험 삼아 다양한 곳에서 해 보는 게 좋지 않을까?"

"그렇겠군."

"실험하고 싶으신 마음은 알겠지만……."

"왜 그래? 라프타리아밖에 쓸 수 없지만 편리한 힘이잖아."

"라프 종이 필수인 상황을 인정하기가 어렵다고 할까요……."

"또 그런 소리를 하는군. 라프타리아도 고집이 세구나."

"나오후미 님에게 고집이 세다는 말을 듣고 말았어요……."

라프타리아가 어깨를 풀썩 떨궜다.

"그럼 마을 밖에서도 시험해 보자. 너희도 괜찮겠지?"

"""랏프!"""

피로가 조금 빠졌는지 라프 종들이 루프트의 말에 응해 주었다.

그렇게 해서 라프타리아의 파워 업과 마법 연습을 위해 마을 밖까지 나가 보았다.

결과를 말하자면, 어디에서든 가능하다는 게 판명되었다.

문제는 라프짱이 없으면 사용할 수 없고, 다른 라프 종이 대신할 수도 없다는 것이지만.

"라프타리아 누나의 뒤에 나오는 큰 꼬리, 근사하네."

"그렇지. 뭐랄까, 얼굴이 보이는 인형옷 같아."

"전혀 기쁘지 않지만 말이죠."

후드 부분은 쓰고 있어도 문제가 없는 듯해서, 라프타리아는 반드시 쓰고 있다.

덧붙여서 후드를 깊게 눌러쓰면 라프짱의 눈 부분으로 마법을 조준하거나 분석이 가능한 모양이고, 혼을 보는 것도 가능하다나.

라프타리아와 라프짱 둘이 있다면 어디서든 사용할 수 있는 전용 마법이라는 느낌이 들었다.

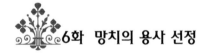 6화 망치의 용사 선정

며칠 후 수룡이 연락을 준 듯, 마모루 일행의 안내로 망치의 권속기를 찾고 있던 나타리아와 합류하게 되었다.

망치의 권속기 소지자는 신을 참칭하는 자에게 살해당하고,

권속기가 악용당하지 않도록 정령이 도망쳤던 것 같다.

그러나 우리가 신을 참칭하는 자를 물리쳤기에 반응이 강해져 위치를 파악할 수 있게 되었다는 것이다.

그 장소에…… 마모루 일행이 솜씨가 있는 자들을 이끌고 가게 되었다.

뭐, 견학을 위해 나와 라프타리아, 루프트와 라프짱들이 동행하게 되었지만.

물론 우리는 적극적으로 참가하지 않는다.

이 시대에서 권속기에 선택되기라도 했다간 미래에 어떻게 되겠는가? 실험하기에는 리스크가 너무 큰 것이다.

참고로 렌은 필로리아와 함께 대장간에서 작업을 하고 있다.

질색하면서도 제법 좋은 결과를 내고 있다고 에클레르가 가르쳐 주었다.

하지만 최근 묘한 느낌이랄까, 이전의 렌 같은 태도를 보일 때가 있다는 이야기도 했다.

말을 걸면 원래대로 돌아오지만 묘한 말을 중얼거리며 멋진 포즈를 취한다거나 하는 모양이다.

에클레르와 윈디아가 있으면 괜찮으리라고 생각하지만, 필로리아가 있는 탓에 중2병 컨트롤이 점점 힘들어질지도 모르겠다.

호른과 레인도 오지 않았다.

호른은 연구하느라 바쁘고, 레인은 세인과 함께 마법을 연습하고 있다.

"왔군요."

나타리아가 우리를 맞이한 곳은…… 처음 나타리아를 만나러 갔을 때 구미호 같은 괴물에게 왕이 조작당하고 있던 나라의 넓은 숲이었다.

그때는 구미호를 처치했지만 조작당하던 왕이 정신을 차리고는 병사를 써서 죽이려 했었지. 그래서 나타리아와 함께하던 수룡이 왕을 해치웠다.

"생각보다도 빨리 찾았군."

"예, 이미 근처에도 소문이 돌고 있는 듯해서 정기적으로 도전자가 오고 있는 듯해요……. 어느 정도 강하지 않으면 도착조차 할 수 없지만요."

"권속기에 선택되고 싶다면 강함을 보이라는 거겠지. 이세계에서 소환 의식을 하는 것보다 불리하지만."

"이미 파도를 경험하고 있는 세계의 사람을 불러내면 불리한 것도 사실이잖아요? 그런 가능성도 있어요."

아, 확실히 그런 가능성도 있겠군.

그렇게 되면…… 꽤 귀찮은 사태가 되는 건 쉽게 상상할 수 있다.

실디나나 필로리아가 좋은 예로군.

가령 이세계 데스 게임이 발생했다고 치고…… 태어난 고향과 맞붙게 된다면 어떻게 행동할까?

내 원래 세계와 맞붙는다면…… 초창기의 나라면 망설임 없이 이 세계를 버릴 것이다.

다행히 원래 세계에 파도 같은 현상은 존재하지 않지만.

……실디나도 세상을 원망하는 것 같았으니, 얽매일 것이 없는 이세계 쪽이 좀 더 편하게 살 수 있었을지도 모른다.

그런데도 원래 세계로 돌아가고 싶다는 태도였지.

그건 심경의 변화가 있었던 거라고 생각해도 되려나?

그렇게 생각하면 우리와 만난 일도 나쁜 사건은 아니었다는 이야기가 된다.

루프트와도 이전보다 친해진 것 같고.

라프타리아의 언니가 사디나라고 한다면 루프트의 누나는 실디나겠지.

……적어도 나와 술을 마시고 싶어서는 아니리라 생각한다.

"안내할게요."

나타리아는 그렇게 말하고서 망치의 권속기가 있는 장소까지 안내해 주었다.

안개로 뒤덮여 시야가 나쁜 숲 속을 모두 함께 나아갔다.

숲에 잠든 전설의 무기라니 로망이 있다는 건 인정한다.

그리고 거기에 도달하기 위해서는 충분히 강해야만 한다는 것도 높게 평가할 수 있군.

건틀릿의 권속기처럼 마을에 대놓고 있으면 도전자가 잔뜩 생기고, 선택받지 못해서 소란 피우는 녀석이 많아서 곤란하다.

마침내 트인 공간으로 나오자, 햇살이 비추고 있는 장소가 보였다.

그곳에 망치의 권속기가 안치되어 있었다.

건틀릿의 칠성 무기와 비슷하게 로제타 스톤 같은 것에 파묻

힌 형태로 놓여 있지만…….

"자…… 그럼 활의 성무기 소지자는 비어 있지만, 조정자로서 방패 용사에게 질문해도 될까요?"

나타리아가 마모루에게 시선을 향했다.

"소환 의식을 해서 소지자를 불러낼까요, 아니면 이 안에 적성자가 있는지 시험할까요?"

뭐, 당초의 목적대로 신을 참칭하는 자가 무언가 하기 전에 전력을 갖추어 두는 게 중요하다.

망치의 권속기 소지자를 포섭하는 데 성공한다면 국제 정세는 실트란에 기울어서 피엔사는 아무런 말도 못하게 되겠지.

그렇게 된다면 활의 용사와 이야기를 해서…… 신을 참칭하는 자에 대비한 포진을 구축……할 수 있으리라.

이미 이쪽에 기울기는 했지만 결정타가 되겠지.

"우선은 내가 아는 사람들이 시험해 봤으면 해. 그래서 잘 안 된다면 소환 의식을 하자. 가능하면…… 관계도 없는 이세계 사람을 휘말리게 하고 싶지 않으니까."

"……알았어요. 확실히 우선은 그게 좋겠네요."

그런 문답 후, 마모루의 동료들이 한 사람씩 망치의 권속기에 도전했다.

그중에는 시안이나 마모루가 보호하는 아이들도 섞여 있었다.

시안은 망치를 뽑지 못하고 엉덩방아를 찧고는 아픈 듯한 표정을 지었다. 그리고 얼굴을 닦더니 아무 일도 없었다는 양 마모루 곁으로 돌아갔다.

"안 됐어."

"그렇군."

어쩐지 시안의 말이 아트라와 흡사해서, 건틀릿의 칠성무기에 도전했던 때가 떠올랐다.

……이 뒤에 강력한 괴물이나 신을 참칭하는 자와의 싸움이 있어서 죽는 자가 나오는 사태가 되지 않았으면 좋겠군.

그렇게 생각하며 누군가 소지자가 나오지 않을까 지켜보았지만, 마모루가 데리고 온 동료들은 모두 망치의 권속기 소지자로 적합하지 않았다.

"미래의 방패 용사 일행은 어떡하시겠어요?"

"도전해서 선택되면 엄청 귀찮아질걸?"

만약 선택되면 이 시대에 두고 갈 수밖에 없다.

"그건…… 망치의 권속기 나름이겠죠."

오? 생각보다도 관용적인 대답이로군.

"다프~."

"라프~."

라프짱들이 나란히 울었다.

……다프짱 쪽은 망치를 쓸 수 있었지.

"이 녀석이라면 다룰 수 있을지도 몰라."

다프짱을 내밀었다.

"다프! 다프다프다프!"

우왓! 엄청 날뛴다. 그렇게나 도전하고 싶지 않은 건가.

할 수 없군. 얌전히 물러서자.

"나오후미 님에게 안기는 걸 싫어하는 라프 종이라니, 참 신기하네요."

"뭐, 그럴 수도 있지."

내용물이 과거의 천명이니까, 뭔가 이유라도 있는 거겠지.

"그럼…… 루프트라도 도전시켜 볼까. 만약 선택되어도 원래 시대로 돌아가기 전에 놓아 주도록 설득하면 될 거야."

도끼를 휘두르던 모습도 어울렸었고, 전력 업이 되겠지.

"형이 그렇게 말한다면."

"……상당히 특수한 사정이 없는 한, 천명이 선택되는 일은 없다고 생각하는데요?"

"뭔가 있나?"

"일단 용사들의 감시역이니까요. 그런 존재가 용사가 되면 사람들이 어떻게 생각할까요? 정령구인 권속기가 그런 걸 고려하지 않으리라 생각하나요?"

아, 확실히 이유는 알 것 같기도 하다.

나쁜 짓을 하지 않나 감시하는 쪽이 나쁜 짓을 할 수 있는 힘을 가진 상황……. 자신을 봐줄 수 있는 것이니 가장 먼저 의심받지 않을까.

"그 이유라면 저는 어떻게 되나요?"

도의 권속기를 가진 라프타리아가 미간을 찌푸렸다.

"일단 이세계의 권속기니 어쩔 수 없겠죠. 하지만 망치의 권속기는 이 세계의 권속기예요."

나타리아가 라프타리아의 의문에 답했다.

이세계의 권속기 소지자라면 이 법칙에는 어긋나지 않나.

"그렇다면 루프트는 무리란 건가."

"아⋯⋯. 조금 아쉬워라."

도전하고 싶었던 모양인 루프트가 대답했다.

나타리아가 꺼린다면 어쩔 수 없겠지. 쿠텐로의 규칙을 깨는 일도 지금은 피하고 싶다.

"그렇게 되면 소환 의식에 도전하기 전에 마모루 쪽 누군가에게 기대 볼까."

"어울릴 법한 사람이 또 있으니까 이번엔 그들에게 부탁해 볼게. 그러니까 소환은 기다려 줬으면 해."

어쩐지 마모루의 지인 중에 소지자가 될 녀석이 있는 모양이다.

그럼 오늘은 일단 마무리하고 돌아갈까.

그런 이야기를 하고 있자니⋯⋯.

"정말이지⋯⋯. 빨리 찾아 줬으면 좋겠네요."

"다, 다프!"

나타리아가 망치의 권속기를 만진 순간.

망치의 권속기가 쩌적 하는 소리를 내면서 로제타 스톤에서 빠져나와 나타리아의 손에 달라붙었다.

다프짱이 털을 곤추세워 위협 같은 소리를 내지만⋯⋯. 만지기 전에 주의를 주었는데 말이지?

"엇⋯⋯."

로제타 스톤이 반짝반짝 빛을 내며 사라지는 동안, 나타리아는 손에 달라붙은 망치를 보고 아연해 하고 있었다.

돌아갈 준비를 하던 자들이 나란히 나타리아 쪽으로 시선을 돌렸다.

"이런……. 망치의 권속기도 기묘한 선정을 했구만. 나중에 어찌 될지 알기나 한 건가……."

수룡이 질린 투로 말했다.

루프트에게 도전하지 말라고 말한 녀석이 선정되어서 어떡하자는 건가.

망치의 권속기는 나타리아의 손에 달라붙어 반짝반짝 빛을 내고 있다.

완전히 '소지자로 인정받았습니다!' 하는 느낌이라고. 나타리아 쪽은 뺨에 손을 대고 멍해져 있다.

"조정자를 소지자로 삼다니…… 망치의 권속기 정령은 대체 무슨 생각을 하고 있는 건가요!"

망치를 향해 소리를 질렀지만 망치는 아무런 대답도 하지 않았다.

"……권속기의 소지자가 되고 만 거라면 어쩔 수 없지. 본래 맡을 수 없는 두 일을 함께 하며 세계에 용사로서의 힘을 똑바로 보일 수밖에 없다. 망치의 용사 나타리아여, 이제까지 이상으로 청빈할 것을 마음에 새기거라."

"조용히 하세요! 지금 세계와 운명 전부를 저주하고 싶은 마음으로 가득하니까! 파도에 이길 방법이 발견된 지금 그렇게까지 특례가 필요하단 말인가요!"

소지자가 되자 갑자기 커스에 침식당한 것 같다.

그런 녀석을 벌하는 게 조정자일 텐데, 나쁜 견본이 되겠는걸.

"저, 전투력을 생각하면 나타리아가 적임자 아닐까?"

마모루가 여기에서 나타리아를 달랬다. 이런 부분이 나와 확실히 다르군.

"어…… 저기, 힘내세요."

"와, 굉장해."

"라프~."

라프타리아와 루프트, 라프짱도 나타리아를 위로했다.

"하아……. 매우 납득할 수 없지만 일단 돌아가죠……. 정말이지, 어째서 이렇게 되나요."

적어도 용사의 힘도 가지면서 조정자를 한다는 건 대단하다고 생각한다.

봉인하는 힘을 갖고 용사의 힘을 쓸 수 있단 이야기니까.

나타리아는 어쩐지 아까보다도 더 지친 모습으로 망치의 권속기를 등에 매고서 우리 뒤를 따라오게 되었다.

그렇게 모두 그곳을 떠나려 했던 그때.

"응?"

문득 숲 안쪽을 보았다.

수풀이 살짝 움직이고, 무언가 금색 꼬리 같은 게 보인 듯했다.

"나오후미 님?"

"아, 응. 아무것도 아니야."

마물이 숨어서 상태를 보고 있었던 건가 생각하면서, 나는 모두의 뒤를 따라갔다.

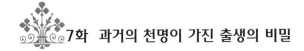

7화 과거의 천명이 가진 출생의 비밀

실트란에 돌아가서 메르티를 포함한 동료들에게 나타리아가 망치의 권속기에 선택받아 용사가 되었음을 보고했다.

"크크큭……. 이것으로 새로운 다크 브레이브가 늘어났군! 맘껏 어둠의 힘을 휘두르거라! 타락한 조정자여!"

필로리아가 그렇게 헛소리를 한 직후, 나타리아가 망치를 확 쳐들고 한 걸음 내디뎠다가… 멈췄다.

"그만해 필로리아! 자극하지 마!"

마모루가 사이에 끼어들어 주의를 주었다.

"뭐랄까……. 사정은 알겠지만, 큰일이겠군."

렌도 동정하는 시선으로 나타리아를 보았다.

"……왜 바라지 않는 사람에게 힘이 주어지는 걸까요."

"아! 그 대사 멋있다~!"

라프타리아가 동정심에 눈을 흐리며 중얼거린 말에 필로리아가 반응했다.

확실히 좀 멋진 말이 나온 것 같다.

"……어째서 제가 이렇게 개성적인 사람들의 동류로 취급받게 된 거죠."

뭐? 용사=개성적이고 이상한 녀석들이라고 말하고 싶은 건가?

그런 논리라면 나도 이상한 녀석이 되니까 거부한다.

"성무기와 권속기의 정령에게 너무 심한 소리를 하는걸."

용사를 고르는 정령의 선정 센스에 관한 의문이 떠오르긴 한다.

하지만 내가 생각하는 것과 조정자가 말하는 건 다르겠지.

뭐, 지금의 나타리아에게는 세상 전부가 미울지도 모른다.

조금 침착해질 때까지 기다리는 게 좋겠지.

"아무튼 이걸로 실트란이 우세해졌으니, 피엔사가 쳐들어올 싹은 완전히 제거한 것 같군."

이제 피엔사가 포섭한 용사는 활의 용사밖에 없다.

마차의 용사를 피엔사가 포섭한 것도 아닌 모양이니까.

"그러네. 설마 이런 급전개가 될 줄은 생각도 못했지만 말이지."

마모루가 내 말에 동의했다. 이제 느긋하게 미래로 돌아갈 방법을 찾을 수 있을 것 같군.

"일단은 무기를 모아 강화해 가면 될까?"

"그야 그렇겠지. 우선 강한 무기로 만들지 않으면 의미가 없으니까."

"강한 건 확실하니 그렇게까지 걱정하지 않아도 되겠지."

그런 이야기를 하고 있자니 퍼뜩 정신을 차린 나타리아가 얼굴을 들고 말했다.

"……잠깐 기다려 주세요. 제가 망치의 권속기로 선정되었다면, 이전에 받은 물건은 어떻게 되는 건가요?!"

"제한 때문에 못 쓰게 되겠지."

"당연하지."

적어도 성무기와 권속기에 선택된 용사는 전투에서 선택된 무기말고는 사용할 수 없다.

즉, 당연히 나타리아는 호른이 준 해머를 쓸 수 없게 된 것이다.

호른도 사정을 듣고 고개를 끄덕였다.

"본심을 말하자면 실전에서 사용해 주는 쪽이 좋지만, 어쩔수 없지."

"아, 안 쓸 거라면 내가 쓸까?"

여기서 루프트가 입후보했다.

"말도 안 돼요! 절대로 넘기지 않을 거예요!"

그렇게나 말하고 싶지 않은 게 누설되는 물건인가?

"무기로서 사용하지 않고 등에 매고 있기만 하면 되지 않을까? 아깝긴 하지만."

"뭐, 그래도 무기에 반영은 되겠네. 기능은 여전히 새겨질 거라고 생각해."

호른이 이렇게 말하니 문제 없겠지.

"만지는 건 절대로 용서하지 않을 거예요! 그리고 언젠가 저사악한 연금술사를 죽이겠어요!"

호른을 끝없이 미워해서 정신적 안정을 꾀하려는 듯하다.

"나오후미 님처럼 분노에 먹히지 않으면 좋겠는데요……."

어떠려나?

나타리아에게 호른이, 내가 본 빗치처럼 미운 대상이 될지 어떨지…….

힘을 빌려주고 있는 이상 그렇게 나쁘지는 않은 관계라고 생각하는데.

"다프다프다프다프!"

다프짱이 나타리아에 연동하듯이 발을 동동 구르지만…… 귀엽다는 생각밖에 안 든다.

"뭐, 울분을 토하는 것도 처음만 들으면 될 거야. 완성되면 믿음직한 무기가 될 테니까."

"그랬으면 좋겠네요."

그렇게 해서 나타리아는 망치의 용사로서 우리 일행에 섞이게 되었다.

본인은 당장 행방을 감추고 싶은 것 같지만 사명이 그걸 용서하지 않겠지.

역시 용사라는 직업은 짜증이 난다. 정말 일부지만 이런 정령들은 몸을 바쳐 우리를 골탕 먹이려고 하는 듯하다.

……나타리아가 용사로 선택된 밤.

내가 방에서 홀로 액세서리 제작 도면을 그리고 약초 조합을 하고 있자니…….

"라프~."

"다프~."

라프짱과 다프짱이 함께 방에 들어왔다.

참, 라프타리아는 키르와 아이들의 트라우마 해소를 돕고자 나가 있어 요새는 같은 방에서 자는 경우가 적다.

"오? 라프짱들은 오늘 내 방에서 자려고?"

라프짱들은 기본적으로 다양한 곳에서 잔다.

최근은 라프타리아를 돕고 함께 잠드는 경우가 많은 것 같지만.

"다프."

여기서 다프짱이 한 걸음 앞으로 나서더니 두 발로 일어서서 도약했다.

그리고 퍼엉 하고…… 과거의 천명으로 모습을 바꾸었다.

"응? 무슨 일이지?"

내 앞에서 그 모습이 된다는 건 무엇인가 이야기할 생각인가?

"그러고 보면 좀처럼 그 모습을 안 하던데, 이유라도 있어?"

"이 모습이 되기 위한 힘의 축적이 힘든 것이니라. 이럴 줄 알았다면 좀 더 절약해 두었어야 했거늘."

아, 그런 건가.

기술적으로는 사디나 이상으로 강한 이 녀석이 전선에서 싸우면 될 텐데 왜 인간 모습이 되지 않는가 했더니 변신하기 위한 힘이 모자랐던 건가. 묘한 곳에서 불편하군.

"그래서, 내게 뭔가 하고 싶은 말이 있으니까 그 모습이 된 거로군? 금방 끝나는 얘기겠지?"

"일단은 그렇다."

"호른에게 개조해 달라고 해서 변신 시간을 늘릴까?"

그렇게 말한 순간 과거의 천명의 눈썹이 불쾌한 듯 솟구쳤다.

"농담은 그만두어라. 그냥도 기괴한 상태를 더욱 이상하게 만들었다간 참을 수 없는 것이야."

"그래그래."

과연, 알고는 있었지만 과거의 천명은 호른이 꽤 싫은 모양이다.

"게다가…… 조금은 축적이 쉬워졌으니까 필요 없는 것이니라. 이것도 몸이 익숙해져서인가 생각하면 한숨이 나오는 것이야."

헤에……. 뭔가 이유가 있어서 변신하기 쉬워졌다는 거로군.

"간단히 이야기하마……라고 해도 이것저것 알려줘야만 하겠구나."

"알겠어."

라프타리아가 없는 상황에 방문한 것도 뭔가 이유가 있는 건가?

"우선 나 자신이 어떤 존재인지를 설명하마."

"라프타리아의 조상이잖아? 아마 나타리아보다 뒤인 건 알겠고……. 네가 갖고 있던 망치는 호른이 만든 것과 닮았지만."

잘라 말하면 과거의 천명인 이 녀석이 대체 어떤 녀석인지 잘 모르겠다.

라프타리아와 나타리아 말고도 이 녀석이 있는 것이고.

"본래의 역사라면 나중에 나타날 녀석을 실험에 사용했다거나?"

"다르다. 태어난 것도 만들어진 것도 틀림없이 이것이니라."

"그렇다면 너는…… 나타리아의 잔류 사념인가?"

"그것도 비슷하지만 다른 것이야. 정확히는…… 인격 복사를 끝낸 후년의 망치가 근원이니라."

즉, 라프짱 2호인 과거의 천명은 나타리아가 아니라, 그 인격을 복사한 망치가 근원이란 이야기인가.

"과거 시대에 와서인지 몸이 적응해간 탓인지 잘은 모르겠지만, 떠올렸다고 말하기도 어려운 묘한 느낌으로 기억이 보정되어 가고 있는 것이니라."

"헤에……."

이 시대의 미래가 어떻게 되는지 단서가 되리라 생각했지만, 큰 도움은 되지 않을 것 같군.

"그러나 이 시대의 다음은 흐릿하게 기억해 냈느니라. 조정자의 무기로서 반드시 쿠텐로를 나와, 신탁을 통해 술자 대신 날뛰는 용사와 마수에게 벌을 주었던 것이야."

아, 실디나가 하고 있던 그건가.

……이 녀석이 기본적으로 쿠텐로에서 파견되는 포지션이었던 건가.

후세의 일을 생각하면 안타까운 싸움을 계속하게 되는구나.

"뭐어, 그것도 의지를 가진 무기로서 수명을 끝낸 후에는 실디나가 깨우기까지 아무 일도 없었다만."

"그럼…… 네 주관으로 봐서, 미래에 파도는 끝났다고 생각하나?"

"……."

과거의 천명은 고개를 돌리며 답했다.

"적어도…… 새로운 적이라고 생각되는 놈들과는 무수하게 싸웠던 기억이 있느니라. 그중에는 반드시 마키나 같은 녀석이

섞여 있었던 것이야. 그것이 그들의 동료인지는 의문이다만."

"그런가……."

과거 시대에 와 있는 자체가 이례적인 일인 건 틀림없다.

그런 상황에서 다른 판단 근거도 있다.

아직 정답이 하나라곤 할 수 없지만, 바로 그렇기에 우리는 한 시라도 빨리 본래 시대로 돌아가야만 한다.

"그런데 왜 수룡이나 다른 녀석에게 사정을 이야기하지 않는 거지?"

"이전부터 지긋지긋하게 알던 사이인 것이니라. 주절주절 떠들면 시끄럽고 말한다 해도 그리 달라지지 않을 것이야."

아, 그렇군. 이전부터 껄끄러워했던 건가. 알고 있는 것도 그다지 없는 것 같고.

"게다가 이 모습을 보이면 이 시대의 천명…… 원형에게 괜한 자극을 줄지도 모르는 것이야."

뭐어…… 그렇겠지.

나타리아는 자극하면 이래저래 망가질 것 같다.

그 정도로 멘탈이 미숙한 건 틀림없다.

미래에서 온 녀석들 사이에 자신의 분신도 섞여 있다니, 지금의 나타리아는 견디지 못하겠지.

"이야기를 정리하자면, 너는 나타리아의 미래 인격을 복사한 망치라고 봐도 되겠지?"

"그 망치에서 다시 인격을 추출하여 다른 그릇에 담은 존재인 것이야."

"그 말투는?"

"모르는 것이야."

"……나타리아와 호른의 인격을 섞은 망치 같은 건 아니겠지?"

약간 이상한 말투에서 의심이 간다.

"제발 참아줬으면 하느니라. 시간이 흘러 열화한 것이라고 생각하는 것이야. 최종적으로 파손되기 전에 말투가 이상하다는 말을 들은 기억도 있느니라."

"알았어. 그래서 무슨 이야기를 하고 싶은 거지?"

나타리아의 미래 모습이겠지만, 라프타리아가 조금 더 나이를 먹은 듯한 인간 모습을 보고 있자면 뭔가 위화감이 든다.

"이미 정해진 미래를 바꾸지 말라고 설교라도 할 생각이야? 그거라면 타쿠토의 동료였던 여우녀를 네가 죽였지. 꽤 치명적일걸."

"웅? 그건 다를 것이니라, 아마도."

아니, 불확실한 대답을 하지 말라고. 불온한 금색 꼬리가 머릿속을 스쳐 가잖아.

"애초에 변화를 관측하고 싶은 것은 이쪽이니라. 그러니까 그렇게까지 주의할 필요는 없는 것이야."

"좋아, 역시 호른에게 필로리알을 라프 종으로——."

"그렇게 했다간 용서하지 않을 것이니라. 한도를 알아야 하는 것이야."

제길, 너도냐.

"오히려 그 사악한 연금술사와 편승해서 장난만 치고 있는 게 보여서 화가 나는 것이니라."

역시 흐름이 싫은 거로군.

"……푸념이나 하려고 힘을 소비해서까지 온 거야?"

"그런 것이 아니니라. 흐릿하게밖에 떠오르지 않는 것이라도 단서라 부를 만한 것이 있는 것이야."

"뭔데?"

"이 시대에 오기 전, 필로리알의 성지에 그럴싸한 것이 있었을 것이니라."

"혹시 모토야스가 뭔가 기동시켰던 그거 말하는 건가?"

뭔가 시계 같은 방을 가리키고 있었던가?

"그것은 분명…… 시간을 관장하는 시설이었을 것이야."

"하지만 필로리알의 성역은 이 시대에 없을 텐데……. 그 신전 자체는 원래 있었던 건가?"

마모루 일행이 성지라고 말하던 장소가 떠올랐지만, 위치를 생각하면 삼용교 소동 때 안내받은 폐허가 그곳이겠지.

어디에 있었더라?

메르티가 관련된 장소를 묻고 있었지만, 그런 시설은 없다고 했었다.

세계 융합 전이니까 지형이 꽤 다른 게 번거롭군. 그래서 참조하기가 어렵다.

예를 들어 메르로마르크와 실트벨트…… 포브레이로 가는 길 도중에 미혹의 사막이라는 장소가 있다고 하는데, 이 시대에는 없는 듯하다.

"그 신전의 근원이 검과 창의 세계 쪽에 있다거나 하면 이만저만 귀찮은 게 아니야."

"그럴 수도 있을 법한 것이 어려운 부분이니라."

"……웃기지 마."

어떻게 가란 거야.

"방법이 없지는 않은 것이니라. 마차의 권속기를 입수하면 가능성이 있다고 생각하는 것이야."

"왜 마차가 있으면 가능하다는 거지?"

"마차는 이동계의 권속기. 이세계에 있던 배의 권속기와 같은 것이니라. 검의 성무기가 가진 반응을 더듬어 파도가 아닐 때도 세계 이동이 가능할 것이야."

그런가? 뭐, 배의 권속기는 닻의 액세서리를 경유해서 에스노바르트를 우리 세계에 보낸 적이 있었다. 비슷한 게 가능해도 신기할 건 없지.

하지만…… 돌아갈 수단이 이 세계에 없다니, 사태를 꼬아 놓는 것도 적당히 해 줬으면 좋겠구만!

"도의 권속기에 부탁해도 키즈나의 세계로 전송이 불가능했는데 그런 게 가능할까?"

"그러니까 수단에 지나지 않는 것이니라."

"그런가……."

문제는 마차의 권속기가 어디에 있느냐다.

마모루 일행은 소지자를 상당히 가리는 까다로운 권속기라고 했고, 애초에 지금 어디에 있는지도 모르는 듯하다. 소지자는 미래의 소지자일 피트리아를 데리고 찾으면 될까?

"무슨 말을 하려는지는 알겠지만 소재지를 모르는 걸 어떻게 찾느냐는 게 문제야."

"분명히 이 시대라면…… 용사들이 성지라 부르는 장소가 있었던 기억이 있느니라."

"알고 있었던 거냐."

"떠오른 것이니라."

정말로 믿음직스럽지 않은 천명님이다.

나타리아도 자신이 미래에 이런 녀석이 된다는 걸 알면 절망할 것 같군.

하지만…… 성지에 그런 게 있었나?

마모루의 이야기로는 대단한 게 없다고 했던 것 같은데.

"으…… 슬슬 한계인 것이니라……."

과거의 천명이 연기와 함께 다프짱 모습으로 되돌아갔다.

"다프……."

아, 한숨을 푹푹 쉬고 있다. 그 모습에 뭔가 불만이라도 있다는 건가.

라프타리아도 라프 종이 되면 이런 태도를 보일까.

……나타리아가 라프 종이 되었다고 생각하고 쓰다듬어 주자.

그렇게 생각하고 손을 뻗자, 위기 의식이 발동했는지 크게 펄쩍 뛰어서는 도망쳐 버렸다.

"다프으으으으으읏!"

위협해 온다.

아무래도 내가 무엇을 하려는지 눈치챈 듯하다. 이건 단념해야겠군.

"이야기는 알았어. 그럼 내일, 마모루에게 제안해서 성지란 곳에 가 보지."

"다프."

"라프~."

그렇게 해서, 과거의 천명에게 정보를 제공받아 성지로 향하기로 했다.

8화 0의 영역

다음 날.

"나오후미! 나와 봐!"

메르티가 아침 일찍부터 초조해하며 내 방의 문을 두드렸다.

"이런 이른 아침부터 무슨 일이야……."

"큰일이야! 아무튼 빨리 일어나서 얘기를 들어!"

"그래그래. 자, 뭔데? 또 피엔사가 쳐들어왔나?"

"간접적으로는 그래!"

또냐……. 그 나라는 다양한 의미로 끈질기구만.

망치의 용사까지 이쪽에 붙은 걸 대대적으로 선전하면 조용해지리라고 생각하고 있었는데, 지긋지긋하다.

차라리 괴멸적인 타격을 입혀 둘까. 마모루에게 맡기고 있는 것보다 빠를 것 같은 느낌도 든다.

침략당하는 공포를 새겨 주는 거다.

"정확히는, 동맹을 맺으려고 실트란에 사자를 보낸 나라들을 차례차례 공격하고 있어!"

"정체를 드러냈단 건가?"

이건 압박당해서 자포자기했는지도 모르겠군.

하지만 그런 짓을 벌여도 되나? 대의명분이 이쪽에 생기는데?

"뭘 노리는지는 몰라. 하지만 파죽지세란 말로도 모자랄 기세야. 그림자가 내게 오는 것도 힘겨웠을 정도니까."

"그렇소이다……."

메르티보다 조금 늦게, 만신창이가 된 그림자가 라프타리아의 부축을 받으며 나타났다.

아무래도 상처도 심한 듯, 피가 스며든 붕대를 팔에 몇 겹이나 감고 있다.

그림자 전속 라프 종도 심한 상처를 입고, 그림자 위에서 간신히 몸을 기대고 있는 상태다.

잠입 공작을 하고 있는 그림자를 찾아내고 이렇게까지 중상을 입히다니 제법인걸.

"나오후미 님, 상당히 심각한 상태예요."

"그건 알겠지만 일단은 치료를 우선해야 해."

"그랬으면 하는 바람이오만, 방패 용사님이라 해도 치유할 수 있을지 모르겠소."

"라프······."

"이 정도 상처라면 아직 치유할 수 있어."

아트라 때처럼 손쓸 수 없는 상처로는 보이지 않는다.

오히려 이 정도 상처라면 마법으로든 약으로든 어떻게든 될 정도다.

그런데도 치유하지 못한 데는 뭔가 이유가 있는 건가?

그렇게 생각하며 그림자와 닌자 코스플레이를 한 라프 종에게 회복 마법을 걸었다.

『내 차례♪』

"알 레벌레이션 힐!"

파앗 하고 그림자와 라프 종에게 내가 영창한 회복 마법이 발동했다.

이걸로 상처가······라고 생각한 순간 그림자와 라프 종의 상처가 다시 푸욱 하고 벌어졌다.

"뭐지?!"

"피엔사 군이 도입한 알 수 없는 회복 불가 무기 공격이오······. 동맹을 맺으려 하던 나라의 병사들도 피엔사 군대의 회복 불가 공격에 일방적으로 당하고 있소이다······."

제길, 까다롭게······. 이건 일종의 저주라 봐도 틀림없겠지.

내가 블러드 새크리파이스로 중상을 입었을 때에 가까울지도 모른다.

방패와 마룡의 힘을 합쳐서 그림자의 상처를 분석했다.

의식 마법과 성수로 낫는다면 고생하지 않겠지만······ 그게 안 되면 그림자와 라프 종은 언젠가 죽는다.

지금도 조금씩 피를 흘리며 계속 약해지는 걸 알 수 있었다.

"라프타리아, 마을의 치료 시설로."

"예."

"나오후미…… 괜찮을까?"

"반드시 치유할 거야. 메르티는 라트와 호른을 불러 줘."

"알았어."

우리는 곧장 그림자와 라프 종을 마을의 치료 시설로 옮겨 치료를 재개했다.

라트와 호른도 금세 와서 나와 함께 그림자의 상처를 분석하기 시작했다.

"저주라기에는 반응이 묘하네."

"확실히 그래. 마치 상처가 열린 형태로 고정된 듯한 느낌? 대공의 회복 마법이 아니었다면 더 악화되었을지도 모르겠어."

라트와 호른의 분석에 의하면 어설픈 회복 마법은 역효과가 날 테니까 그만두는 게 좋다고 한다.

그리고 내 회복 마법이어야만 한다는 의미는, 나는 공격적인 마법을 쓸 수 없기 때문이라는 듯하다.

효과가 반전되어 공격으로 판정되려 할 때 회복 마법의 효과가 멋대로 끊어진다. 나는 대체 얼마나 번거로운 성질을 갖고 있는 건지.

그렇다 해도 지금은 이들의 상태가 더 나빠지지 않았으니까 다행인지도 모르겠다.

"이건 상당히 악의 어린 구조네. 이런 기술이 피엔사에 있었다고는 생각할 수 없어."

"미래의 회복 저해 저주 중에 이런 타입이 있어……. 하지만 이런 건 처음이야."

"고찰은 그렇다 치고 치유할 방법은?"

"상처 한정이라면…… 상처를 도려내면 회복할 수 있겠지?"

"정보 수집 중에 그 예를 보았소이다……. 그대로 상처가 깊어지기만 했을 뿐이오."

그림자는 적의 정보를 수집하고 있었다. 그러니 다른 피해자의 상태도 조사하고 있었던 듯하다.

제길, 나도 해 볼까 생각한 치료 방법이었지만 역효과인가.

"치료용 배양액에 잠기는 방법도 있겠지만…… 잠깐 시험해 볼게."

라트가 시험관을 꺼내 그림자의 상처 부위에 가져갔다.

슈우욱 하고 연기가 일어나고 피가 솟구치며 상처가 깊어졌다.

"……이건 역효과가 될 것 같네."

"회복 불가라니, 언어의 세계에밖에 있을 수 없는 공격인걸."

뭐지, 이건? 마치 내 세계의 신화 같은 곳에 등장하는 무기를 쓴 듯한 치료 불가의 저주다.

"세포 이식으로 덮어씌우는 것도 한 방법이겠네. 하지만…… 이렇게까지 공을 들였다면 세포 유착도 방해당할 것 같아."

제길…… 어디까지 악의로 물든 기술이냐.

마치 세인의 적 세력이 피엔사에서 암약하고 있는 듯하다.

우리가 과거에 있는 이상 실제로 있을지도 모르지만…….

"어떻게든 할 방법이 없나?"

상처 치료가 불가능하다면 그 상처 주위를 통째로 적출해 버릴까. 하지만 피부 이식 같은 걸로 위를 덮어도 제대로 유착될지 의심스럽다.

문득…… 키즈나가 이전에 개조된 츠구미를 구하거나, 무기를 빼앗으려는 전생자의 힘을 잘라 해제했던 광경이 떠올랐다.

"라프타리아."

상태를 보고 있는 렌이나 세인도 괜찮겠지만, 여기는 라프타리아에게 맡기는 쪽이 빠르다.

"예."

"0의 도로 그림자의 상처를 잘라 봐."

"네? 하지만……."

"원래 0의 무기에 공격력은 없어. 게다가 이런 악의의 덩어리 같은 조합에 맞서서 기댈 만한 거라면 그것뿐이잖아."

부정하다고밖에 말할 수 없는 뒤틀린 기술. 거기에 대한 대항책은 0의 무기다.

"……알겠어요."

라프타리아가 도를 뽑아 0의 도로 바꾸고는, 그림자의 상처를 따르듯 칼날을 미끄러뜨렸다.

"크으으으……."

그림자가 아픔을 억눌렀다. 효과가 있다고 봐도 좋을지 모르겠다.

좋아, 이러면 될까?

"패스트 힐!"

라프타리아가 가볍게 도려낸 곳에 약한 회복 마법을 걸었다.

그러나 크게 변화하는 것처럼 보이지 않고 피가 스며 나오기 시작했다.

"그럴 수가……."

"0의 무기로도 안 되나."

부정한 힘이지만 부정하진 않다고 할 셈인가?

그레이 존 같은 애매한 곳을 찌르고 있는 것 같다.

"이렇게 까다로운 저주라면……."

"크……. 내— 두뇌로도 치료 수단이 당장은 떠오르지 않아. 아니…… 호문쿨루스로 다른 몸에 혼을……."

"지금부터 해서 되겠어?!"

"아, 아직, 괜찮…… 소이다. 소인은 아직, 죽기에는……."

그림자의 목소리는 약했지만 확실히 아직 죽기에는 이르다.

하지만 이 상처와 출혈이라면 기껏해야 이틀이겠지.

그동안 치유하려면 피엔사에 쳐들어가서 주모자를 밝혀내야 할까?

……호른의 제안이 시간에 맞을까?

"역시 힘들겠어……. 세포를 급히 증식시킨다 해도…… 애초에 이런 걸 만들어 내는 녀석이 그 가능성을 무시했다고는……."

언제나 자신만만한 호른이 애매한 대답밖에 못 하고 있다.

그것만으로도 수단이 없음을 알 수 있다.

이걸 해제할 수 있는 건 저주를 건 녀석뿐이다.

하지만 그 녀석들은 이쪽에 말도 안 되는 요구를 하겠지.

"나오후미⋯⋯."

메르티가 기도하듯 나를 향해 양손을 모았다.

피엔사의 침략을 받아들이면 그림자와 라프 종은 살 수 있을지도 모른다.

그러나 미래에 돌아갈 수단을 발견하는 것도 늦어지고, 돌아가지 못할 가능성도 있다.

하지만⋯⋯ 그렇지만⋯⋯.

"방패 용사님, 소인을 위해, 피엔사의 악행을⋯⋯ 받아들여서는⋯⋯ 아니 되오이다."

"라, 라프으⋯⋯."

그림자와 라프 종이 나란히 고개를 흔들었다.

"아직, 시간은 있⋯⋯소이다. 소인, 지금은 여왕님의 마음을 아플 정도로 알 수 있으니. 죽을 때까지, 남겨진 시간을, 남기고 싶은 것을 전할 수 있으니까 행복한 것이오."

"라프으."

결정했었다. 아트라를 잃고, 모두의 도움을 받아서, 다시 아트라와 이야기를 했을 때.

이제⋯⋯ 가령 무슨 일이 있더라도 모두를 잃고 싶지 않다.

무엇과 바꿔서라도⋯⋯ 지키고 싶다고.

그렇게⋯⋯ 흘러넘칠 것 같은 목소리를 참고, 주먹을 쥐고 있을 때…… 어딘가에서 목소리가 들려온 듯했다.

──……정말로?

들은 적이 없는 목소리였다.

하지만…… 어딘가에서 들은 것이 있는 목소리처럼도 느껴졌다. 내 목소리와 닮았지만 다르다.

이 목소리는…… 대체 뭐지?

방패에서 들려오는 것 같기도 하고, 머릿속에서 전해지는 것도 같다.

……지금은 목소리의 주인이 누구인지보다도 질문받은 내용 쪽이 중요하겠지.

당연하다. 그림자와는 삼용교 사건 후 접점이 줄었지만, 그래도 우리를 위해 이것저것 애써 주고 있었다.

과거 시대에 온 후에도 피엔사에서 정보를 수집하고 메르티의 일을 보좌했다.

무엇보다도, 틀림없이 다양한 곳에서 우리의 싸움을 남몰래 돕고 있었다.

나는…… 도와준 사람들을…… 잃고 싶지 않다.

──괴로운 길이 될지도 모르는데? 더는 돌이키지 못할 가능성도 있어. 그래도…… 후회하지 않겠어?

알게 뭔가. 나는 이미 결단하고 있다. 망설이지 않는다.

동료의 목숨을 구할 수 있다면, 어떤 수단이라도 쓰겠다.

──결의에는…… 대답을.

그리고 갑자기 목소리가 조금 크게 들린 것 같았다.

──……망각…… 0의 영역으로──.

0의 시작이 변화. 0의 영역 상층이 되었습니다!

공격력 -1

마법 투과율 상승

반(反) 차원 방어 방벽(약) 취득

갑자기 내 스테이터스에 그런 문자가 표시되었다.

동시에 불쑥 이 상처의 치료법이…… 마법식이 떠올랐다.

『모든 것을 토해 내어 허무에 다다른 투명한 흑이여, 나는 그 힘을 이끌어 구현을 바라노라!』

"나, 나오후미 님?"

"뭔가 있었던 거지?"

"모르겠어요. 하지만…… 나오후미 님에게서 뭔가…….."

제길, 이 영창 굉장히 어렵다.

평소 하던 퍼즐 맞추기가 아니다. 게다가 마룡도 반응해 주지 않는다.

어떤 영창 구조인가 하면…… 퍼즐에 금붕어 뜨기를 더한 것처럼, 굉장히 얇은 막을 움직여 퍼즐을 만들고 있는 감각에 가깝다.

『나, 방패의 용사가 하늘에 명하고, 땅에 명하여, 이치를 바르게, 고름을 허무로 되돌리노라…….』

실패는……해도 괜찮지만, 그만큼 발동까지의 시간이 길어진다. 난이도가 굉장히 높다.

그렇다 해도…… 나는 필사적으로 구성을 완성시켰다.

『힘의 근원인 모든 것에 명한다. 내가 부정하다 정한 저주를 그들에게서 지워 없애고 치유하라!』

"알 패스트 힐 제로!"

손에서 힘이 쭉쭉 빠져 나가는 느낌과 함께 마력을 전부 잃었다.

"영창이 뭔가……? 제로?"

라프타리아가 그렇게 중얼거린 것과 동시에 공간의 일그러짐 같은 무언가가 내 손에서 나와서 그림자와 라프 종의 상처를 향해 날아갔다.

내가 사용한 마법은 그림자와 라프 종의 상처를 덧그리듯 통과하더니 곧 공중으로 사라졌다.

그리고 영창을 끝낸 나는 약간 의식을 잃었었는지, 풀썩 하고 그 자리에 쓰러졌다.

"나오후미 님?!"

재빠르게 라프타리아가 지탱해 주었던 듯, 완전히 쓰러지지는 않은 듯하다.

"으……."

"괜찮으세요?!"

"아, 그래……. 괜찮아. 마력이 없어져서 잠시 의식이 끊어졌을 뿐이야."

"나오후미 님이 마력을 다 써서 의식을 잃으시다니……."

"지금 영창한 마법은 뭐였지?"

"글쎄. 불쑥 머리에 떠오른 마법이라고밖엔 설명할 수 없어."

신경 쓰이는 것은 '0의 영역 상층'으로 바뀐 정체 모를 기능인가.

그 기능 옆에 3%라는 문자가 떠올라 있었다.

"그것보다 그림자는?"

"특별한 변화는……."

마력수를 몇 병 마시고 마력을 회복했다.

완전 회복에는 멀지만 어지러움은 해소되었다.

어이…… 설마 무의미한 낭비를 시키는 마법은 아니겠지?

시험 삼아 그림자의 상처에 회복 마법을 걸었다.

그러자 상처가 사악 아물었다.

"오오……."

"대체 뭘 한 거야? 방법이 있을지도 의심스러웠는데."

"나도 모르겠어. 하지만 호른, 네게 받았던 이 잎으로 이어진 방패로 습득한 기능이 진화해서 사용할 수 있게 된 마법이야."

무슨 이유로 어떻게 되었는지는 이해할 수 없다.

하지만…… 지금은 회복 불가능한 상처를 치유할 수 있었던 것을 기뻐하자.

"이제는 체력만 회복하면 돼."

"방패 용사님…… 감사드리오."

"라프으!"

"감사 인사는 충분히 들었어. 지금은 상처를 낫고 체력을 회복시키는 데 집중해."

"알겠소이다."

"그다음에는 음…… 뒤통수를 맞지 않게 그림자도 착실히 단련시켜 줄까."

생각해 보면 그림자는 다소 강하긴 해도 채찍의 강화 방법 같은 걸 꼼꼼하게 시도했던 건 아니다.

좀 더…… 나에게 힘을 빌려주는 녀석에게 어울리는 가호를 줘야만 한다.

우리의 적은 교활하다. 온갖 방법으로 우리를 상처 입히고 죽이려고 한다.

나중에 비슷한 상황에 처했을 때 죽도록 놔두지 않기 위해서도…….

"살살 해 주시오. 답례는 소인이 라프타리아 공으로 변신해서 절대로 말하지 않을 듯한 말을 해드리면 어떻겠소이까? 라프응."

"살아나자마자 죽어 볼래?"

이 녀석은 왜 얼토당토않은 농담을 하고 있지. 이 상황을 얼렁

뚱땅 넘기고 싶은 건가!

"아무튼…… 앞으로 말도 안 되게 번거로운 소동이 일어난다는 건 알았군."

내심 식은땀을 흘리면서 그림자와 라프 종에게 다시 회복 마법을 걸고, 다음 행동으로…… 마모루 일행과 회의를 하기로 했다.

성지에 가는 게 늦어질 것 같아서 짜증이 나는군…….

마을 식당에서 소동을 듣고 달려온 마모루 일행에게 경위를 이야기했다.

그 결과, 적인 피엔사의 위협을 알고 답답한 분위기가 주위를 지배하기 시작했다.

"나오후미만 치유할 수 있는 무기 공격이라……."

마모루가 팔을 꼬고 중얼거렸다.

"일단 치료 수단이 있으니까 상관없지 않을까?"

"그다지 남발해도 될 것 같지 않으니까 말이지……. 무엇보다 마력 소비가 너무 커."

내가 한 번 쓰는 걸로 기절할 정도의 마법이다. 게다가 발동하는 데 시간이 걸린다.

"대체 어떻게 하면 그런 게 가능한 거지……. 부여 효과로 거는 걸까, 소재가 특별한 걸까……. 아니면……."

렌이 대장장이의 관점에서 분석을 시작했다.

확실히 이런 공격 수단은 미래에서도 본 적이 없다.

게다가 호른조차 즉각 치료할 방법을 떠올리지 못할 정도의 공격이다.

"그 무기를 입수하거나 피험체를 몇 사람 데려와서 이것저것 실험하면 대처법을 알 수 있을지도 모르겠어. 하지만…… 피험체의 목숨까지는 보장할 수 없는 게 껄끄러운 부분이네."

본래 의료란 무수한 실험과 희생 위에 성립하는 것이다.

호른조차도 이렇게까지 악의 어린 공격에는 희생을 내지 않으면 대처할 수 없다고 말하고 싶은 거겠지.

"이건…… 마치 신화 속 무기에나 있을 법한 효과인걸. 회복할 수 없다니."

마모루가 중얼거렸다.

나도 같은 걸 생각했지만, 확실히 이런 무기가 등장하는 신화는 많았지.

"그렇지. 분명히 우리 세계에 있는 신화에는 그런 무기의 전설이 있어."

유명한 거라면 프라가라흐나 게이볼그…… 켈트 신화의 무기에 그런 게 많았던 기억이 난다. 그리스 신화의 하르페 같은 것도 해당하려나.

이 세계는 게임 같은 요소가 실재하는 이세계다.

신화와 전설에 나올 만한 무기가 있어도 전혀 이상하지 않다.

……어쩌면 0의 무기로 효과를 해제하지 못한 것은 부정하다고 말하기 어려운 부분이 있어서일지도 모른다.

회복 저해의 저주는 알기 쉽지만, 이렇게까지 악의 어린 형태라면 뭔가 손을 댔겠지. 본래는 해제 방법이 있는데 지워진 것 같군.

"그런 계통의 무기를 어딘가의 유적 같은 곳에서 찾아냈을 가능성은 부정할 수 없어."

물론 우리 시대에는 어째서인지 사라졌지만, 성무기나 권속기 이외의 강력한 무기가 이 세계에는 존재한다.

생각해 보면 필로리알의 성역에서 렌이 입수하기도 했지. 아스칼론이었나.

드래곤을 죽이는 마검이 존재하니, 그런 계통의 무기가 있어도 이상할 건 없다. 용사가 재현한 것일지도 모르겠지만.

"하지만…… 타이밍이 너무 좋은 것도 신경 쓰이는군."

그런 비장의 수가 있는 건 그렇다 치고, 왜 이 타이밍에 투입해 왔는가 하는 이야기다.

자신이 압박당해 비장의 수를 꺼냈다……고 보는 건 부자연스럽겠지.

"메르티, 그림자는 뭔가 말하지 않았어?"

"……아니. 그저 갑자기 그런 무기를 투입하고 공격하기 시작했다고밖에."

"이건 남몰래 연관된 녀석들이 있고, 피엔사가 거기에 동조했다고 봐도 되겠군."

"그렇겠네. 그럼 어떡할까? 우리가 공세로 나가면 되겠어?"

일단 조정자라는 역할을 가진 나타리아를 보았다.

"기묘한 것은 사실. 그렇다고 해서 피엔사를 공격하는 건 경솔해요. 상대가 용사의 무기를 사용하지 않는다고 하면 용사를 투입해 공격해서 멸망시키는 데에는 협력할 수 없군요."

어디까지나 조정자로서 대답하는 느낌이군.

용사의 힘으로 전쟁을 일으켜선 안 된다는 스탠스는 여전한가.

"용사 이외의 사람이 싸우고 싶다면 자유롭게…… 해도 되겠죠. 피엔사든 실트란이든……."

"예외는 배후에 뭔가 얽혀 있어서 피엔사 쪽 활의 용사가 관련되어 있는 경우……러나."

나타리아는 내 질문에 고개를 끄덕였다.

기술 혁신이 진행되어 용사의 힘 없이도 공격해 들어온 거라면 문제는 없다. 매우 답답하군.

"파도를 일으키는 놈들을 쓰러뜨린 실적을 가진 우리를 공격하다니, 신경이 어떻게 되어 먹은 거지? 세계 평화의 장애물이잖아."

"피엔사에게는 우리야말로 장애물이겠지. 자기들이 내건 세계 평화의 비전에는 말이야."

어디까지나 피엔사가 세상의 중심으로, 세상을 맘대로 할 수 있는 환경이 평화라고 믿고 있겠지.

지금까지는 잘 되어 왔으리라. 표면상으론 대의를 내걸고 국력으로 짓눌러 왔으니까.

하지만 우리가 개입하자 뜻대로 안 되는 전개가 되고 말았다.

그런 상황에서 치료 불가능한 무기를 투입해 본격적으로 침략에 뛰어들다니 대의는 어디로 간 거지?

"······그러네요. 실트란이야말로 파도를 극복할 힘을 몰래 독점한 원흉이라는 식으로 선전해서 각국을 공격하고 있어. 이기면 다 된다는 거야."

메르티가 보충해 주었다.

정말이지 미래의 메르로마르크 같은 느낌인데, 파도 같은 것보다도 자신의 권리를 우선하는 건 인간의 본성인가 보군.

어느 시대라도 구제할 수 없는 녀석들의 나라가 있군. 후세에 멸망해서 정말 다행이다.

도태되는 게 당연한가······. 그 화근을 메르로마르크가 이어받았다고 생각하면 서글퍼지기도 한다.

피엔사에 메르티의 선조가 있다거나 하진 않을까?

"그렇지······. 여기에 있는 모두 생각하는 걸 말할게. 신을 참칭하는 자가 몰래 피엔사와 관련되어 있지 않을까?"

메르티가 나와 나타리아를 보며 말했다.

"가능성은 있겠죠. 하지만 결정적인 증거가 없다면······."

"흠······. 정찰을 하려 해도 어렵겠다만."

나타리아와 수룡이 각각의 생각을 털어놓았다.

그러더니 수룡이 나를 보고 "살기가 늘었구나, 억눌러라."라고 주의를 주었지만······ 내가 그렇게 화가 나 있나? 살기를 뿜고 있다는 자각은 없고, 딱히 기분도 나쁘진 않은데.

······생각을 되돌리자. 확실히 그런 녀석들이 다음에 할 행동이라고 하면 뒤를 치는 거겠지.

이렇게나 노골적인 타이밍에 묘한 무기가 투입된 이상 거의 확신해도 좋다.

그렇다고 이걸 가지고 따져도 시치미를 뗄 건 뻔하다.

무엇보다, 피엔사가 섬멸당하면 이번엔 다른 나라에서 같은 일을 하면 된다.

중요한 건…… 피엔사가 뜻대로 움직이도록 뒤에서 조종하는 녀석을 찾아내 처단하는 것이다.

생각하는 건 쉽지만 실행하기 위한 실질적 아이디어는 아무것도 없다. 이 문제를 어떻게 해결하면 좋을까.

"피엔사를 꺾을 방법이 없는 건 아니야. 그런 강력한 무기가 얼마나 있다 해도 공격을 받지 않으면 되는 거니까. 용사가 아닌 실력 있는 자에게 맡겨서 곧장 적을 쓰러뜨리고 무기를 해석해서 치료 수단을 구축하는 거지."

"뭐, 그게 무난한 방법일까. 무기를 빼앗아서 되갚아 주면 돼. 다음에 어떤 수작을 부릴지는 모르지만, 그림자에 숨어 있는 녀석은 어딘가에서 반드시 마각을 드러내겠지."

정직히 말하면 더할 나위 없이 귀찮다. 윗치 같은 녀석들에겐 짜증이 난다.

"우리가 조사를 위해 직접 피엔사에 잠입할까? 전쟁을 하는 게 아니니까 괜찮겠지?"

나타리아에게 묻자 긍정도 부정도 아닌 느낌으로 눈을 감았다.

그래, 일단 잠입은 해도 되는 거군. 뭐, 대놓고 허가하고 싶지는 않겠지만.

"……피엔사가 처음부터 내세우던 성지 점령 방침은 어떻지?

조사 중에 뭔가 생기면 움직일 수 없을 텐데."

마모루가 휘하의 반 수인과 메르티에게 물었다.

"그건 변함이 없어요. 국내에는 성지를 점령하면 용사들은 자신들의 나라에 따라 파도를 극복할 수 있게 된다고 말하고 있는 모양이에요."

"예."

음……. 이렇게까지 끈덕지게 성지에 집착하는 데는 피엔사만의 특별한 사정이 있는 걸까?

눈앞의 실트란이 아니라 성지를 손에 넣는 게 중요하다거나.

"그림자가 확보한 정보에 의하면 성지를 향해 소수정예로 잠입 부대가 향했다는 이야기가 있어."

"으음……. 피엔사가 실트란에 오는 데 시간이 얼마나 걸릴 것 같지?"

"아직 각국을 확보하는 데 필사적이라 조금 시간이 있어. 일단…… 즉각 쳐들어오는 일은 없을 거야."

"전장은 위험하지만, 용사가 아닌 녀석들에게 참가하도록 하면……."

"싸우는 건 그렇다 쳐도 다치면 큰일이잖아? 나오후미."

나밖에 치료할 수 없으니까 말이지……. 만약 마을 녀석들이 다치거나 전사하기라도 하면…….

그렇다고 우리가 앞에 나서면 녀석들에게 큰 명분을 주고 만다.

"본심을 말하자면 빨리 쳐부수는 쪽이 빠를 것 같긴 해. 귀찮은 전쟁은 진짜 싫으니까."

여기서 마모루가 손을 들었다.

"피엔사의 활 용사와 이야기를 해 보고 싶어. 이렇게 도리를 무시한 싸움을 바라느냐고. 아무리 전쟁이라 해도 이런 수단을 써도 되느냐고."

"이게 기술 경쟁이었다면 토를 달 수 없겠지만 타이밍이 너무 수상쩍지. 만약 여기서 피엔사의 명분인 용사가 전부 없어지면 분위기는 바뀌어."

용사의 전쟁 투입은 허가되지 않았다. 어떤 의미로 용사는 대량 살상 병기 같은 존재다.

이 비장의 수를 쓰지 않고 눈길만 주며 싸우는 게 이 시대의 전쟁이겠지.

하지만 비장의 수인 용사가 완전히 없어져 버린다면?

갖고 있는 것은 위협적인 무기.

대의도 없이 세계 침략을 기도한 피엔사는 처단해야 할 적으로 추락한다.

뭐, 활의 용사를 포섭할 수 있을지 없을지에 달려 있지만.

……이전의 이츠키 같은 녀석이라면 무리겠지. 하지만 지난 침략에서도 싫어서 전장에서 나서지 않으려 했던 것 같으니 이야기가 통할 가능성은 있다.

"그럼 공격대는 피엔사 잠입, 수비대는 성지 수비로 나누면 될까?"

"그러면 될 것 같아."

"잠입하는 쪽은 맡겨 줘. 물론 나오후미 쪽에서도 협력자가 있으면 좋겠지만."

이쪽에는 잠입이 특기인 녀석이 가야 하겠지만…… 그림자는 한 번 들통났다.

"나오후미 님."

라프타리아가 내게 말을 걸었다.

"잠입 임무라면 제가 좋지 않을까요."

라프타리아는 환각과 은폐 등의 마법이 특기이다.

확실히 능력적으로 생각하면 라프타리아가 제일이리라.

"하지만……."

치료가 불가능한 무기를 가진 적에게 라프타리아를 투입해도 될까?

"물론 저만이 아니에요. 라프 종 여러분에게도 도움을 받을게요."

"그렇지. 그런 공격을 받아도 괜찮은 수단……이 없는 건 아니야. 이 여자가 만든 미 군의 몸 같은 걸 일회용 생체 방어구로 응용한다면."

라트가 제안했다.

"그 방법이 좋을 것 같네. 로브로 의태시키고 공격을 받으려 할 때 팽창시키면 공격을 받더라도 어떻게든 될 거야."

"일회용이라니 편리하군. 그 몸에 예비 같은 게 있는 건가?"

"그건 슬라임의 특성이 있어서, 침식 융합으로 증식이 가능하거든."

……뭔가 전문 지식 같은 이야기를 듣고 말았다.

흉악한 슬라임에서 연상해 보면, 확보한 먹잇감을 뜯어 먹고 그만큼 몸이 커지는 광경이 머릿속에 떠오른다. 그걸 로브처럼 만들면 확실히 공격받더라도 괜찮을까.

"그 미 군의 몸은 라프 종의 특성으로 환각과 은폐가 가능하거든. 잠입에는 딱 알맞을 거야."

"저도 가겠어요."

라프타리아가 든 손을 덮듯이 나타리아가 손을 올렸다.

확실히 지금의 나타리아는 조정자인 동시에 용사이고, 라프타리아와 거의 같은 걸 할 수 있으니까 문제는 없지만…….

"저도 활의 용사가 길을 벗어나지는 않았는지를 확인하려고 했어요. 파도에서 세계를 지키는 걸 우선하지 않으면 안 되는데, 피엔사가 시키는 어리석은 전쟁을 할 거냐고."

"다프!"

아, 과거의 천명(미래의 나타리아)이 칭찬하듯 울었다.

분위기가 달아오를 장면인데 다프짱이 망쳐 버리고 있는 것처럼 보이는 건 기분 탓일까.

"크크크…… 치료가 불가능한 저주? 실로 가슴이 뛰는 수단이 아닌가. 나도 그런 짓을 하는 녀석에게 지옥을 보여주고 싶노라."

여기서 필로리아가 자기주장을 시작했다.

"마모루! 용사가 여기에서 두려워해서는 모범이 되지 못할 것이다! 용사란 사람들을 이끄는 존재니까!"

"필로리아……. 그렇겠네. 아무튼 활의 용사와 접촉하자."

이쯤에서 일단 어제 과거의 천명에게 들은 정보를 공유해 성지를 확실히 정찰하러 가는 게 좋을 것 같군.

"그럼 피엔사 잠입은 기본적으로 마모루 쪽에 맡기고, 그 외…… 녀석들이 갈망하는 성지라는 걸 우리가 점령해서 대의를 굳혀 볼까."

피엔사의 논리대로라면, 성지를 점령하면 용사가 모이는 거였지?

실트란이 점거하면 악한 나라니까 예외라고 말하려나?

"거기는 원래 그런 장소가 아닐 텐데 말이지……. 하지만 어느 쪽이라도 나오후미가 한번 가 보는 게 좋을지도 몰라."

"그럼 마모루! 피엔사는 필로리아와 다크 브레이브들에게 맡기고, 나오후미 일행을 성지의 사람들에게 소개해!"

어이, 나타리아가 미간을 찌푸린다고. 다크 브레이브로 엮지 마라.

"성지의 사람들?"

"그래, 최초의 용사를 돕고 있던 사람들의 후예가 근처에 살면서 성지를 지키고 있어. 리저드맨이나 은테 지무나 종의 사람들."

"음……. 렌."

에클레르가 렌에게 말을 걸었다.

"왜 그러지?"

"나도 성지 쪽에 흥미가 생겼다만, 동행을 부탁해도 될까?"

"나오후미, 괜찮아?"

"렌에게 확인하지 않고 나에게 물으면 될 텐데……."

이중으로 결재하는 상황이 되었잖아.

뭐, 에클레르가 보자면 렌이 더 말을 붙이기 쉬워서겠지만.

"뭔가 있나?"

"일단은. 메르티 여왕님과 선대 여왕님처럼 개인적인 사정이 있다."

"호오……."

"내 아버님의 오른팔이던 전사가…… 방패 용사의 동료였던 리저드맨 종 직계의 마지막 생존자라고 했었거든. 애석하게도 첫 파도 때 사람들을 지키다가 아버님과 함께 전사해 버렸지만."

"소중한 사람이었나?"

"전사로 존경했던 스승님이다. 바쁜 아버님을 대신해 나를 돌봐준 적도 있어서, 내가 아인에게 호감을 품게 해 준 사람이기도 하지……. 아버지의 알선으로 가정을 꾸렸지만, 아마…… 가족도……."

"……."

참으로 비참한 이야기로군. 그런 인종을 만날 수 있다면 가 보고 싶은 것도 이상하지 않다.

라프타리아의 친척인 루프트도, 처음 르롤로나 마을에 부하가 습격해 왔을 때는 살의가 치솟았지만 장식물 취급당하며 연금당해 있다는 걸 알자 도와주고 싶어졌었지.

"성지 근처에 포털 위치가 있었어."

"그렇다면 곧장 움직일 수 있겠군. 알았어. 에클레르, 렌과 함께 와."

"고맙군."

"그럼 나오후미 쪽은 일단 성지를 확인하고……."

"나라의 경비는 맡겨 둬!"

포울이 주먹을 쥐고 힘차게 말했다.

뭐, 여기가 언젠가 실트벨트가 된다고 하면 포울이야말로 이 땅을 지키고 싶겠지.

"무리는 하지 마. 마을 녀석들도, 적이 비장의 수처럼 보이는 수상한 무기를 꺼내면 절대로 공격받아선 안 돼! 알았지?"

"""네!"""

"물론이야, 형!"

키르가 기세 좋게 답했다.

트라우마를 극복할 수 있었는지 미심쩍은 상황이지만 그래도 키르와 마을 녀석들은 피엔사의 맹공을 저지할 수 있는 소중한 주력이다.

우리가 직접 나서기엔 명분이 부족하다.

귀찮기 그지없지만 먼저 용사라는 비장의 수를 꺼내지 않으면 나갈 수 없으니 말이지.

메르티도 일어나서 발언했다.

"나도 성지에 흥미가 있었어. 루프트는 어떻게 할 거야?"

"나도 함께 갈래. 어디서 싸워도 문제없도록 이것저것 봐둘 필요가 있으니까."

"알았어. 그럼 나오후미, 서둘러서 가자."

"그래, 출발한다."

그렇게 해서 우리는 회의를 끝내고 싸움에 대비해 각각 출발하기로 했다.

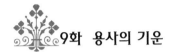

9화 용사의 기운

우리는 호른의 전송 스킬로 성지 근처에 휙 나타났다.

주위를 살펴보자…… 강이 흐르고 한적한 초원과 언덕이 보였다.

"본 적이 있는 지형이야. 성지는 저쪽이겠네."

메르티가 가리키자 호른이 고개를 끄덕였다.

"정답이네."

"예전에 어머님과 함께 사성 전설의 땅을 순례했을 때 봤어."

아무래도 메르티……가 아니라 전대 여왕은 사성 전설의 탐구를 하고 있었던 모양이군.

에클레르의 부친도 여기에 왔나.

"그럼 빨리 인사를 하러 갈까."

"그래."

우리는 마모루 일행의 인도를 받아 성지로 향했다.

미래에는 필로리알의 성역 비슷하게 사람이 드나들 수 없는 장소가 되어 있고 성터처럼 아무것도 없었다. 하지만 이 시대는 아직 유적 같은 것이 남아 있어서 들어설 수 있었다.

파도와 맞선 초대 방패 용사와 활의 용사가 협력해서 만든 나라의 유적……이라.

어느 세계라도 번영과 쇠퇴를 반복하는 법이라고 하지만 서글픈 느낌도 드는군.

우리가 원래 시대로 돌아가서 세계를 평화롭게 한 후…… 메르로마르크도 언젠가 멸망할 때가 오려나.

마모루 일행의 나라, 실트란은 이런저런 일 이후 실트벨트로 이름을 바꾸어 남아 있다.

포브레이는 언제쯤 만들어진 나라일지 등을 생각하면 감회가 깊군.

아무튼 피엔사가 침공하기 위한 기반을 다지는 동안 우리도 그들에게 대항해 준비를 해 둬야만 하는 것은 틀림없다.

그런 걸 생각하고 있자니 마을 같은 장소에 도착했다.

"이곳이 성지를 관리하고 있는 바실 마을이야."

"헤에……."

마을 입구에서 마모루가 설명을 했다.

나는 마을 쪽에 시선을 돌리고 주민들을 바라보았다.

농민 같은 차림을 한 리저드맨……치고는 덩치가 크군.

체격이 좋은 악어 수인 같은 녀석들이 괭이를 한 손에 들고 밭을 갈고 있다.

도마뱀의 꼬리가 달린 아인 등도 있지만…… 저건 수인화 할 수 있는 인종일까?

그 외에는…… 족제비 수인 같은 녀석도 있다. 날렵해서 움직임이 좋을 것 같다.

여성도 바구니와 통을 들고 가사를 하고 있는 듯하고, 마을 안에서 아이들이 즐겁게 뛰어다니고 있다.

"아, 마모루 님."

마을 입구에 들어서자 어쩐지 마을 사람 같은 녀석이 마모루에게 말을 걸었다.

그러나 어째서인지 내 쪽으로 달려왔다간 고개를 갸웃하고는 마모루 쪽으로 다가갔다.

동시에…… 마모루가 데려온 동료가 앞에 나서 인사를 나누었다.

"갑자기 무슨 일입니까?"

"아, 조금 일이 있어서. 피엔사가 또 성지를 침공하려 한다는 정보가 들어와서 상태를 보러 왔어."

"과연. 정말이지 전설에 먹칠하는 부끄러운 짓거리를……. 그럼 마을 대표님들께 이야기를 드리는 게 좋겠군요."

"부탁해도 될까?"

"맡겨 주세요."

그렇게 말한 마을 사람은 마모루의 동료와 함께 마을 안으로 들어갔다.

잠시 기다리자 나이를 먹은 리저드맨이 나타났다.

눈이 보이지 않는지 지팡이로 앞을 확인하며 걷고 있다.

그리고…… 이 녀석도 어째서인지 내 쪽에 얼굴을 향했다.

"이거이거 방패 용사이신 마모루 님 아니십니까. 당신이 해주신 일을 우리 마을 바실은 절대 잊지 않습니다."

"저기, 장로님. 그 사람은 마모루 님이 아니신데요?"

장로라 불린 리저드맨 옆에서 보좌 같은 사람이 주의를 주었다.

"으음? 그런가? 방패 용사님의 기운이 느껴지는 곳에 말을 걸었네만."

기운이라니……. 나도 살기나 기척 같은 걸 알 수 있게 되었지만, 이 녀석은 꽤 애매하게 마모루를 기억하고 있구만.

"으음, 오래간만입니다."

마모루가 말을 걸자 장로 리저드맨은 놀란 듯한 표정으로 돌아섰다.

"으음? 그럼 대체 방패 용사님의 기운을 뿌리시는 분은 누구신가?"

내가 그렇게 명확히 알 수 있을 정도의 기운을 내고 있나? 잘 알 수 없는 감성을 가진 녀석이로군.

"사정이 좀 있어서 말이지. 내 이름은 이와타니 나오후미. 나도 일단 방패 용사지만 너희가 아는 방패 용사는 저쪽이야."

"허허……. 이건 확실히 이야기를 들어야만 하겠군요."

그렇게 해서 우리는 마을로 들어가 커다란 집으로 안내받았다.

그렇다곤 해도 전원이 들어오기에는 좁기에 용사를 대표로 집 안에서 이야기를 하게 되었다.

"이곳이 그 사람이 살던 고향의 과거인가……."

에클레르가 그렇게 중얼거리며 마을을 둘러보았다.

"틀림없나?"

"그래, 이곳의 리저드맨은 확실히 그 사람과 동족이야. 보통 리저드맨보다 체격이 좋으니까 틀림없어. 실트란에서 마모루 공의 주위에도 그런 리저드맨이 있어서 이전부터 신경 쓰고 있었어."

"그런가……."

즐거워 보이는 에클레르와는 반대로, 렌은 안타까운 듯한 표정을 지었다.

에클레르는 그런 렌의 표정을 눈치채지 못하고, 변환무쌍류의 할망구와 만났을 때처럼 눈을 빛내며 사람들을 보았다.

"아버님은 그 사람을 데려오고자 꽤 고생했다고 하셨지……. 최후의 생존자로서 홀로 살다 죽으려 했다는 모양이어서."

그런 사람의 조상들이 살아 있는 시대에 오게 되었으니 어떤 의미론 기쁠지도 모르겠다.

뭐, 렌 일행은 집 밖에서 잡담이나 하고 있는 게 좋겠지.

우리는 집 안에서 중요한 이야기를 해야만 한다.

"우선은 어떻게 설명하면 좋을까……."

"처음부터 느긋하게 설명하면 될 거야."

"그렇겠지. 그렇긴 해도 조금 작은 목소리로 이야기하죠."

마모루와 호른은 이제까지의 경위…… 필로리아 소생처럼 범죄에 해당하는 부분도 감추지 않고 우리와 만났을 때부터의 일을 설명했다.

아무래도 이 마을 녀석들은 마모루를 상당히 신뢰하고 있는 모양이다.

"과연……. 미래에서 오셨다 이겁니까……."

장로 리저드맨이 내 쪽으로 고개를 돌렸다.

"초대 방패와 활의 용사님이 이 땅을 맡기신 후로 계속 수호하는 일족의 우두머리인 세이돌입니다. 앞으로 잘 부탁드리겠습니다."

"아까도 자기소개를 했던 이와타니 나오후미다. 여기 있는 건 미래의 조정자이기도 한 라프타리아."

라프타리아를 소개한 후, 메르티와 루프트, 라트와 세인 등이 자기소개를 했다.

"제대로 자기 이름을 밝혀 주셨네요. 나오후미 님은 이름을 대지 않으면 묘한 닉네임을 붙이니까, 다행이에요."

라프타리아는 변함없이 이름에 관해 신경을 쓰고 있군.

"호오……. 참고로 마음속에서는 뭐라고 부르십니까? 괜찮다면 가르쳐 주시면 좋겠군요."

"장로 리저드맨."

"보이는 그대로잖아."

"시끄러워. 본론에 들어가."

마모루의 태클을 무시하고 이야기를 진행했다.

"파도를 일으키고 있는 적을 처치할 방법을 이미 갖고 있었다니……. 그건 정말로 믿음직하군요."

"그건 좋지만 분위기가 나빠진 피엔사가 이곳을 점령하려고 획책하고 있는 모양이거든. 소수정예로 성지에 들어와 점거할지도 모르니까 정찰하러 온 거야."

"확실히 성지는 저희에게도 중요한 장소이고 원래는 큰 도시였던 장소의 흔적……. 그 나라가 무엇을 바라는지는 쉽게 상상할 수 있습니다만, 그걸로 정세까지 바꿀 수 있을지……."

세이돌이 생각에 잠긴 듯 턱을 매만지며 중얼거렸다.

"괜찮겠지요. 이렇게까지 방패 용사님의 기운을 강하게 내는 분이 계신다면 성지에 들어가는 걸 허가하겠습니다."

"감사합니다."

그러고 보니 미래에는 이 흔적을 피트리아가 관리하고 있고, 주위를 둘러싸도록 방황의 숲이 있었던가.

진입을 막는 귀찮은 장치가 이것저것 있었는데 이 시대는 어떨까?

"그럼 안내하죠."

"부탁해."

이야기는 간결하게 끝나고, 우리는 성지를 조사하러 가기로 했다.

성지를 향해 줄줄이 걷는 도중 나는 내 몸 곳곳을 확인했다.

"왜 그러세요, 나오후미 님?"

"나는 그런 기운을 뿜고 있나?"

아트라는 물론이고 시안, 게다가 리저드맨 녀석들과 족제비 아인들도 뭔가를 느끼는 모양이다.

계속 나를 마모루와 착각했다.

도리어 마모루 쪽을 약하게 느끼는 것 같았다고.

"으음…… 그래요. 뭐라고 할까, 신비한 감각이 있어요. 저도 처음엔 무섭다고 생각했지만, 이상하게 이끌리게 되는 것 같았고."

"흠……."

라프타리아도 뭔가 느낀 게 있었던 모양이다.

"포우 군도 이야기했어요. 처음에 봤을 때 신비한 느낌이 있었다고. 생각해 보면 아트라 양은 그걸 정확히 느끼고 있었던 게 아닐까요."

방패의 가호 같은 걸로 아인과 수인들에게 좋은 인상을 주기 쉬운 걸까?

"이 정도까지 착각하는 경우가 많으면 어쩐지 나오후미에게 진 것 같은 느낌이 들어."

같은 방패 용사인 마모루 쪽의 느낌이 약한 건 어째서지?

공격할 수 있는데? 어떤 의미로는 상위 호환인데?

"빈정대기나 하고 용사의 역할을 가볍게 보는 내 쪽이 용사 같다는 건 어떤 기분이지?"

"또 그런다……. 입은 험해도 나오후미 쪽이 나보다 경험이 풍부한 거겠지. 다양한 용사와 만났던 것 같고."

"적어도 성무기는 이 시대보다 두 개 더 있지."

렌을 포함해 이래저래 화해하느라 고생했다.

그런 경험도 포함……해서 마모루보다도 기운이 강해지고 말앉는지도 모르겠다.

아니면 거울의 권속기가 달라붙어 있는 탓일지도.

보통 용사보다 1.5배라고 생각하면 약간 우위에 선 것 같기도 하다.

……아니, 어쩐지 타쿠토 같아지니까 그만두자.

그걸로 우위에 선 만큼 귀찮은 일에 휘말리고 있으니까.

"그렇게 정리해도 되겠어? 무엇이든 탐욕스럽게, 믿는 사람들을 위해 움직여 주기 때문이라고 생각하는데……."

"렌 같은 소리를 하지 말아 줄래? 너도 인망이 두텁잖아. 용사라는 건 그런 거지."

"불렀나?"

에클레르와 이야기하던 렌이 말을 걸어왔다.

"아니, 신경 쓰지 마. 나에게 아첨해 봤자 아무것도 안 생긴다는 말을 하고 있었던 거야."

"딱히 아첨 같은 걸 할 셈은 아니지만……."

"짜증 나는 녀석에겐 수단을 가리지 않고 보답을 받게 해 주는 거야. 이 정도로 가슴이 시원한 일은 없거든?"

"나오후미 님, 얼굴."

라프타리아에게 주의를 듣고 말았다.

어쩔 수 없잖아. 미래에서 답 없는 녀석들을 지긋지긋하게 상대해 왔으니까.

이 시대에서는 상당히 모습을 감췄지만 말이지.

"뭐……. 미래에 비하면 아직 괜찮은 시대일지도 모르지."

과거의 기술이 전부 사라지거나 하지 않은 만큼 훨씬 낫다.

나름 유능한 인재들도 있는 것 같고.

"괴로운 이야기를 하는군……. 우리의 노력이 무의미했던 것 같잖아."

마모루가 미간을 찌푸리며 말했다.

"무의미하지 않아. 현재에 남아 있는 것도 있어. 호른이 전에 말했었지? 영원히 남는 것 따윈 없다고 말이야."

일단 두둔해 두자. 그러지 않았다간 나중에 영향이 생길 것 같아서 싫고 말이지.

"확실히 그렇지. 이곳도 유구한 세월 속에 사라진 것에 지나지 않고 말이야."

"그건 그렇지만, 적을 쓰러뜨려서 상쾌해진다는 이야기는 공감하기 어려운걸."

"그 감성은 좋다고 생각해요. 저도 나오후미 님의 그런 부분은……."

마모루의 푸념에 라프타리아가 동의했다.

딱히 이해해 주지 않아도 상관없다.

"자기가 당해서 싫은 짓을 남에게 하지 말라는 건 어린애도 알지. 그걸 모르는 녀석을 같은 꼴로 만들어 주고 불평하는 걸 보고 웃을 뿐이야. 돌려받을 각오가 없다면 처음부터 하지 말란 말이지."

같은 짓을 당해도 받아들일 각오가 없는데 그런 짓을 하는 게 나쁜 거다.

거기에 견디지 못하고 패자의 원망을 토하는 녀석이 많지.

"렌도 윗치가 한 번 죽었을 때 상쾌해졌지?"

"아……. 뭐어, 기분은 알겠어."

윗치의 이야기를 하면 렌의 눈빛이 흐려진다. 역시 완전히는 극복하지 못했나.

"그대로 사라졌으면 좋았을 텐데, 질긴 녀석이야."

반드시 보답을 받게 해 줘야지. 이왕이면 부활 전제로…… 어디서 소생하는지는 몰라도 그 지점에서 즉사하는 트랩을 설치해 두고 싶다.

게임 용어로는 무덤 킬이라고 하는 거지만, 윗치의 부활 포인트를 찾으면 꼭 해 보고 싶은 고문이다. 라이노 같은 피해자들도 만족할 게 틀림없다.

"……이 이야기는 그만두죠, 나오후미 님."

"그래?"

생각만 해도 꽤 즐거운데 말이지.

"네. 그러지 않으면 나오후미 님의 용사다운 기운에 점점 그늘이 질 것 같으니까."

"나는 못 느끼겠는데 말이지……."

용사로서의 역할은 다할 생각이지만 한눈에 알 수 있는 기운 따위는 못 느낀다.

기를 억누른다거나 하면 막을 수 없으려나?

문득 생각났는데 기가 원인인가? 의식해서 억눌러 보았다.

"나오후미 님, 지금은 뭘 하고 계신 건가요?"

"기운을 억누르고 있어."

"달라지지 않은 것 같은데요? 그것과는 다른 뭔가라고 생각해요."

어떡하면 좋은 건지.

"용사란 건 뭘까……."

어째서인지 렌의 눈빛이 아련해졌다.

"모르겠어……."

어째서인지 마모루도 렌에게 동조해서는 똑같은 눈으로 똑같은 곳을 보고 있다.

"뭐지? 내가 바보 같아? 바보는 모토야스겠지."

"모토야스가 바보인 건 부정하지 않겠지만 세상의 부조리함을 느끼고 있을 뿐이야……. 나오후미도 믿음직한 건 틀림없지만…… 납득하기 어려운 기묘한 구석이 있구나…… 싶어서."

"그런 태도는 짜증이 나거든? 기억해 둬!"

"나오후미 님, 슬슬 못된 척하는 걸 그만두지 않으면 모두 그런 눈으로 보게 될 거예요."

라프타리아까지 비슷한 눈빛으로 나에게 주의를 주었다.

누가 못된 척을 하고 있다는 거냐!

제길! 내가 뭘 잘못했다는 거지! 그런 눈으로 보지 마라!

"……요즘, 나오후미는 못된 척을 하면서 자멸하곤 하네."

어째서인지 앞서 가던 메르티가 내 쪽에 힐끔 시선을 주고는 중얼거렸다.

시끄러워! 너희는 조용히 있어!

"긴장감을 없애는 저 분위기가 형의 특징이잖아? 말 걸기 쉬워진다고 생각하는데?"

메르티의 말을 들은 루프트가 나를 변호해 주었다.

"그렇게 말할 수 있을지도 모르겠지만 풀어선 안 될 긴장까지 풀어 버리니까 말이지. 이야기를 듣자니 요즘엔 몸을 바쳐서 농담을 하고 있는 것 같고."

내 행동의 어디가 농담이라는 거냐!

……비참해졌다. 이제 조용히 있자.

그렇게 해서, 나는 한동안 입을 다물고 있기로 했다.

도중에 이런저런 마물이 나타났지만 이 멤버가 이기지 못할 상대라곤 없다.

피엔사의 선발대 같은 것과 조우하려나 싶었지만 딱히 그런 녀석들은 발견되지 않았다.

이쪽의 움직임이 빨랐을지도 모르겠군.

그래서 꽤 쉽게 성지라는 곳에 도착했다.

폐허…… 너덜너덜한 석조 건물이 늘어서고, 그 안에 무너진 고성 같은 것이 서 있었다.

마룡의 성 같은 것과는 비교도 안 될 정도로 너덜너덜했다.

우리 시대에선 광대한 숲으로 덮인 장소였지만 지금 시대에선 그렇게까지 식물에 침식되지 않은 듯했다.

……우리가 캠프를 했던 곳은 어디쯤일까? 지형이 너무 달라서 잘 모르겠군.

"이런 곳에 뭐가 있는 거지?"

피엔사가 여기를 원하는 것 같지만 그 의미를 이해할 수 없다. 이런 폐허에 무슨 의미가 있다는 걸까?

그 지역에 사는 녀석들이 소중하게 생각하는 전형적인 토착 신앙의 장소 같은 이미지밖에 떠오르지 않는다.

메르티와 마모루 일행의 이야기를 들으면 미지의 힘이 잠들어 있다고 전해지는 듯하지만…….

"피엔사는 과거의 용사가 남긴 무기나 마법, 힘이 잠들어 있다는 식으로 이야기하고 있지만, 적어도 우리가 발견한 건 하나야. 가능하면 말하지 말라는 이야기를 들었지만 말이지."

"그 외에도 뭔가 어딘가에 매몰된 것이 있을지도 모르지만, 적어도 우리—는 그것밖에 모르겠네."

"……마차의 권속기 말이야?"

과거의 천명이 가르쳐 준 내용을 물었다. 그러자 마모루 일행은 순순히 고개를 끄덕였다.

"알고 있다면 수고를 덜었지. 이쪽이야."

마모루가 인도해 준 곳…… 폐허로 변한 마을을 지나 토대의 석벽만 남지 않은 성내를 지나…… 기와와 자갈만 남은 곳에 도착했다.

그곳 한쪽에는 어딘가에서 본 듯한 부조가 바닥에 있었다.

키즈나의 세계에 있던 미궁 고대 도서관에서 본 것과 비슷하다.

마모루가 방패를 부조에 걸자 중앙의 수정 부분에서 빛이 뻗어 나와…… 방패의 보석 부분과 공명했다. 그렇게 생각한 순간 바닥이 소리를 내며 열리고 지하로 가는 계단이 드러났다.

"굉장한 장치네."

메르티가 감탄한 듯 중얼거렸다.

카르밀라 섬의 수중 신전에도 비슷한 게 있었지.

우리는 그대로 지하 계단을 나아갔다.

상당히 깊은지 계속 이어졌다.

라프타리아가 빛의 마법을 사용해 준 덕에 조명은 확보할 수 있었다.

"저기, 이 나라는 대체 어떤 이유로 이렇게 된 거야? 우리 시대에서는 풍화해서 잊히고 말았으니까 알려 줬으면 해."

잃어버린 역사가 궁금해 견딜 수 없는 메르티가 마모루에게 물었다.

"……갑자기 출현한 주작에 의해서 하룻밤 만에 멸망했다고 해."

아, 그러고 보니 영귀 같은 것도 한 번 출현했다 봉인되었다는 경위가 있었던가.

즉, 과거에 한 번 피해를 입었다. 이 나라는 그런 피해를 받은 나라이기도 하다는 건가.

"전해지는 이야기로는 꽤 정치적으로 부패가 진행되어 있었다는 모양이지만. 숙청의 불길이었다……는 식으로 옛날이야기 속 교훈으로 남은 경우도 있어."

"아무리 번영한 황금기가 있더라도 쇠퇴한다는 사실은 변함이 없는 거네……."

미래를 생각하면 실트벨트는 길게 존속된다.

일단 국명이 바뀌는 사건은 있었던 듯하지만, 사람들의 후손은 남아서 명맥이 이어지고 있다.

결과적으로 마모루가 남긴 것은 살아남았다는 이야기이리라.

"그럼…… 슬슬 다 왔네."

호른이 그렇게 말하는 동시에 계단 끝이 보였다.

그리고 그 앞에…… 그것이 존재했다.

다른 칠성무기와 마찬가지로 받침대 같은 것에 묻혀 있는 무기.

그것은…… 심플한 고대 전차 형태를 한 권속기였다.

"이게…… 전설로 전해지는 마차의 권속기야."

마모루를 시작으로, 리저드맨과 족제비 수인도 나란히 고개를 끄덕이며 마차의 권속기를 바라보았다.

"역시…… 그랬구나."

메르티가 놓여 있는 마차의 권속기를 보며 중얼거렸다.

"너희는 미래에 누가 이 권속기의 소지자가 되는지 알고 있는 건가?"

"그래, 본인이 완강하게 말하지 않으니까 반신반의했었지만 그러리라고는 생각하고 있었어."

"그런가……."

"……이 시대에도 있는 녀석이야."

내 대답에 마모루만이 아니라 호른도 눈치챈 듯한 표정으로 시선을 보냈다.

"그건…… 피트리아지?"

나는 호른의 대답에 고개를 끄덕였다.

"미래의 용사들이 이만큼 알고 있다면 가르쳐 줘야만 하는 이야기가 있어."

"뭐지?"

"어째서 필로리알이라는 생물이 마차를 끄는 걸 좋아하는가 하는 또 하나의 이유야."

분명히 실트란의 유통을 촉진하기 위해 만든 마물이라고 호른이 말하지 않았었나?

"마모루, 괜찮겠지?"

"……그래, 물론이야. 나오후미라면 괜찮고, 숨길 필요도 없어."

마모루에게 확인을 받은 호른이 내 쪽을 보며 이야기를 계속했다.

"마차의 권속기가 괴팍한 건 이전에 설명했었지."

"그래."

"이 마차의 권속기…… 방패와 활 중 어떤 성무기의 권속인지 알 수 있겠어?"

권속기가 어떤 성무기의 휘하에 있는가……라.

생각해 보면 그렇군.

이 시대의 강화 방법이 불충분한 이유로 생각할 수 있는 게 성무기와 권속기의 차이다.

렌이 가진 검이 할 수 있는 강화 방법은 검, 창, 투척구, 지팡이, 건틀릿이다.

반대로 나와 마모루가 할 수 있는 강화 방법은 방패, 활, 손톱, 망치, 채찍.

남은 것은 도끼와 마차. 그리고 눈앞에 있는 것은 마차.

즉, 검이나 창의 권속은 이 세계에는 없을 도끼가 된다.

"방패의 성무기의 권속은 손톱과 망치네. 이건 조정자도 알고 있는 틀림없는 사실이야."

그러고 보면 아인의 나라 실트벨트가 손톱을 갖고 있었고, 또 다른 아인의 국가인 실드프리덴이 망치를 관리하고 있었지.

시대에 따라 이동하는 모양이지만 그 경향은 흔들리지 않았을 터.

"그렇다면 소거법으로 활의 권속은 채찍과 마차……."

"그런 거야. 성무기와 권속기가 각각 파벌을 만들어 도당을 형상한 모습을 상상해 봐."

방패의 용사에게 손톱과 망치의 용사…….

마모루가 앞에 서고, 필로리아가 손톱을 펼치며 나타리아가 망치를 든다.

"방패의 성무기가 이 두 종류를 권속으로 정한 건 상성 때문이라고 나―는 보고 있어."

아, 과연. 확실히 마모루는 필로리아에 대해서는 우위에 서 있지만 나타리아에게는 세게 나서지 못하는 입장이다.

나와 상성이 나쁜 권속기, 칠성무기는 망치가 되나?

확실히 방패는 검과 손톱 등의 참격에 대해 효과를 발휘하고, 망치처럼 충격을 주는 상대에게는 약하다고 한다. 방패를 든 손

은 물론이고 갑옷 등도 충격에 약해 안쪽에 대미지가 들어갈 듯
하다.

"반대로 활의 성무기가 권속으로 선택한 두 종류는 어떻지?"

마차……. 이 경우는 전차로 봐도 될까. 그리고 채찍…….

채찍은 때리는 무기이고 이미지로서는 동물 등을 때리는 마이
너스 이미지가 있다.

맹수 조련사 등도 채찍을 사용해 짐승을 다스리는 느낌이지.

자신의 강화도 가능하지만 그것보다도 주위를 강하게 하는 자
질 강화라는 기능이 채찍의 특징이다.

반대로 마차……. 고대 전차는 어떨까?

말 등으로 끌어 전장을 달리는 탈것이다. 여기에 활의 용사가
가세하면 어떻게 되지?

마차를 끄는 마물을 조종하는 채찍의 용사와 거기에 타고 화
살을 쏘는 활의 용사가 떠오른다.

기동성은 충분하겠군. 마침 활의 용사는 공격력이 높지만 적
이 접근하기 힘든 싸움이 바람직하다.

"잘 어울리는 편성이로군."

"그렇지."

마차는 보호와 이동에 중점을 둔 포지션이다.

여차할 때는 타고 있는 두 용사를 지키는 것도 가능하겠지.

"그런데 이 괴팍한 마차의 권속기는 채찍의 권속기에게 주문
을 했던 거야."

"무슨 주문을?"

"마차를 끌기 위해 태어난 마물이야. 그 결과, 내―가 무엇을 만들려고 했는지…… 알고 있겠지?"

……필로리알. 마모루의 연인의 인자를 기초로 만든 마물.

확실히 필로리알이라는 마물은 나를 소환한 시대에도 어딘가 어울리지 않는 생물이었다.

마차를 끄는 걸 무엇보다도 좋아하는 마물이라곤 필로리알뿐이다.

드래곤과 캐터필랜드처럼 마차를 끌 수 있는 마물은 있어도 그게 본래의 습성에 포함되기까지 한 생물은 본 적이 없다.

채찍의 권속기는 마물을 사역하는 역할을 가진 무기로, 마차는 마물이 끌게 하는 걸 전제로 운용된다. 그러니까 마차를 쓸 수 있도록 마차를 사랑하는 마물을 원했다, 는 이야기가 된다.

"과거에 마차의 권속기가 선정한 용사는 다 마물이었다나 봐. 드래곤, 그리핀, 페가서스……. 하지만 그중 어떤 게 본래부터 마차를 끌려 한다고 생각해?"

무리한 이야기다. 마차를 벗겨 싸우게 하는 쪽이 훨씬 특기를 살려 싸울 수 있으리라.

"그건 필로리알도 같지 않나?"

적어도 필로가 마차를 공격에 사용하는 모습은 본 적이 없다.

오히려 소중한 마차를 그런 곳에 쓰겠느냐는 느낌이었지.

아, 필로가 모토야스를 쳐 날린 적은 있었지만.

"표현을 바꿔야겠네. 마차의 권속기를 보다 잘 다룰 수 있다고 생각해? 스킬, 마법…… 용사를 지키는 역할, 그걸 보다 효율적으로 할 수 있을까?"

"알 게 뭐야. 마차의 스킬 따위……. 아니, 본 적은 있나."

이전에 피트리아가 폭주한 영귀 상대로 사용했던 것 같다.

마차가 피트리아의 크기에 맞춰 커지더니 가시투성이가 되어 영귀를 들이받았었다.

그건 분명히 스킬이었지. 크래시 차지라고 했던가.

"병기로 쓰는 걸 본 적이 있어. 가시가 달린 돌격형 전차였어."

메르티가 구조를 설명해 주었다.

손잡이 앞에 금속제 가시를 달고 필로리알에게 이끌려 돌격하는 병기인 듯하다.

몇 마리의 필로리알이 뭉쳐서 돌격하면 상당히 위협적인 물건이라나.

성채에서 농성할 때 문을 부수는 데 쓴다거나 하는 모양이다.

"역할로는 그런 거겠네. 가령 용사의 가호가 없더라도 필로리알은 마차를 끄는 힘이 매우 강해. 정교한 움직임은 할 수 없지만 필로리알 퀸이 아니라도 힘이 나와."

그렇지, 필로가 이전에 상당한 짐을 실은 마차를 가볍게 끌던 적이 있었다.

단독으로 용케 저만큼을 끌 수 있다고 생각했는데, 종족 보너스가 있었던 것이다.

"마차를 사랑하고 때로는 무기로 사용할 것. 마차의 권속기가 채찍의 권속기에게 바란 게 이것임은 틀림없지."

"굉장히 나르시시스트인 권속기라고 들리는걸."

"부정하지 않을래."

아니, 그건 부정하라고.

뭐, 자신을 사랑하는 생물을 만들어 내라고 주절대는 권속기는 나르시시스트가 틀림없겠지만.

"그래서…… 여기서 하나, 미래의 방패 용사들이 오지 않았을 경우를 생각해 봐야겠네."

"간결하게 말해. 문제 형식은 귀찮아."

"미래의 방패 용사는 재미없네. 할 수 없지. 마모루가 필로리아의 소생에서 만족스럽지 못한 결과에 도달할 경우, 다음으로 무엇을 할지 생각해 봐."

"그건 마모루에게 묻는 게 좋지 않아?"

내 대답을 들은 호른은 마모루 쪽을 보았다.

그러자 마모루는 약간 그늘진 표정으로 아련한 시선을 보냈다.

"……만약 너희와 만나지 못하고 필로리아의 소생이 잘 되지 않는다면, 조금이나마 위로받고 싶어서 그녀와의 아이를 바랐을지도 몰라. 그녀를 섞은 혼을 연구해서."

"나는— 미래의 방패 용사와 메르티가 피트리아를 봤을 때 중얼거린 말을 기억하고 있거든."

"……설마."

피트리아는…….

"아마도 본래의 피트리아와 이 시대의 피트리아 사이의 차이는 혼의 양. 마모루와 필로리아가 각각의 인자를 손에 담아 딸로서 세상에 내보낸 존재인 거야."

"지금의 피트리아는?"

"가장 안정된 그릇……. 혼이 없는 꼭두각시, 최소한의 반응만 하는 인공 생명체인 거야."

"그 피트리아는 사역마잖아?"

"아직 자아와 혼이라고 부를 만한 것이 깃들지 않았으니까. 저 상태라면 머물게 할 수 있겠네."

"라프짱은?"

그 논리대로라면 라프짱은 어떻지? 의사도 있고 반응도 착실히 한다고.

"너희의 사역마는 이곳과는 다른 이세계 출신이잖아?"

"그럴 수가……. 피트리아 씨가……."

메르티와 라프타리아, 그곳에 있는 대부분의 사람들이 아연해 했다.

"용사가 되기 위해, 죽은 필로리아의 몫까지 살아 주길 바라면서…… 그렇게 했으리라고 나―는 추측해."

마차의 권속기 소지자가 되기 위해 만들어지고, 마모루의 슬픔 때문에 딸이라는 역할을 짊어진 존재.

그게 피트리아라고 한다면…… 얼마나 가엾은 존재인가.

미래의 피트리아는…… 세계를 위해 싸울 결의를 하고 있었다.

누군가가 그 결의를 주입했기 때문인가?

아니, 적어도 피트리아에게서 그런 어중간한 마음은 느껴지지 않았다.

이 세계를 지키기 위해서라면 설령 사성용사를 적으로 돌려도 좋다고까지 생각하고 있었으니까.

"필로리알들이 기본적으로 낙천적인 건 마모루가 딸에게 품은 바람, 건강하길 바란 게 이유라고 생각해."

"하지만…… 지금은 이미……."

어째서인지 마모루의 시선이 흔들리고 있었다.

"왜 그러지?"

"피트리아에게서 소환 요청이 왔어."

"라프짱처럼 마모루의 상황 같은 걸 단번에 알 수 있는 게 아닐까?"

"……그럴지도 몰라. 컴온 피모노아!"

마모루가 컴온 라프처럼 스킬을 외치고 불러낼 상대를 선택했다.

그러자 우리 앞에 프로토 피트리아가 출현했다.

"……."

피트리아는 잠자코 마모루 쪽을 바라보았다.

"뭐, 필로리아를 되찾은 지금의 마모루에게 그럴 필요는 없을지도 모르겠네."

피트리아는 그렇게 말한 호른을 보고, 마모루와 시선을 교환하고서는 입을 열었다.

"……바라는 모습이 있으니까 노력하는 거야. 우리는 소중한 사람을 위해 만들어졌어."

그렇게 중얼거린 후, 피트리아는 큰 목소리로 말했다.

"피트리아들은 아직 태어나지 않았어."

그렇게 말하고…… 피트리아는 마차의 권속기에 접촉……했지만 마차의 권속기는 아무런 반응도 없이 멈춰 있었다.

소유자로 인정하지 않는다는 건가.

"마차의 권속기에 선택되려면 대규모 변이가 필요. 제안……주인님, 피트리아를 딸로……."

침묵이 주변을 뒤덮었다.

아직 자신들은 태어나지 않았다……는 말인가.

생각해 보면 라프짱의 스테이터스를 건드렸을 때 변이성을 높였었다.

그 결과로 라프짱이 마을의 마물을 라프 종으로 바꾸어 지금에 이르렀다.

"나는…… 이제 돌이킬 수 없는 곳까지 와 버렸는지도 모르겠어."

마모루가 피트리아의 말을 듣고 깊게 탄식하듯 답했다.

"필로리아와 이야기하고 정하고 싶어. 그래도 될까?"

"대답을 확인……."

그렇게 말한 피트리아는 멍하니 마모루의 곁에 멈춰 섰다.

"성지의 상황은 알았어요. 저희가 해야 할 일은……."

"피엔사의 잠입 부대를 포박, 마차의 권속기를 소지하고 성지의 중요성을 없애는 건가. 그리고…… 우리가 미래에 돌아갈 수단으로 마차의 권속기를 써서 검과 창의 세계로 건너간다는 방법이 있을지도 몰라."

"뭔가 알게 된 게 있었나?"

"그래, 어디까지나 가정이지만, 미래에 필로리알의 둥지가 된 신전이 있었잖아? 그곳에서 모토야스가 작동시킨 장치가 수상해."

"그거 말인가……. 확실히 가능성은 있군. 이 세계에 없다면 그쪽에 있을 테고……."

렌이 동의했다. 가능성은 충분히 높다.

다른 세계로 이동할 수 있을지는 매우 의심스럽지만, 검과 창의 세계라면 미래와 이어져 갈 수 있을지도 모른다.

"뭐, 지금은 피엔사와 그 배후에 있는 녀석들을 처단하는 걸 우선해야 하겠지만."

"그러……네요. 마모루 씨도 시간이 필요하실 테고, 일단 돌아가는 게 좋겠죠."

라프타리아의 제안에 모두 동의하여, 우리는 마차의 권속기가 있는 지하에서 물러나 거점으로 삼은 마을로 일단 귀환했다.

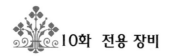

10화 전용 장비

그래서…… 이후의 방침으로 성지 순회라든가 이것저것 결정한 후의 일이다.

밤, 나는 동료들을 데리고 다시 성지에 와 있었다.

성지 내부의 예비 조사도 겸하고 있지만, 적이 침입하려고 잠복한다면 이런 때가 아닐까 하는 추측도 있었다.

그리고 마모루가 이전에 가르쳐 준 관광지…… 온천이 가까이 있는 듯하다.

일단 주위를 둘러보고서 입욕하기로 했다.

모두 뭔가 일이 있으면 큰 소리와 마법으로 연락하기로 하고 자유로이 예비 조사를 하고 있자니 어느샌가 라프타리아와 단둘이 되고 말았다.

"시대는 다르지만 다시 여기에 오게 되었네요."

"그렇군."

삼용교의 음모에 말려들어서 피트리아의 인도로 왔던 때의 일이 떠올랐다.

그때 왔던 성지는…… 정말로 어렴풋한 흔적밖에 남아 있지 않았다.

지금은…… 아직 완전히 사라지기 전, 초목이 무성한 석조 폐허라는 느낌이로군.

그 한쪽에 약간 펼쳐진 초원 같은 곳에서 이야기를 하고 있다.

시간에 의해 풍화된 게 사실이었으리라.

"……우리 마을도 언젠가 미래에는 이렇게 폐허가 될지도 모르겠군."

"오히려 아득한 옛날부터 남아 있는 쿠텐로가 이질적이라는 생각이 들어요."

"수룡이 지켜보고 있어서인지, 대대로 천명이 전통을 지키고 있었기 때문인지, 아니면 다른 뭔가 이유가 있는 건지……."

실트벨트도 실트란에서 곧장 나온 건 아니라고 메르티가 말했었다.

최초의 용사들이 만든 나라도 끝내는 멸망했다.

우리 마을이 미래에도 남는다는 보장은 없다.

그렇게 생각하면 안타까운 기분이 든다.

신을 참칭하는 자들은 그런 쇠퇴조차 없는 영원을 갖고 있는 지도 모르지만, 지금은 마음이 썩어 버린 것 같다.

신을 사냥하는 자들……. 이 녀석들이 어떤 존재인지를 전혀 모르겠다.

적어도 우리에게 플러스가 되는 걸 남겨 주긴 했는데…….

0의 영역……. 이 기능은 대체 뭘까. 계속 써도 되느냐고 마음속 어딘가에서 경계하게 된다.

뭔가…… 돌이킬 수 없는 것이 있는 듯한, 그런 위기감이 있다고나 할까.

그림자의 목숨을 구할 수 있었으니 다행이지만…… 충분히 신경을 써야만 한다.

지금도 대가로 공격력이 1 내려가 버렸다.

그냥도 없다시피 한 내 공격력이, 말이지.

만약 계속 사용해서 공격력이 더 내려가 버린다면 곧 0이 되고 말겠지.

"언제까지나 남아 주길 바라는 마음은 소중해. 하지만 영원을 바라서는…… 안 되는 거겠지."

미래의 피트리아를 생각한다.

그 녀석은, 불사는 아니지만 불로다.

마룡도 에스노바르트에게 이윽고 인간들의 어리석음을 이해할 때가 온다고 이야기했었다.

마물과 인간과는 마음의 형태가 다를지도 모르지만, 긴 세월을 살다 보면⋯⋯ 그렇게 되는 걸지도 모른다.

인간을 미워하지 못하고 거리를 둔 피트리아와, 인간을 깔보며 멸망시키려 했던 마룡.

이 둘의 바닥에는⋯⋯ 같은 감정이 소용돌이치고 있을지도 모른다.

불로불사⋯⋯. 신을 참칭하는 자가 소원을 들어준다.

거기서부터 생각해 보면 아라비안 나이트로 유명한 마법의 램프 같은 게 떠오른다.

창작 이야기 등에도 있는, 어떤 소원이라도 들어준다는 그거다.

이렇게 소원이 이루어지는 상황에서 등장 인물이 불로불사를 바라는 패턴은⋯⋯ 의외로 적다.

혹시 불로불사를 바란다면 말도 안 되는 대가를 치르게 되는 경우가 많지만, 실제로 그것이 이루어지는 세계라면⋯⋯ 오락을 찾아 다른 세계를 장난감으로 삼기 시작할지도.

영원히 살아간다는 것도 괴로울 것 같군⋯⋯. 불로불사인 자에게 죽음은 행복이라는 이야기도 하지.

물은 흐르지 않으면 썩는다⋯⋯. 혼도 마찬가지겠지.

불로불사는 아니지만, 신을 참칭하는 자들의 입김이 닿은 전생자도 비슷한 상황일지 모른다.

전생자들은 전생이란 본래 어떤 의미인지를 생각한 적이 있을까?

전생의 기억을 가진 두 번째 삶…… 같은 생각을 하는 녀석도 많겠지.

그 기억을 가진 채로 보다 좋게 살 수 있다면 다행이다.

하지만 우리가 만난 전생자들은 인간으로서 올바른 길을 걸으려는 것처럼 보이지 않았다.

권력과 힘을 손에 넣고 내키는 대로 살면서 다른 자들과 세계에 피해를 주고, 마음에 들지 않는 상대를 죽인다. 아름다운 이성은 유혹해서 자신의 소유물로 삼으려고 한다.

기억을 가진 채로 전생했다는 건 그만큼 혼이 썩어 있다는 것일지도 모른다.

나도 일본에 있을 때, 이세계에 가는 방법 중 전생이라는 패턴을 본 기억이 있었다.

만약 있다면 좋겠다는 바람을 품었지만…… 지금 이렇게 이세계에 소환되어 다양한 사건을 겪고 여기에 있다.

그러는 동안 다양한 지옥을 봤다.

이세계가 나에게 편리한 세상이라는 희망은 이미 사라졌다.

이게 영원을 가진 자가 일으킨 싸움이라고 생각하면…… 불로불사에 흥미가 없는 호른의 생각대로, 정말로 필요 없다.

……이런 짓을 벌이는 녀석이 계속 살아 있다니 나로서는 용서할 수 없다.

영원을 갖고 신을 참칭하는 자들 때문에 얼마나 많은 목숨이 부조리한 꼴을 당하고 있는가…….

이 싸움이 우리 시대에 끝나기는 할까?

신을 사냥할 방법을 입수한 우리지만, 근본적인 해결 방법을 찾지 못했다.

흐릿하게 떠오르는 것은…… 고작해야 이런 일을 벌이고 있는 녀석들의 세계로 가서, 이런 짓을 할 수 없도록 하는 것.

다른 세계에 건너가서 몰살……인가?

문득 글래스가 이전에 다른 세계로 건너가서 그 세계의 기둥인 성무기의 용사를 죽이고 세계를 멸망시켜, 자신들의 세계를 지키려 했던 일이 생각났다.

한 명…… 성무기 소지자를 죽이는 것만으로도 세계를 멸망시킬 수 있다.

……확실히 몰살하는 것보다 좋은 방법일지도 모른다.

세인의 언니가 성무기와 권속기가 늘 우리의 아군이라고 단정할 수는 없다고 한 것은…… 이게 이유일지도 모르겠군.

영원을 가진 세계라도 성무기가 존재해, 멸망할 가능성은 있으리라.

성무기는 세계를 지키기 위한 기둥인 동시에 세계를 멸망시키는 역할도 있는 거군.

신을 참칭하는 자들의 세계에 성무기가 있을 때의 이야기지만.

적어도 내가 살던 세계에서는 그런 이야기를 듣지 못했다.

모습을 드러내지 않고, 소문조차 나지 않고 어딘가에 있을지도 모르지만…….

"나오후미 님?"

"응? 아아."

라프타리아와 이야기 중이었는데, 해답이 나오지 않는 추측을 시작하고 말았다.

다른 생각을 해야겠군.

"쿠텐로까지는 아니더라도 우리 마을이 오래 이어졌으면 좋겠군."

"네, 나오후미 님."

그때 문득…… 라프타리아가 나를 부르는 호칭을 생각했다.

"저기, 라프타리아."

"왜 그러세요?"

"이제 그렇게 안 불러도 돼."

생각해 보면 주변 녀석들이 뭔가 있으면 내게 성적인 화제를 들먹이는 것도 나와 라프타리아의 사이가 아무리 지나도 진전이 없어 보이기 때문이겠지.

실제로 관계가 진전된 것도 아니고, 섣부르게 육체관계를 맺었을 때 다른 녀석들의 태도가 두렵기도 하다.

……아픔이 없고 기분이 좋을 뿐이라고 판명되면 정말로 어떻게 될지도 모르고 말이지.

하지만 그런 이야기는 아무래도 좋다.

"네? 하지만……."

"뭐라고 해야 할까……. 처음엔 내가 더 위라는 입장을 명확히 하는 의미가 있었지. 하지만…… 이제 그런 걸 신경 쓸 관계는 아니라는 생각이 들어.”

정말이지 이제 와서 할 소리가 아니다.

언젠가 라프타리아 스스로가 내 이름을 그냥 부르게 되리라고 생각하고 있었다.

하지만 이제 지적하지 않으면 진전이 없을 것 같다.

평소에 내가 이상한 짓을 하면 착실하게 딴지를 걸어 주는 관계가 되었고, 내가 뭔가 잘못했을 때는 고쳐 준다. 그런 라프타리아이기에 나도 신뢰하고 있다.

그런데도 여전히 ‘나오후미 님’인 것은, 좀.

그렇게 생각해서 라프타리아에게 말했는데…… 라프타리아는 약간 얼굴을 붉히기 시작했다.

부끄러운 일인지도 모른다. 지금까지와 다른 호칭이니까.

“나, 나오후미…….”

라프타리아가 쥐어 짜내듯 내 이름을…….

“……님.”

님을 붙여 불렀다.

……약간 고개를 갸웃거린다.

“나, 나오후미 니임——.”

고쳐 부르려고 했지만 님이 붙고 만다.

……그럴 리는 없겠지만, 혹시 라프타리아에게 내 이름은 님을 포함해서 한 단어로 입력되어 있는 건가?

“……생각보다 어려워요…….”

얼굴이 새빨개진 라프타리아가 쥐어짜듯 답했다.

이제 와서 부끄럽다는 이유로 존칭을 뗄 수 없을 줄이야…….

"이미 오랫동안 나오후미 님이라고 불러 왔는데, 새삼스럽게 호칭을 바꾸려고 해도……."

으음……. 아무래도 라프타리아는 부끄러운 마음이 있는 모양이군.

나도 어쩐지 부끄러워졌다.

생각이 점점 엉뚱한 방향으로 나간다는 자각이 있다.

"결혼 같은 걸 하면 라프타리아는…… 라프타리아 이와타니가 되려나?"

"어, 어떨까요……."

"라프타리아 천명 이와타니라든가? 우리 세계에 있는 2세풍으로."

"정말…… 놀리지 마세요!"

응. 이런 게 우리에게는 자연스러운가.

"언젠가는 내 이름을 편하게 부를 수 있게 되면 좋겠군."

"……예. 노력할게요……. 나오후미 님이, 바라신다면."

"내가 바라서가 아냐. 라프타리아가 그렇게 부르고 싶어졌으면 하는 거지."

내가 농담을 하자 라프타리아도 부끄러움을 잊었는지 미소 지었다.

"일본식 성씨도 이쪽 세계에 있나?"

"들은 적은 있어요. 용사의 혈족에서 사용되는 경우가 있는 모양이에요."

헤에……. 그럼 스즈키나 사토 같은 게 있나.

"이 세계에 흔한 방식 작명으로 할까. 제르토블에서 선수 이름으로 썼던 록밸리(Rock Valley)는 내 성 이와타니(岩谷 : 바위 계곡)에서 가져온 거였지. 이것도 괜찮겠는데."

적어도 라프타리아와 결혼했을 때의 이름은 평범해 지려나.

문득…… 세인의 본명에 록이라는 글자가 있던 것이 뇌리를 스쳤다.

우연의 일치라고는 생각하지만…….

"아, 그렇지……."

나는 라프타리아의 손을 잡고 그 팔에 액세서리를 채워 주었다.

【방패 용사의 부적(라프타리아 전용)】
「방어 업(대)」「비상시 회복」「원호 효과 상승」「신뢰의 증거」
「천명의 힘 상승」「환각 마법 효과 상승」「정령의 인장」「모든 스테이터스 업(중)」
품질 : 고품질

형태는 팔에 두르는 염주형 팔찌.

벌룬 자투리를 끈으로 쓰고 지금까지 우리가 겪어 온 추억의 물품이나 약, 카르밀라 섬의 미라카 광석, 영귀와 봉황의 소재, 앵천명석과 호른에게 받은 이파리 등을 구슬 형태로 굳혀 엮은 간소한 물품이다.

일단 염주 하나에는 깃발을 본뜬 형태를 조각해 넣었다.

라프타리아는 어린이 런치의 깃발을 좋아했으니까.

깃발은 라프타리아에게 특별한 의미가 있다.

르롤로나 마을을 부흥시키기로 했을 때 본 깃발 같은 것도 그렇고…….

그렇게…… 라프타리아를 생각하면서 만들었기에, 건네주기가 조금 부끄러운 전용 액세서리가 완성되었다.

"이건……."

"실용적인 게 좋다고 했었지?"

이전에 라프타리아에게 어떤 액세서리를 원하냐고 물었을 때 실용적인 걸 바랐었다.

이 정도로 효과가 있으면 실용적인 건 확실하다.

꽤 부끄러운 물품이지만.

"나오후미 님도 참……. 그야 그렇지만, 저도 선물은 기쁘게 생각해요."

"염주라는 게 뭔가 좀 잘못된 느낌도 들지만."

"그런가요?"

"그렇지."

적어도 좋아하는 여자에게 줄 액세서리가 염주라면 뭔가 잘못된 거겠지.

다른 녀석이라면 로맨틱한 것…… 반지 같은 걸 건넬 때 염주가 나오면 '이거 뭐야?' 라면서 화낼 것 같다.

"마음에 들어?"

"예……. 소중히 할게요."

라프타리아는 사랑스러운 듯 염주를 팔에 감고는 달에 비추어 보듯 하며 고개를 끄덕였다.

염주를 바라보는 라프타리아가 너무나 기뻐 보여서 나도 기뻐 졌다.

라프타리아가 약간 눈물을 글썽이고 있다. 만든 보람이 있군.

"너무 소중히 하느라 싸울 때 가져가지 않는다거나 하면 안 되거든?"

보물을 썩힌다고 한다. 게임풍으로 말하자면 쓰질 못하는 병. 최종 보스를 쓰러뜨릴 때까지 HP 풀 회복 아이템을 쓰지 못한 다거나 하는 이야기를 알고 있다.

"만약 부서진다고 해도 그게 라프타리아를 구한다면 상관없어. 얼마든지 수리해 주지. 그러니까 몸에서 떼어 놓지 말아 줘."

"알겠어요. 그렇지만…… 그래도 소중히 하고 싶어요."

"다음엔 라프타리아에게 어울릴 만큼 멋진 액세서리 개발도 해 볼까."

무녀복을 입고 있으니까…… 역시 일본풍 전통 비녀 같은 게 어울리려나?

"나뭇잎 모양 헤어핀 같은 것도 어울릴 것 같지만……."

"저기…… 라프짱이 이전에 나뭇잎을 머리에 얹고 있었으니 까, 그건 피해 주셨으면 하는데요."

"아, 그건 귀여웠지. 루프트도 어울렸어."

"그쪽에서 착안해 만드신 건 달지 않을 거예요."

"그래그래, 알았어."

"좋던 분위기가 다 날아갔어요……."

나와 라프타리아의 좋은 분위기는 왜 이렇게 오래 지속되지 않는 걸까.

……내가 원인이지만.

그때 구름이 걷히고 밝은 달빛이 우리에게 내리쬤었다.

달빛을 받은 라프타리아는 어째서인지 보다 아름답게 보였다.

예전에는 어린 아이였는데 이제는 미인이라고 표현할 수밖에 없을 만큼 성장해서…….

이런데도 실제 연령은 키르와 같다니 굉장하다.

"자, 나오후미 님. 다 둘러봤으니 마모루 씨가 알려 주신 온천으로 가죠. 모두 먼저 갔을 거예요."

"그렇겠군."

그런 이야기를 하며 마모루가 알려 준 온천 근처까지 가자, 라프짱이 달을 올려다보며 우리를 기다리고 있었다.

"라프~!"

"아, 라프짱. 그쪽은 어때?"

"라프~."

딱히 이상한 건 없었던 듯하다.

그런 라프짱은 라프타리아의 염주를 눈치채고는 어쩐지 놀리는 듯한 시선을 보내며 양손으로 입가를 가렸다.

"라프……."

"뭔가요, 그 이상한 표정은……. 키르 군처럼 놀리는 건가요?"

"랏프~."

라프짱은 모르는 일이라는 듯 달을 올려다보며 배를 두드렸다.

아아, 어울리는군.

달구경을 하는 너구리란 느낌으로 굉장히 그럴듯하다.

"이렇게나 달이 아름답게 보인다면 달맞이 경단이라도 만들어 보는 게 좋을지도 모르겠는걸."

라프 종이 모여 배를 북처럼 두드린다거나 하면 동화 세계에 있는 느낌이 들 듯하다.

평화로워지면 글래스 일행도 초대해서 쿠렌로에서 달맞이 파티를 한다거나.

"그건 나오후미 님 세계의 행사인가요?"

"그래."

"라프~."

라프짱이 슬쩍 반딧불 같은 빛을 만들어 내는 마법을 외워 주위를 비춰 주었다.

환상적으로 좋은 분위기로군.

우리는 모두가 맘껏 입욕 중이라는 온천 쪽을 향해 느긋하게 걸었다.

"꽤 경치가 좋은 온천이로군."

계단 형태로 펼쳐진 노천 온천이다.

남녀별 탈의실은 있지만 약간 분위기에 안 맞는 느낌이군.

"아, 형들이 겨우 왔다!"

"무슨 일 있나 했어."

키르가 우리가 온 걸 깨닫고 목소리를 높이자 포울이 응했다.

렌은 이미 입욕을 마쳤는지 근처 바위에 앉아 몸을 식히고 있고, 에클레르는 메르티 곁에서 입욕 중이다.

키르 쪽은…… 노천 온천 안에서 술래잡기라도 하는 건지 시끌벅적하다.

마모루 일행도 나중에 온다고 했었나.

일단 모두 언제라도 임전 태세에 들어갈 수 있도록 무기는 손 닿을 곳에 두고 있군.

이때가 아니면 느긋하게 몸을 담그고 목욕을 즐기기 힘들 거라는 느낌이다.

"그럼 나오후미 님. 어서 온천에 들어가죠."

"아, 그러지."

집의 욕조도 좋지만 이런 것도 나쁘진 않다.

언젠가 전장이 될지도 모르는 참이지만, 이때만은 적이 오지 않기를 빌 뿐이다.

우리는 그렇게 편안한 시간을 보내고, 그날은 모두 느긋하게 쉬었다.

 11화 공룡 사냥

며칠 후.

"으으……. 중상에서 회복하자마자 이런 취급은 심하오이다."

"랏프~."

우리는 성지와 마을을 교대로 이동하며 경비를 섰다.

그러는 동안 성지 근처 마을 녀석들이 근처에 위험한 마물을 처리해 달라는 부탁을 했다.

마모루 쪽은 본격적으로 피엔사에 잠입하기 위해 움직이고 있어서 그다지 만날 수 없다.

나머지는 꽤 아무래도 좋은 이야기지만, 에클레르가 리저드맨들과 상당히 친해져서 단련과 대련을 하고 있다.

일단 마모루에게 힘을 빌려주고 있기에 채찍의 강화 방법을 실시해 주었는데, 그 덕분인지 리저드맨들이 에클레르 상대로 좋은 승부를 하고 있다나.

"체력은 어느 정도 회복되었으니까 얌전히 따라와."

그래서 나는 그림자와 닌자 라프 종을 레벨 업에 데려가기로 했다.

"그림자 씨도 참 건강하네~."

"중상자오이다!"

그 외에 라프타리아와 루프트, 시끄럽지만 키르, 모처럼 세인까지 데리고 왔다.

세인은 최근 마법 수행 때문에 좀처럼 이야기를 나누지 못했지만 멀리서 나를 계속 바라보면 기분이 나쁘니까 데려왔다.

라프짱과 다프짱은 나타리아와 함께 마모루를 도우러 갔다.

스킬로 불러낼 수 있으니 문제는 없으리라. 닌자 라프 종도 있고 말이지.

그림자가 귀찮다며 도망가도 라프타리아와 닌자 라프 종이 있으면 잡을 수 있으니 좋은 포진이다.

"그림자 씨를 너무 혹사하는 건 좋지 않다고 생각해요."

"그렇게 상처를 입었을 정도니, 움직일 수 있게 되면 데리고 다녀야 하는 거지."

그림자의 경우 우리 마을과 쿠텐로의 유입자들에게 기술을 배웠지만, 순수한 레벨과 스테이터스는 한계를 돌파했다곤 해도 키르 쪽에는 미치지 못하는 수준이다.

그렇다면 이후의 일도 생각해서 조금이라도 올려 두는 게 좋겠지.

의외로 터프해서 상처가 아물고 얼마 지나자 태연하게 걸을 수 있었으니 말이지.

침대에서 나오지 못할 정도로 쇠약해졌다면 나도 이렇게까지는 하지 않는다.

"소인의 역할은…… 정보 수집과 잠입, 메르티 여왕님의 경호이오만……."

마모루 일행이 피엔사에 잠입한다는 이야기를 듣고는 피엔사 국내의 루트 정보 제공 및 안내를 하겠다고 했다. 내가 그걸 멈추고 반쯤 억지로 데려온 참이다.

"상처가 아물었다고 곧장 나가려고 하니까 형에게 혼난 거잖아? 나도 상처 때문에 중요한 때 집이나 봐야 했는걸?"

키르의 지적은 온당하다. 영귀 소동 때는 상처로 두고 갈 수밖에 없었고.

"그렇게 잠입을 돕고 싶다면 상대의 공격에서 도망칠 수 있을 정도로는 강해지라고."

"찍 소리도 내기 어렵소만…… 방패 용사님은 귀신이외다. 살살 해 주길 바라오이다."

"뭘 살살 해 달라는 거냐, 이 멍청아! 이것보다 살살 해서 뭘 어쩌게!"

회복하자마자 전장에 나가겠다는 녀석을 놔두라는 건가.

그쪽이 가혹하잖아.

"여기에서 방패 용사님의 레벨 올리기에 참가하게 되면…… 소인은 방패 용사님의 애인이 되어 버리는 것이오?"

"어? 그래?"

"……너는 내가 동료의 레벨을 올리는 게 애인으로 삼기 위해서라고 생각하고 있는 거냐? 그리고 키르는 닥치고 있어."

그런 걸 생각하는 건 예전의 모토야스나 전생자 정도겠지.

아니, 그 이전에 애인에게 강함을 요구하는 의미를 모르겠다.

"방패 용사님과 레벨을 올리러 간 자 대부분이 애인이오."

"그럼 나도 이미 애인인 거야?"

"확실히 그건 어떠려나요……. 키르 군, 아니니까 안심해요."

"포울은 어떻지. 루프트는?"

"나? 형의 애인? 아, 이 모습은 사랑받고 있어!"

루프트가 귀여운 척하는 포즈를 취했다.

너는 정말로 라프 수인 모습을 좋아하는구나. 귀엽다곤 생각하지만 지금은 역효과야.

"키르 군과 루프트 군, 이 이야기에 엮이면 나오후미 님께 폐를 끼치니 입을 다물죠."

"어~?"

"뭔지 잘은 모르겠지만, 알았어."

그런 이야기를 하는 걸 본 그림자가 다시금 나를 보았다.

"……애인은 아닌 것이외까?"

"너, 한 번쯤 죽어 보는 게 좋지 않았겠냐?"

그림자 속의 나는 대체 어떤 존재인 거야.

이놈도 저놈도 잠깐 맛이 가서 포울을 붙잡았던 걸 언제까지 기억할 셈이냐고!

"호른 님의 이야기를 들었소이다. 방패 용사는 상대의 마음에 반한다……. 종족도 성별도 결코 관계없다고 말이외다."

이 녀석! 방패 용사를 사랑의 화신처럼 인식하지 말라고.

좋다면 무슨 벽이든 넘겠다는 절조 없는 놈들은 드래곤과 모토야스만으로 충분해!

"최근에는 키르 군이나 아이들과 가깝소. 다들 함락하려는 게 아니오이까?"

그건 이전에 키르가 트라우마를 밝혔을 때의 사건을 말하는 건가?

"역시 그랬던 거야?"

"키르, 그때 어땠는지 잊었냐? 헛소리를 한 네게 벌을 준 거잖아. 또 벌을 받고 싶어?"

라프타리아와 관계를 가졌다느니 해서 나를 놀린 벌로 행상 마차에서 잔뜩 쓰다듬어 줬었지.

"켁! 그건 기분 좋지만 무서우니까 싫어! 라프타리아짱! 도와줘!"

키르가 양손을 모으고 라프타리아에게 넙죽넙죽 고개를 숙이며 용서를 청했다.

"그 일은 별로 신경 쓰지 않지만, 나오후미 님을 너무 자극하지 말아 주세요."

"애초에 키르와 나갔던 건 벌을 주기 위해서, 이미아와는 도중에 액세서리 제작의 상담을 하기 위해서였잖아."

뭐, 이 둘은 마을에서도 사랑받는 각 부문의 대표지만, 그런 문제가 아니잖아.

이미아는…… 라프타리아 같은 부분이 귀엽고, 본인이 바라는 것 같으니까 생각해 보겠지만, 그런 것도 세계를 평화롭게 한 후면 된다.

그렇지 않으면 야수가 미래에서 나를 기다리고 있으니까 말이지. 사디나와 실디나라는 야수가.

내가 애인을 만들기 위해 레벨을 올리러 간다니 누가 퍼트린 소문이지?

범인이 잡히는 대로 숙청해야만 한다.

역시 키르 쪽이려나? 적당히 안 하면 노예문을 기동한다?!

"형이 어쩐지 날 노려보고 있어. 내가 뭐 했나?"

"틀림없이 애인으로 삼기 위해 레벨 올릴 때 데리러 간다는 소문을 키르 군이 퍼트렸다고 의심하고 있는 거예요."

"오해야! 난 안 그랬어!"

어쩌려나. 본인에게 의도가 없어도 소문은 퍼지는 법이다.

"애초에 그런 이유라면 시안 같은 경우는 어떻게 된 건데."

"그 외에 친밀한 용사가 있는 자는 예외이외다. 소인은 특별히 친밀한 용사가 없으니까 표적이 된 듯하오이다."

"안심해라. 기분 탓이니까. 애초에 나는 네가 남자인지 여자인지도 몰라. 얼굴도 숨기고 있으니까 잘 모르고. 그런 녀석을 좋아하게 되겠어? 말투 외에는 네 동료와도 구분이 안 되는데."

이 녀석은 여왕으로 변장할 수도 있었으니, 본래 성별이 어떤지도 모른다.

어쩌면 메르티의 대역 같은 것도 가능한 것 같고.

내가 메르티 유괴로 도망 생활 중일 때도 마을 사람으로 변장해 암약했었으니까.

내 머릿속에서는 남자인지 여자인지 성별 불명 항목에 들어가 있다.

"우와! 진심으로 말하는 것이오이까! 완전히 아무래도 좋다는 얼굴이오이다. 소인은 방패 용사님에게 이름조차 기억 못하는 자 취급이오이다! 라프타리아 님! 소인은 뭔가 진 느낌이오이다!"

"어……. 이기지 않는 쪽이 그림자 씨에게는 좋을 거라고 생각해요."

"그래도 뭔가 억울한 기분이 드는 것이오!"

"그림자…… 형인지 누나인지는 잘 모르겠지만, 방패 형이 이성으로 봐 줬으면 하는 거야?"

"이건 어느 쪽이라도 좋다는 취급이 싫은 게 아닐까?"

"아, 형은 입이 험하니까 이렇게 말하는 거지만 틀림없이 소중히 생각해 주고 있으니까 안심해도 돼."

키르는 변함없이 적당한 소리를 떠들고 있다.

"남자인지 여자인지 구분하는 방법으로 가장 간단한 건 모토야스에게 묻는 거겠지."

그 녀석, 필로와 관계없는 여자는 돼지로 인식하고, 그 눈썰미는 제법이니까.

그림자가 남자인지 여자인지 구분하는 정도는 손쉽게 할 수 있겠지.

"하지만…… 어차피 그림자는 너밖에 모르니까 그림자면 됐잖아."

그림자가 남자든 여자든…… 따지는 데 무슨 의미가 있지?

여자니까 자상하게 대하고 남자니까 엄하게 대한다거나? 무슨 바보 같은 소리야?

내가 그런 페미니스트라면 윗치를 지옥에 떨어뜨리자는 생각을 하겠냐고.

"메르티 여왕님의 마음을 절실하게 이해했소이다!"

그림자가 어째 주먹을 떨며 외치는데, 뭘 이해했다는 거지?

"왜 메르티짱? 라프타리아짱, 알겠어?"

"틀림없이 직함으로 불리는 게 싫다는 거예요. 나오후미 님은 한동안 메르티짱을 제2왕녀라고만 불렀으니까."

"아, 그렇구나."

"어쨌든 내가 레벨 올리러 갈 때 데려가는 건 애인으로 삼기 위해서라는 유언비어는 믿지 마. 정보 수집이 일인 주제에 유언비어를 믿어서 어쩌자는 거냐."

"유언비어인지 아닌지 검증하는 단계인 것이오! 실험은 소인이 하지 않아도 괜찮소이다! 키르를 함락하는 것이오!"

"나?! 역시 나도 형의 애인이 되고 마는 거야?"

"키르 군, 신경 쓰지 않아도 돼요."

"시끄러워! 잠자코 따라와! 기억해 주길 바란다면 이름을 대고!"

"싫어어어엇! 인 것이오!"

이 녀석 완전히 장난치고 있잖아! 이름도 말하지 않고.

닌자라서 본명은 없다거나?

사실 이 녀석 이외의 그림자와는 접점이 없으니, 지금까지 그랬던 것처럼 그림자라고 부르면 되겠지만 상대하는 데 지치기 시작했다.

"이제 됐어. 이 이야기는 여기까지 하고, 피엔사에 다시 침입하고 싶다면 우선은 얌전히 레벨을 올리고 강해져서 들키지 않고 잘 대처할 수 있게 되라고."

"소인도 그런 꼴을 당하리라고는 생각하지 못했소이다."

그림자의 이야기에 의하면 전장에 숨어 관찰하고 있는 걸 들켜서 도망칠 틈도 없이 공격당하고 말았다는 듯하다.

상처를 입었으면서도 그 상황에서 빠져나온 건 솔직히 높게 평가한다.

연기 구슬로 연막을 피워 도망친다거나? 죽은 척을 했다거나?

어느 쪽이든 그림자의 생존 능력이 높았던 덕분에 이렇게 구할 수 있었던 건 틀림없다.

"라프타리아, 그림자의 잠복과 변장 능력은 어느 정도지?"

"네? 어디……. 저희가 아니면 고위의 탐색 마법을 써야만 간신히 찾아낼 정도로 숨는 게 능숙하다고 생각해요. 변장하면 찾아내는 건 더 어려워져요."

"나도 냄새만으론 모르겠어."

키르가 그림자의 잠복 기술이 얼마나 뛰어난지 설명했다. 그렇다곤 해도 키르의 탐지 능력이 기준이어서야.

"이 정도는 할 수 있소이다."

그림자는 옷을 훌러덩 벗는 듯…… 하더니만, 사디나로 변했다.

"오! 굉장해! 사디나 누나다!"

"나오후미짱, 어떻소이까?"

"……."

변장이 능숙한 건 알겠다. 하지만 변한 상대가 매우 안 좋다.

"이걸로 방패 용사님에게 유리하게 일할 수 있소이다."

"좋아, 이 녀석을 방패로 써서 마물을 끝장내자. 사디나라면 여유롭겠지."

"농담이었소이다! 소인은 아직 체력이 회복되지 않았소이다!"

그림자는 그렇게 말하며 변장을 풀었다.

지금까지는 기회가 별로 없어서 괜찮았는데, 이야기해 보니 엄청나게 귀찮은 녀석이었군!

쓸데없이 헛소리를 이어가려고 한다. 이런 녀석인 줄은 상상도 못했다.

장난치지 못하도록 메르티에게 주의시켰어야 했나.

"잡담은 그만하고 레벨이나 올리러 간다. 어쩌면 피엔사의 잠입부대와도 교전할 가능성이 있으니까 정신 똑바로 차리고. 그림자도 그런 사태에 조우할지 모르니까 조금은 기대해."

"가능하면 별일 없이 끝났으면 좋겠소이다."

레벨을 올리는 김에 피엔사의 잠입 부대가 지나갈 법한 곳을 감시하러 가는 게 목적이다.

이 멤버는 숨은 녀석을 발견하는 데 특화한 조합이기도 하다.

본래 루프트는 렌과 포울 쯤에게 맡기고 싶었지만, 어쩐지 염려가 되어서 그림자와 함께 레벨을 올리려고 데려왔다.

그림자와 메르티와 마찬가지로 중요한 포지션이니까.

메르티 쪽은 에클레르와 함께 렌에게 맡겼다.

……출발 전에 마을 녀석들이 라프 종 그룹과 필로리알 그룹이라는 묘한 이름으로 우리를 가리키고 있었던 건 못 본 걸로 해 두자.

서두가 괜히 길어졌군.

우리는 이 부산스러운 멤버로 성지 근처에서 강한 마물을 쓰러뜨리고 적이 잠입할 수 있을 만한 루트를 파악했다.

성지에서 기다리는 수도 있지만 성지 근처 마을의 안전을 지킬 필요도 있겠지.

그러는 동안 모르는 마물 소재를 입수하는 경우도 많다.

그런고로…… 부탁받은 루트로 오긴 했는데.

"묘하게 마물이 많이 나오는군. 이 시대의 마물은 대량으로 서식하고 있나?"

짐승길을 따라 암벽이 드러난 지역에 이르자…… 공룡 왕국이 펼쳐졌다.

카이저 렉스라는 타일런트 드래곤 렉스의 진화 전 단계 같은 마물, 엠페러 트리케라톱스, 킹 스테고사우루스, 로드 프테라노돈…… 임금님쯤 되는 공룡계 마물들이 제 땅이라는 양 활보하고 있었다.

이 녀석들의 처리도 겸해야 할까…….

여기만 보면 정말로 타임 슬립한 느낌이 든다. 이세계란 정말 뭐든지 있군.

역시 공룡계 수인 같은 것도 있겠지.

성지 근처의 리저드맨은 어쩐지 악어 같은 녀석들이었지만.

마을이 가까운 지역일 텐데도 공룡이 근처에 서식하는 게 신기하다.

오랜 세월 동안 생태계가 변한다고는 하지만 아무리 그래도 너무 많이 살지 않나?

"어이, 그림자."

"무슨 일이오이까?"

"이런 마물은 우리 시대에도 있나?"

"소인은 그렇게까지 잘 알지 못하지만, 포브레이의 박물관에서 뼈를 본 적이 있소이다."

라트를 데려오면 흥분해서 분석하려나?

뭐, 드래곤 계통 마물과 그리핀이 아무렇지도 않게 존재하는 세계니까…….

이전의 우리는 정면으로 싸워서 이길 수 있을지 의심스러운 상대였지만…… 지금의 우리라면 여유겠지.

"그럼 서둘러 싸워 볼까."

"네, 넷!"

"나도 싸울게!"

"형이 나를 구해 줬을 때 만난 마물을 생각나게 해! 이번엔 남겨지지 않을 거야! 멍멍!"

"간닷!"

라프타리아와 루프트, 키르와 세인이 각자의 무기를 들고 전투 태세에 들어갔다.

참고로 루프트는 도끼를 쓰고 있다. 중량계 무기가 마음에 드는 모양이다.

"소인들은 전력이 되겠소이까?"

"라, 라프~."

그림자와 닌자 라프 종이 불안한 어조로 물었다.

"걱정하지 마. 사디나와 해저 투어를 했을 때가 훨씬 골치 아픈 놈들이 나왔으니까."

바다는 신비의 보고다. 경험치도 많이 들어오니까 슥슥 싸워 나갔지만 범고래 자매가 아니었으면 우리도 틀림없이 고전했겠지.

육상에서, 그것도 이 정도 마물 상대로 밀릴 리는 없다.

"너희는 어느 정도 레벨이 오를 때까지 내게서 떨어지지 않으면 돼. 전투 경험은 나름대로 있는 모양이니까 레벨만 높고 쓸모 없는 녀석이 되진 않을 테지."

"확실히 그러하오나……."

"그럼 갑니다!"

라프타리아가 도를 검집에서 뽑고 영역에 침입한 새 적에게 적의를 갖고 다가오는 공룡들에게 돌진했다.

루프트가 뒤를 따르고 세인이 달려간다.

"그아오오오오오오오오오오!"

시작이라는 듯 카이저 렉스가 라프타리아를 향해 도약해서 불을 토해내며 물어뜯으려 했다.

흉포하지만 정확히 목표를 포착한 화염 물어뜯기다.

카이저 렉스의 턱이 정확하면서도 신속하게 라프타리아가 있는 곳을 물어뜯었다.

그런 라프타리아의 모습이 흐릿하게 사라지고…… 휙 하고 카이저 렉스의 측면에 나타나 갈빗대 주변을 칼로 베어 찢었다.

파앗 하는 근사한 소리가 나며 선혈이 튀었다.

"하아아앗!"

그러나 라프타리아는 그 핏방울을 하나도 맞지 않고 카이저 렉스의 밑을 지나며 베어 올렸다.

"끄아아아아?!"

"생각보다 단단해요. 근육이 날을 붙잡는 감촉이 들었어요……."

"으랏차!"

그런 라프타리아에게 신경을 집중한 카이저 렉스의 정수리를 노리고, 루프트가 공중에서 갑자기 나타난 듯한 모습으로 도끼를 찍었다.

"끄아아아악!"

"한 방 더!"

루프트가 카이저 렉스를 때린 곳을 걸어차며 마법을 외웠다.

"츠바이트 일루전!"

카이저 렉스는 팟 하고 몸을 낮춘 루프트를 향해…… 우리와는 90도 다른 방향으로 분노의 포효를 지르며 달려가 아무것도 없는 곳을 물어뜯고 꼬리를 휘둘렀다.

환각 마법을 사용했나……. 그러나 카이저 렉스도 마물이지만 지혜가 있는지 코를 벌름거리며 냄새로 진짜를 찾으려 시도하고 있다.

와작! 하고…… 냄새로 진짜라 생각한 루프트를 물어뜯었지만 역시 허공을 물었다.

애석하지만 라프타리아와 루프트의 환각은 냄새조차 속이기에 의미가 없다.

여기에는 라트와 호른도 감탄하고 있었던가. 여우계 아인종과 마물의 환각은 냄새로 구분할 수 있지만 이 애들의 환상은 그것조차 능가한다고.

일본에는 여우는 일곱 번 둔갑하고 너구리는 여덟 번 둔갑한다는 말이 있었던가? 여우보다도 환각술이 뛰어나단 거겠지.

과거의 천명도 타쿠토의 여우녀를 상대로 냄새까지 속이고 있었으니, 그 환각술은 보증된 거나 마찬가지겠지.

어떤 지방에서는 '지네는 더 뛰어나다'……고도 했지만.

지금은 라프타리아보다도 라프짱 쪽이 환각 솜씨가 위인 걸 보면, 우리 중에서 최고의 환술사는 라프짱이겠지.

"두 사람 덕분에 마물이 틈을 보였어! 와앙!"

키르가 힘껏 외치며 검을 휘둘러 카이저 렉스를 베었다.

보통 장검이지만 개 모습인 키르의 체격에 비하면 대검처럼 보이는군.

"세인 씨!"

"응!"

세인이 조금 늦게 가위를 분해해서 이도류로 카이저 렉스를 베었다.

빈틈투성이 카이저 렉스의 목에 세인의 칼이 도달해 푸욱 하고 꽂혔다.

"끝을 내겠어요! 순도(瞬刀) 하일문자(霞一文字)!"

서걱! 하고 라프타리아가 아픔으로 몸을 뒤로 젖힌 카이저 렉스의 목을 떨궜다.

풀썩 하고 흙먼지가 날리고 카이저 렉스는 제대로 공격해 볼 기회도 얻지 못한 채 거체를 지면에 떨구고 절명했다.

"생각보다도 움직임이 빠르고 터프하네요."

"하지만 그만큼 환각에 약한 것 같아."

"그러네요. 저희와 상성이 좋을지도 모르겠어요."

"나는……?"

"세인 씨도 움직임을 멈춰 주면 우리도 우리가 싸우기 쉬워지지 않을까?"

"어째 나 너무 늦게 나간 것 같지 않아?"

"키르 군은 발이 빠르니까 상대를 잘 혼란시킬 수 있어요."

"그런가? 라프타리아짱처럼 더 빨리 움직이고 싶어. 검의 용사 형에게 좋은 검이라도 부탁해 볼까."

"그러고 보니 키르는…… 왜 검을 쓰고 있었더라?"

카이저 렉스의 꼬리를 서걱 잘라낸 키르가 돌아서서 질문했다.

몸집은 작지만 꽤 솜씨 좋게 움직이는군.

"응? 형이 지급해 줬으니까 쓰고 있을 뿐인데?"

"그럼 이빨이나 마물이 사용하는 것이라도 괜찮겠군."

키르도 수인화 하면 이빨이 돋아나고, 그대로 적을 무는 쪽이 공격력은 높을 듯하다.

때때로 문 것을 붕붕 휘두르려는 모습을 봤고.

"형, 나를 마물처럼 생각하고 있구나."

"외견이 그렇잖아. 차라리 라프짱 쪽이 검을 쓸 수 있을 것 같고, 어울리는 무기가 필요하겠지."

"키르 군이라면 아인 모습으로 싸우는 방법도 있는데요?"

"우웅……. 나는 어쩐지 이 모습이 움직이기 쉬워서 역시 이쪽이 좋은데."

키르는 개 모습으로 싸우기를 택한 듯하다.

키가 3분의 1 정도로 작아지는데 잘도 싸우는군.

"역시 수인 모습이 좋지. 귀엽고."

루프트가 이때라는 양 편승했다.

"귀엽지 않아, 멋있다구."

"어, 하지만 키르 군은 모두 귀엽다고 하잖아."

"알곤 있지만 멋있어지고 싶다고!"

키르와 루프트가 이야기를 나누며 마물을 쓰러뜨리고 있으니 주변이 어쩐지 팬시한 공간이 되어 가는군. 함께 마을의 마스코트 수인이란 느낌이고.

"다음으로 가죠."

우리는 당연하다는 듯 다음에 나타난 엠페러 트리케라톱스 쪽으로 향했다.

"손쉽게 상대했소이다. 이 인원수로 나뉘어 들어오는 경험치를 생각하면 본래는 좀 더 시간이 걸릴 상대가 아니었소이까?"

"그만큼 우리가 강하다는 것일지도 모르지만, 라프타리아와 당연한 듯 같이 싸우는 루프트는 상당히 스펙이 높군. 키르는 약간 뒤늦은 느낌이지만."

역시 라프타리아의 사촌 동생. 수인화 보정도 그냥 붙은 게 아니다.

이 멤버에 비하면 역시 키르는 한 단계 처지는군.

"형! 나도 지지 않을 거야! 그걸 위해 힘을 길러 온 거니까!"

그래그래.

"간닷, 필살! 와앙!"

키르가 빛을 몸에 두르고…… 빛나는 강아지가 돌격했다.

"츠바이트 와일드 팽!"

아아, 마법을 몸에 두른 일격인가.

키르는 짐승 속성 마법을 쓸 수 있다. 포효 같은 것에 섞어 자신의 능력을 상승시키거나 한다.

이번엔 마력을 몸에 둘러 공격력을 높인 돌격 마법을 사용한 기술이로군.

"소인들은 완전히 족쇄에 지나지 않는 느낌이 들고 있소이다."

"라프~."

"안심해, 저 녀석들의 속도를 피할 수 있는 상대라면 나도 기본적으로 족쇄일 뿐이니까."

기껏해야 어택 서포트를 써 주거나 원호 마법으로 강화하는 정도밖에 할 일이 없다.

그림자를 지켜야 하니까 딱히 기민하게 움직이는 것도 아니고…… 뭐, 그거면 됐겠지.

"에어스트 실드, 세컨드 실드!"

그때 날아온 로드 프테라노돈 한 마리가 급강하해서 라프타리아 일행에게 히트&어웨이를 시도했기에, 그 녀석이 돌격하는 틈에 방패를 꺼내 방해했다.

"꺄오오오오오오?!"

로드 프테라노돈은 새된 소리를 질렀다. 내가 꺼낸 방패에 퍼억 하고 부딪혀 놀란 듯했다.

"하앗!"

세인이 가위를 실 뭉치로 바꾸어 로드 프테라노돈을 구속하고 라프타리아가 도로 숨통을 끊었다. 동시에 다른 로드 프테라노돈이 공격해 와도 대응할 수 있도록 주위에 실을 거미줄처럼 펼쳤다.

　"여기여기! 엿차! 키르 군!"

　"알았어!"

　루프트는 킹 스테고사우루스에게 환각 마법을 사용해 혼란시키고는 키르와 연계해서 도끼를 때려 박는 걸 반복했다.

　둘의 환각 마법 덕분인지 상대가 엉뚱한 방향만 공격하고 있어서 내가 나설 차례가 없다.

　단순한 전투력은 높은 마물이겠지만 환각 내성이 너무 없다고 할까…….

　그렇게 느끼면서 너무 늘어난 마물을 순조롭게 줄여 나갔다. 그림자와 닌자 라프 종의 레벨과 소질도 상승했다.

　경험치가 꽤 많이 들어왔다. 범고래 자매와 사냥했을 때와 비슷하다.

　……왜 이 시대는 경험치가 잘 들어오는 걸까?

　마모루 일행도 강함은 그렇다 쳐도 레벨은 상당하다는 느낌이었고.

　애초에 마모루 일행은 어떻게 클래스 업을 하고 있지?

　용제는 없을 텐데? 필로리알도 없고. 라프 종도 없다.

　어떻게 한계 돌파 클래스 업을 하고 있는 걸까?

　혹시 이 시대는 용사만 있으면 사람도 한계 돌파가 간단한가?

"그럼 가겠소이다! 하이드 비하인드!"

레벨과 소질 강화로 능력이 대폭 상승한 그림자가 전열의 싸움에 끼어들었다.

그림자가 카이저 렉스에게 마법을 사용했다. 그러자 카이저 렉스가 깜짝 놀라 뒤로 돌았다.

저 마법은 뭐지?

"어둠 속성의 마법……이네요."

빛과 어둠에서 환영을 만들어 내는 라프타리아는 어둠 속성 마법도 잘 아는 듯하다.

"그렇소이다. 소인은 상대의 주의를 유도하는 종류의 마법을 중점적으로 배웠기에."

과연. 즉, 문득 뒤에서 기척을 느끼고 돌아보는 틈에 빠져나간다거나 기척을 약화시켜서 잠복한다거나 하는 식으로 라프타리아와는 다른 느낌으로 잠복하는 게 특기인 거로군.

키즈나의 동료 중에도 비슷한 느낌으로 닌자 같은 녀석이 있었지. 이런 종류의 인식은 어디에서나 비슷한지도 모르겠다.

아무튼 주의가 쏠린 카이저 렉스를 라프타리아 일행이 쓰러뜨리고 한숨 돌렸다.

"소인도 함께 행동하는 이 라프카게와 함께라면, 잠입하지 못할 곳은 없소이다!"

"네가 데리고 있는 라프 종은 그런 이름이었어?"

"라프 종의 그림자(影 : 카게)니까 라프카게인 것이지 개체의 이름은 아니외다?"

"귀찮구만!"

철저하게 개성을 없애려는 의식은 인정하지만 너 자신의 말투 때문에 안 된다고. 라프카게라니 어딘가의 닌자냐고 항의하고 싶어진다고!

"라프카게……. 그 이름 어떻게 안 될까요?"

라프타리아가 그림자에게 항의했다.

내가 말할 처지는 아니지만, 불평하고 싶을 만도 하겠지.

"그렇지, 그 라프카게에겐 이걸 장비하게 해."

나는 마침 가져 왔던 꾸러미를 꺼내, 그림자의 어깨에 타고 있던 라프카게를 내리게 해서 건넸다.

"그거…… 도시락이 아니었소이까?"

그림자, 너는 내가 먹을 걸 늘 갖고 다닌다고 생각하는 거냐?

식사는 포털을 타고 돌아가서 하면 되잖아.

"아니었나요? 그런 줄로만……."

"나도 그렇게 생각했어."

"나도! 오늘 식사를 기대하고 있었는데 뭐야."

"응."

……수긍하는 녀석들을 보며 서글퍼졌다.

내가 뭔가 꾸러미를 들고 있다=먹을 것이라는 발상은 요리 솜씨 때문인가?

"아니야. 이건 원래 라프짱으로 실험하려던 물건이다."

"저어…… 어쩐지 굉장히 싫은 예감이 드는데요……."

"참고로 시험 제작품이 잘되면 루프트에게도 만들어 주지."

"어? 뭔데뭔데? 꽤 기대되는데!"

라프 종을 위한 것이라고 하니 루프트가 흥미를 보였다.

라프카게가 내게 받은 꾸러미를 풀어서 안을 확인했다.

그러자 거기에서 이전에 디자인했던 찻물 끓이는 솥 형태를 한 갑옷이 모습을 드러냈다.

【시작형 라프 종 전용 차 솥 (라프 종 전용)】
「방어 업」「베기 내성(중)」「찌르기 내성(중)」「불 내성(대)」「바람 내성(대)」「물 내성(대)」「흙 내성(대)」「마력 방어 가공」「환각 마법 향상(중)」「마력·열 변환」「배기 부유」「기동력 향상」「영귀의 힘」「거북이 등딱지」

"저어…… 이건 뭔가요?"

"응? 분부쿠 차가마라고 해서 너구리 요괴가 나오는 동화에서 아이디어를 얻고 라프 종 전용으로 만든 방어구인데."

"아니, 그건 이전에 들었어요. 그게 아니라, 언제 만드셨냐는 거예요."

"그거야 렌에게 얘기해서 만들게 한 거지. 봐, 라프카게, 팔을 들어. 입혀 주지."

"라, 라프?"

어? 이걸 입는 거야? 라는 표정을 지은 라프카게.

뭐, 닌자 복장을 입은 라프 종에게 무거울 것 같은 장비를 입히면 싫을지도 모르지.

"안심해. 영귀 소재를 사용해서 기동성은 유지할 수 있게 했어. 금속제니까 치료 불가 무기로 공격받더라도 치명상은 입기 어려워질 거야."

아무튼 라프카게에게 덧입듯이 솥을 입혔다.

참고로 이 닌자 복장……. 필로가 사용하고 있는 옷처럼 마력을 실로 만든 소재인 듯하다.

나도 라프짱에게 뭔가 코스튬 플레이를 시켜 볼까……. 역시 이전에 만든 무녀복이 무난할까?

라프타리아가 화내고 몰수해 버렸지만.

뽕 하고 머리와 양손, 양발이 차 솥 바깥으로 나와 거북이의 등딱지 같은 느낌으로 착용할 수 있었다.

"라프~."

라프카게가 자신의 모습을 보고 미간을 찌푸렸다.

"우와……. 거북이 같아."

키르가 뭔가 질린 듯한 목소리로 말했다.

뭐지? 싫은가?

"우와아아아…… 좋겠다."

루프트가 눈을 반짝반짝 빛내며 부러워했다.

"좋지 않아요. 나오후미 님."

"라프타리아에게도 액세서리를 만들어 줬으니까 괜찮잖아."

"그렇지만…… 뭔가 의미를 잃은 기분이에요."

"잘되면 라프짱들에게도 도입할지 검토할 거야. 방어 성능과 마력 상승을 노릴 수 있으니까."

라프카게가 제대로 장비했는지를 확인하고 걷게 했다.

"라, 라프?"

처음에는 움직이기 힘들다고 느끼고 있었던 것 같지만, 딱히 이동에 문제가 없음을 안 라프카게는 몸을 움직여 도약해서 다시 그림자의 등에 탔다.

"참고로 잠깐뿐이지만 마력을 방출해서 뜰 수도 있어."

"라프?"

라프카게가 시험하듯 그림자의 등에서 뛰어 솥의 스커트 부분에서 증기를 내며 잠시 체공했다.

"기초 구조는 잘되었군."

또한 감수에는 라트와 호른도 관여했다.

아이디어를 냈더니 호른이 재미있겠다며 동의해서 완성할 수 있었다.

"라, 라프으~."

라프카게가 솥 안에서 단검을 획획 꺼내 평소 움직임과 전혀 다르지 않다는 듯 몸을 움직여 그림자에게 보여 주었다.

체공 능력도 있으니 기동성은 향상되었을 것이다.

"움직임에 방해되는 요소가 없소이다! 어떻게 한 것이오이까!"

"이게 전용 장비의 무서운 점이겠지."

"그러나 이래서는 닌자라 부르기에는 좀 이상한 형상이 되었소이다."

"닌자가 아니라 요괴라고 주장하거나, 마법으로 장비품을 속이면 되잖아."

"이론상으론 그러네요. 그럼 저도 마법으로 무녀복의 외견만 이전 갑옷으로 바꾸죠."

"그건 안 돼."

내 눈의 보양을 위해서 라프타리아는 무녀복 차림이어야 한다.

"나오후미 님의 기준을 모르겠어요."

"좋겠다……. 나도 마법으로 갑옷을 비슷하게 꾸밀까."

"그런 짓에 괜히 마력을 쓰면 안 돼요."

라프타리아, 자기는 무녀복을 갑옷으로 보이게 해 달라고 했으면서 루프트에게는 그렇게 주의하는 건가.

자신에게 하는 건 낭비가 아니라는 건가. 아니면 어떻게든 나를 말리고 싶은 걸까.

"전문 무녀복을 만들어?"

아, 그러고 보니 세인은 재봉 도구의 용사다. 즉, 무녀복 제작은 세인에게 맡기는 쪽이 좋은 걸 만들 수 있을지도 모르겠다.

"부탁해도 될까?"

"맡겨."

자신 만만한 표정으로 고개를 끄덕이는 세인.

"하는 김에 세인도 조상에게 전용 의상 같은 걸 물어보고 만드는 게 좋지 않겠어?"

"지금이랑 그다지 다르지 않아."

아아, 그랬던가.

그러고 보면 레인은 비슷한 차림이었지. 필로리아는 원피스지만.

"나도 전용 의상 갖고 싶어! 그러면 강해질 수 있는 거지?"

"키르? 행상용 옷 말이야?"

"그건 접객용이라고 형들이 입혔을 뿐이잖아! 그런 데에 강해지고 싶지 않아!"

키르가 멍멍 시끄럽게 굴었다.

아니, 이래야 키르라는 느낌이지.

"그러면…… 훈도시?"

"나는 속옷만 입고 싸우는 거야? 강해진다면 딱히 그래도 상관없지만."

"키르 군, 아무리 그래도 그 차림으로 걸어 다니는 건 좀 아니라고 생각하는데요?"

"마을에선 훈도시 차림이잖아."

키르는 행상을 나가지 않아 마을에 있을 때 훈도시 차림으로 돌아다니는 경우가 있다.

어울리니까 아무도 주의를 주지 않았지만 확실히 문제가 있을지도 모른다.

"쓸데없는 소리는 그만하고, 이제 가는 것이 좋겠소이다."

그림자가 철컥 단도를 꺼내 잽싸게 카이저 렉스에게 접근해서 베더니 단도에 붙은 피에 손을 대고서 마법을 사용했다.

"블러드 드레인!"

그림자가 단도를 들어 올리자 피가 흘러나오던 카이저 렉스의 상처에서 피가 빨려 나와 공중에서 붉은 구슬처럼 모이더니, 이윽고 검게 물들었다.

"거기에서…… 블러드 레인! 이로소이다!"

쏴아아! 하고 비가 내리더니 카이저 렉스를 시작으로 우리와 싸우던 공룡들에게 쏟아졌다.

그러더니 공룡들에게서 연기가 슈욱 빠져나왔다.

"지금이외다!"

"라프~!"

라프카게가 그림자의 명령에 맞추어 재빨리 움직여 체공하면서 강철 꼬치를 던졌다.

그것이 공룡들의 살에 푹푹 꽂히고, 공룡들이 아픔에 비틀거렸다.

"파앗!"

라프타리아와 루프트, 세인이 일제히 공룡들을 공격하자 공격이 아까보다도 깊게 먹히는 게 보였다.

"이건…… 방어력이 떨어졌군?"

"오오! 굉장해!"

"그렇소이다. 방어력을 낮추고 공격하는 어둠 마법이외다."

피를 내린다니……. 약간 사악한 공격이지만 편리한 건 확실한가.

강해진 그림자는 그 후에도 다른 녀석들의 속도를 따라잡고 있었다.

본인도 빨라지고 싶다고 말했었으니, 소질은 신속함 위주로 개선했고 말이지.

"꽤 근사하게 베이는걸."

"방패 용사님이 신임하는 무기점에서 생산한 영귀 소재의 단도이외다."

아, 영귀 단도인가. 그렇다면 공격력은 보증된 셈이지.

"오늘은 이쯤 해 둘까. 너무 늘어난 마물도 꽤 줄었을 테고."

그림자와 라프카게가 루프트보다 빨리 움직일 수 있을 정도가 되었을 때 일단 마무리했다.

왜 루프트와 비교하느냐면, 루프트가 속도와 마력은 충분해서 공격력을 올리고 싶다고 이야기했었기 때문이다.

그 덕분인지 도끼를 꽤 경쾌하게 휘두를 수 있게 되었다.

루프트도 꽤 좋은 정도로 성장하고 있군.

문제는 쓰고 있는 도끼가 평범한 강철 도끼라는 점일까.

"이번에 렌에게 루프트 전용 도끼라도 만들게 할까."

"휘두르는 게 좋아서 쓰고 있을 뿐이지 뭐라도 괜찮은데?"

"루프트 군, 힘에만 의지하고 있어서 기술이 따라잡지 못하고 있는데요?"

"그건 나도 알아. 나는 이 시대에 오기 전에 실디나에게 검술을 조금 배운 정도니까. 그리고 할머니에게서 기의 사용법을 조금."

기술을 배워야 한다는 과제가 남아 있나…….

참고로 렌이 필로 소재로 만든 도는 메르티가 호신용으로 갖고 있다.

일단 에클레르도 쓸 수 있도록 공유하고 있었던가?

"나도 슬슬 뭔가 무기를 정하는 게 좋으려나~."

키르도 검을 보며 뭔가 고민하는 듯했다.

"키르는 뭐가 쓰고 싶지?"

"음……. 이 시대에 오기 전에 본 낫의…… 라르크 형이 멋있다고 생각했어!"

키르가 낫을 휘두르듯 양손을 움직였다.

"필로리아 누나의 손톱도 꽤 즐거울 것 같고……. 어느 쪽이 좋을까."

"……키르는 필로리아랑 사이가 좋은 모양이군."

"어? 아, 응. 필로리아 누나 재밌거든! 멋있어지려고 노력하고 있고."

그런 잡담을 하며 돌아가고 있었는데, 그림자와 라프카게가 꽤 떨어진 수풀 쪽에 휙 고개를 돌렸다.

다른 녀석들도 눈치챈 듯 그쪽에 시선을 보냈다.

"아무래도 돌아가는 게 연기될 것 같군요."

"가능하면 잠입 부대가 온다는 이야기가 헛소문이기를 바랐는데 말이지."

"거기에 숨은 것은 알고 있소이다! 순순히 나오는 것이오!"

그림자가 손가락질하며 동시에 단검을 던지자, 수풀에서 사람이 퍼뜩 모습을 드러냈다.

"칫! 눈치채고 있었나!"

검을 든 꼬리 두 개의 여우 아인과 표범 수인, 낫 같은 무기를 가진 독수리 같은 수인.

이 세계에는 새 형태 녀석도 수인이라는 카테고리였나.

그리고 지팡이를 가진 자와 단검을 가진 자가 모습을 보였다.

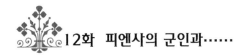

12화 피엔사의 군인과……

"우와, 있었어? 아, 듣고 보니 냄새가 나."

키르가 코를 킁킁거렸다.

지팡이와 단검을 쥔 둘은 다른 셋 뒤에 있어서 잘 보이지 않는군.

"어쨌든 붙을 수밖에 없잖아? 핫!"

여우 아인이 뭔가를 지면에 때려 박았다.

그러자 주변에서 철책이 출현해 우리가 되더니 자신들을 포함한 모두를 가두었다.

이 도구…… 본 적이 있다. '포박의 뇌함'이라고 해서, 도주를 차단하는 마법 도구다.

삼용교 소동 때 모토야스 패거리가 썼었다.

그것과 비슷하게 생겼는데…… 철책 주위를 번개와 불길이 휘감고 있다.

이 시대에도 있었나. 딱 봐도 성능이 좋은 물품이지만.

동시에 공중에서 드래곤이 나타나 마법을 사용했다.

"가아아아아아아아아아아아아아!"

파앗! 하고 드래곤의 성역이 펼쳐진 감각이 주위를 스쳐 갔다.

도주 방지가 철저하군.

"귀공들은……."

"응? 거기에 있는 건 이 무기로 베었던 놈들인가? 이상한걸. 이 무기에 베이면 회복할 수 없다고 하지 않았나?"

표범 수인이 여우 아인을 향해 질문했다.

"글쎄. 같은 옷을 입은 동료겠지."

"그렇겠지. 이 무기에 그만큼 베이고 살아 있을 리가 없어."

"……."

그림자가 분노를 억누르듯 심호흡하는 소리가 들렸다.

그리고 작은 목소리로 속삭였다.

"방패 용사님이 소인을 치유한 것은 감추는 게 좋겠소이다. 이걸 알리는 쪽이 불리할 듯하오."

그렇겠지. 괜히 알려 줄 필요는 없다.

"이 녀석들 얼마나 강하지? 활의 용사의 동료인가?"

"피엔사의 상위 전투조이지만, 활의 용사와는 소속이 다르오. 충분한 강화했기에 방심할 수 없는 상대이외다."

용사 미만이지만…… 키르와 비슷한 정도로는 강하다고 봐도 될까.

"그럼…… 우선은 이 무기에 관한 소문 정도는 듣지 않았어?"

우선은 협상할 생각인가.

그럼 조금 정도는 이야기를 나눠도 나쁠 것 없다.

이 시대 녀석들은 제멋대로이긴 해도 우리 시대의 녀석들처럼 답을 정해 놓고 이야기를 하는 녀석은 적으니까.

"그래, 이것저것. 그래서 무슨 용건이지? 성지를 점령하는 게 목적 아니었나?"

소수로 점령하다니 이상하다고는 생각하지만.

마차의 권속기를 입수하려는 목적이라면 이해할 수도 있다.

그 봉인의 형태를 생각하면 활의 용사가 필수겠지만.

"그쪽 명령도 받고 있지만, 첫째 목적은 용사인 네놈들이다."

호오……. 파도를 일으키는 운영을 처단한 우리에게 피엔사도 나름대로 접촉을 하려고 하는 건가.

그런 고압적인 태도로 나오는데 우리가 승낙할 거라고 생각하고 있나?

이미 메르티 쪽에게 엄청나게 당한 주제에 잘도 이러는군.

"형들한테?"

"키르 군, 쉿! 나오후미 님을 방해하면 안 돼요. 조용히 있죠."

라프타리아가 두리번거리는 키르에게 주의를 주었다.

"……뭐지?"

"실트란 따위를 돕는 걸 그만두고 피엔사에 붙을 생각은 없나? 너희 협력이 없었다면 실트란 따위 피엔사의 국력에 당하지 못한다. 가령…… 방패와 채찍의 용사가 있다고 해도 말이지."

필로리아에 관해서는 아직까지 알려지지 않았나.

부활했다고 설명하는 건 꽤 어렵고 말이지.

"새롭게 나타난 망치의 용사는 어떻지?"

조정자인 나타리아가 선정되어 다툼을 진정시키기 위해 실트란에 주재한다는 이야기는 전 세계에 알려져 있다.

"조정자에 관해서는 피엔사도 파악하고 있다. 하지만 조정자는 앞으로 있을 싸움을 극복하고 파도를 끝내기 위해 세계 통일은 필수라고 설명하면 이해해 주겠지?"

일단 말은 되는 것 같지만, 깔아보는 시선인 걸 알겠군.

나타리아가 승낙할 리 없겠지만…….

"그러니 이야기를 되돌려서, 피엔사의 왕족들은 너희를 반갑게 맞이하고 싶어 한다. 나쁜 이야기는 아닐 텐데?"

"안됐지만 우리에겐 그다지 좋은 이야기로 들리지 않군."

내 대답에 꼬리 둘 달린 여우 아인이 미간을 찌푸렸다.

"대국 피엔사의 전면적인 원조와 협력을 받아 파도에서 세상을 구한다……. 용사의 사명을 다할 수 있는 환경이 그렇게 안 좋은가? 실트란 따위 작은 나라에선 볼 수 없는 인재와 여자, 모든 것이 갖추어져 있다."

아아, 포섭하고 싶다고 해도 그런 권유는 필요 없다.

까놓고 말해서 나는 원래 시대에선 세계를 지배한 메르로마르크의 대공이고 말이지…….

나중에 멸망할 나라에 포섭된다고 해도 아무런 메리트도 없다.

애초에 출처를 모르는 치료 불가 무기 같은 걸 가진 녀석들에게 간다면 무슨 일을 당할지 모르잖아.

"미안하지만 간계에 놀아날 생각도 없고 향락에 낚일 정도로 어리석지도 않아. 파도가 일어나는 동안 세계 통일이나 하려는 독재 국가에 굴하다니 용사가 할 짓이 아니잖아."

"쓸데없는 다툼을 일으키는 이 세계의 방패와 채찍의 용사를 포기하는 것도 방법일 텐데? 그 녀석들이 쓸데없이 피엔사의 명령에 거역하니까 싸움이 일어난다고 할 수도 있지."

"거역한다는 표현을 쓰는 나라에 포섭된 활의 용사가 불쌍하군."

이 짧은 회화만으로도 처음부터 서로 협력할 생각을 버렸음을 알 수 있다.

고압적으로 명령하는 게 당연하다는 거겠지. 마모루와 호른이 거부하는 건 당연하군.

파도가 일어나고 있기에 나라의 울타리를 넘어 하나가 되어야 한다……고 제창했던 여왕은 얼마나 유능했던가.

쓰레기도 개심해서 뒤를 이어 주었고, 우리 시대의 왕족은 아직 나은 게 다행일지도 모른다.

포브레이도 고압적이긴 했지만, 용사를 포섭해도 독점하려 들지 않았고, 전쟁에 투입하는 것까지는 생각하지 않았던 것 같았으니……. 이 문제는 이 시대 쪽이 음험한 걸까.

"애초에 우리 쪽 세계와의 관계는 어떡할 셈이지?"

약간 허세를 부려 봤다.

"그거라면, 다른 지역의 용사님들이 이 세계를 어지럽히는 것에 관해서는 피엔사도 좋게 생각하지 않는다. 하지만 그걸 관대히 용서하려는 것이지."

"용서한단 말이지. 딱히 너희에게 용서받아야 할 필요는 없어. 힘으로 해결하려고 한다는 건 잘 알고 있고, 이 세계를 통일하면 다음에 뭘 할지도 간단히 상상할 수 있다."

정복욕이라는 건 끝없이 팽창한다.

세계끼리 융합하는 파도라는 현상이 확인되어 있단 말이다.

"다양한 세계를 통합하는 거대 국가 피엔사라는 장대한 꿈에 동참해 주겠나?"

"정말 제멋대로인 이야기로군."

키즈나 진영의 사람들도 그렇게까지 오만하진 않았다고.

파도의 위협 쪽을 우선했다고도 말할 수 있을까……. 전생자들은 잘 모르겠지만.

"그 반응을 보니 협상은 결렬했다고 생각해도 되겠군. 받아주면 이쪽도 편했을 텐데."

"그렇겠지. 그래서 너희는 어쩔 셈이지?"

이렇게까지 적의를 뿜어내는 놈들이 거절당했다고 '아, 그런 가요?' 하며 돌아가리라고는 도저히 생각할 수 없다.

"어느 쪽이라도 파도를 일으키는 녀석을 죽인 너희의 존재는 피엔사에 매우 불편하다. 아군이 되지 않겠다면 제거할 뿐."

여우 아인의 명령에 뒤에 서 있던 녀석들이 무기를 들었다.

라프짱을 불러낼까? 그렇게 생각하며 컴온 라프를 의식했다.

째앵 하고 무언가를 돌파하는 소리와 함께 라프짱이 출현했다. 결계를 깨트릴 정도가 되었나?

"라프! 라프라프!"

라프짱이 초조한 목소리를 내고 있다. 저쪽에도 뭔가 소동이 일어나고 있는 것이리라.

동시에 하늘을 계속 지나가는 드래곤을 가리켰다. 아아, 저 녀석의 짓이었군.

"라프카게는 성역 마법을 쓸 수 있나?"

"라프……."

아, 고개를 가로저었다. 아직 사용하지 못하나.

그렇다면 무의미하게 성역끼리 맞부딪치기를 반복할 뿐이고, 애초에 포박의 뇌함에 있는 묘한 방해 효과 때문에 불가능할지도 모른다.

라프짱에게 성역 마법을 사용하게 하는 건 뒤로 미루는 게 좋을 듯하다.

"파도를 일으키지 않도록 그 녀석들을 처치한 후라도 늦지는 않다고 생각한다만?"

"그렇게 되면 곤란한 분도 계시지. 게다가 네놈들을 쓰러뜨리면 그 기술을 해석할 수 있을지 모른다는 판단도…… 하고 있다."

"안됐지만 우리가 그렇게 쉽게 당할 거라고 생각하나?"

"비장의 수 없이 고분고분히 나올 리가…… 없잖나?"

그렇게 말한 여우 아인과 표범 수인이 우리를 향해 검을 던져 왔다.

"앗?! 조심하시오!"

"가랏! 프라가라흐 커스텀!"

여우 아인과 표범 수인이 던진 검이 부웅 하는 소리를 내며 내 앞까지 날아와 멋대로 칼질을 했다.

"유성방패!"

결계를 생성해서 플로트 실드를 날려 멋대로 베어 드는 검을 막았다.

막힌 걸 깨달았는지 검은 일단 지면에 떨어……지지 않고, 느린 속도로 다시 공격해 왔다.

자동 추적인가?

"우와! 이게 그건가! 꽤 움직임이 빨라!"

키르가 눈을 동그랗게 뜨고 날아온 검을 보았다.

"상대를 난도질할 때까지 계속 쫓아올 것이오만…… 방패 용사님이 막아서 놀랐소이다."

"묘하게 공격 성능이 높은 것 같지만 말이지."

쿵 하고 묵직한 일격을 받은 플로트 실드가 날아갔지만 부서질 정도는 아닌 게 다행인가.

"오오! 설마 여기에 대처할 수 있을 줄이야."

"그럼 다음은 이쪽이다!"

그렇게 말한 피엔사의 잠입 부대는 나란히 우리에게 접근하더니, 여우 아인과 표범 수인이 또 하나의 검을 꺼내 베어 들었다.

아직 유성방패로 버틸 수 있겠군.

그렇게 생각했는데 단검을 가진 녀석이…… 무기를 송곳 같은 걸로 바꾸어 던져 왔다.

"실드 브레이커 V!"

파캉 하는 소리를 내며 유성방패가 한순간에 파괴되었다.

"뭣?!"

스킬에 강화를 건 듯한 목소리……. 설마 뒤에 있는 건?!

우선은 그것보다도 급한 문제에 조금이라도 대처하기 위해 모두의 능력을 끌어올려야만 한다!

의식해서 마법을 영창했다.

"알 레벌레이션 아우라!"

모두에게 원호 마법을 걸고, 접근해 온 여우 아인과 표범 수인의 검을 방패로 받아 냈다.

"하앗!"

"가겠소이다!"

"간닷!"

"랏프!"

"나도!"

라프타리아와 그림자, 키르와 라프카게와 루프트가 내가 공격을 받아 낸 틈을 노려 공격했다.

"바인드 와이어!"

그에 맞춰 세인이 상대를 속박하는 실을 뿌렸다.

뭐, 키르 수준으로 움직이고는 있어도 라프타리아 수준의 상대에게는 무모하다.

그림자로 레벨을 다소 올린 덕분에 대처 가능하게──.

『나, 지팡이의 용사가 정령에게 명하고, 세계에 명한다. 용맥의 힘이여, 내 마력과 용사의 힘과 함께 힘을 이루어, 힘의 근원인 지팡이의 용사가 명한다. 다시금 삼라만상을 깨우쳐, 저자들에게 모든 것을 줄지어다!』

"알 릴리즈 올 X!"

지팡이를 들고 있던 뒤쪽의 마법사 같은 녀석이 마법을 영창한 순간, 전위의 움직임이 빨라졌다!

세인이 펼친 실을 간단히 자르고 돌격해 온다.

"엿차!"

카캉 하는 소리를 내며 라프타리아는 여우 수인, 키르와 그림자와 라프카게는 표범 수인, 루프트와 세인은 독수리 수인과 무기를 맞대고 힘겨루기에 들어갔다.

독수리 수인은 바람을 두르고 교묘하게 하늘을 날고 있다.

"오오, 이거 굉장하군. 힘이 넘쳐 흐른다는 건 이런 거야."

"무슨…… 이 힘은!"

라프타리아가 뒤쪽에 있던 두 사람에게 시선을 주고는 코등이 싸움에서 벗어나려 했지만 실패했다.

날고 있는 검은 내가 막고 있지만 언제 전열에 날아들지 모르는 상태다.

"이런…… 이건…… 힘겹소이다."

"라프."

"갑자기 움직임이 좋아졌네……."

"이건 혹시…… 형, 괜찮아?"

"너희는…… 설마."

나는 뒤쪽에 있는 지팡이와 투척구……의 권속기를 가진 녀석들을 노려보았다.

"선생들은 리더 같은 저 방패와 싸워 주실까."

"혼자서 하나씩 박살 내는 게 좋겠지?"

"……."

지팡이를 든 녀석은 이야기를 하는 것도 싫다는 표정을 짓고는, 나를 향해 지팡이 끝을 가리키며 외쳤다.

"에어스트 블래스트 V! 세컨드 블래스트 V!"

지팡이에서 광선이 나를 향해 날아들었다.

방패를 앞으로 향하고 제대로 받아 냈지만, 위력이 높다!

"으으윽…… 으랴앗!"

쳐 내서 궤도를 비틀어 피했지만, 이번엔 그 지점을 노리고 있었던 것처럼 손도끼가 나를 향해 날아왔다.

"에어스트 스로우, 세컨드 스로우, 드리트 스로우, 토네이도 스로우 X!"

"실드 프리즌!"

궤도를 읽어서 날아오는 손도끼 등을 받아 내고, 기를 담은 방패의 우리를 내 주위에 펼쳐서 선회하는 회오리에서 내 몸을 지켰다.

방패는 챙강 하는 소리를 내며 파괴되었지만 기를 담은 덕인지 버틸 수는 있었다.

제길……. 이건 틀림없군.

"대체 어디서 지팡이와 투척구의 용사가 나왔는지 전혀 이해가 안 되는군."

상대의 얼굴을 확인했다.

당연하지만 쓰레기나 리시아는 아니다.

지팡이를 들고 있는 녀석은 로브를 걸치고 있어서 얼굴은 보이지 않지만 여자 같고, 투척구를 가진 녀석은 단발에 도적 같은 옷을 입은 20대 정도의 남자다.

즉, 이 시대의 지팡이와 투척구의 용사라는 거겠지.

"그건 너희도 마찬가지지?"

여우 아인이 라프타리아와 무기를 맞대고 힘을 겨루면서 지적했다.

"……당신들에게 죄는 없어요. 싸움도 봤어. 갈채를 보내고 싶었어. 하지만…… 그렇기에 우리는 싸울 수밖에 없어요."

"우리 성무기의 용사를 지키기 위해, 너희를 죽일 수밖에 없다!"

"기다려! 이것들이! 대화를 하자고!"

"배신할 수는 없는 거예요. 싸워 줘! 그렇지 않으면……!"

지팡이의 용사가 결사적인 외침이라고 해야 할 목소리를 내며 지팡이를 내게 향하고 마법을 영창했다.

"알 릴리즈 플레어 X!"

내게 집약되듯 업화가 모여들어 폭발한다.

"크으으윽! 하아!"

액세서리에 기를 담아 마법 반사 기능을 향상시켰다.

여러 번 쓰면 파괴되겠지만 지금은 할 수밖에 없어!

액세서리에 금이 팍 생긴 걸 느꼈지만, 내 주위에 마법 반사 결계가 생성되었다. 나를 향해 날아온, 폭발 효과가 있는 마법이 자동으로 튕겨 나갔다.

"뭣?! 반사?!"

지팡이의 용사가 놀란 목소리를 내는 것과 동시에, 수축된 업화를 그 몸에 받고──.

"위험해!"

투척구의 용사가 지팡이의 용사에게 달려드는 형태로 지키고, 주변이 불바다가 되었다.

나는 원해서는 아니었지만 여우 아인들도 함께 지키는 형태로 우리 전열을 지켰다.

"끄아아아악……."

투척구 용사의 등이 검게 그을리고, 아픔으로 괴로워하는 소리를 냈다.

"기다려! 곧 회복시킬게! 알 릴리즈 힐 X!"

"사, 살았다……. 저 방패 용사란 녀석은 릴리즈 클래스의 마법을 반사할 수 있는 건가. 강하다는 걸 이래저래 납득하게 돼. 참고해야겠어."

"확실히 신을 참칭하는 자를 처치할 만해. 역시야."

내게 칭찬하는 말을 하는 동시에 전의도 보낸다.

"말이 통할 것 같은데 너희는 왜……."

"받아들여서는 안 되니까……라고 답하겠어요. 전력으로 싸워야만 하는 거예요!"

"그래, 너희의 목을 베면…… 우리 세계는……."

과연, 이 녀석들의 사정을 파악했다.

피엔사에 갑자기 나타난 수수께끼의 치료 불가 무기. 그 뒤에 있는 녀석을 상상하는 건 손쉽다.

"그놈들에게 성무기의 용사와 세계를 인질로 잡혀서 우리를 해치우라는 명령을 받았군?"

"……."

침묵은 정답을 의미한다.

거역하거나 맞설 수는 없다. 어디까지나 최소한의 말만 하는 건가.

그야 절대적으로 안전한 곳에 있으면서 억지로 영문 모를 데스 게임을 시키던 놈들이다.

자신들에게 위협밖에 되지 않는 존재가 나타나면 전력으로 죽이러 오겠지.

그러나 역으로 당하는 건 싫다.

그런 녀석이 다음에 쓰는 수가 이것이겠지.

몰래 암약해 기묘한 무기를 피엔사에 지급하고, 다른 세계의 용사에게 우리를 죽이도록 명한다.

다음엔 관찰을 거듭하며 우리를 제거할 방법을 꾸미겠지.

허풍이 들통났나? 신을 사냥하는 자들이 정말로 온다면 이런 수는 쓸 수 없을 텐데…….

자포자기한 것 같은 느낌이 들기도 한다.

이런 비열한 수단에 편승하다니 피엔사는 부끄럽지 않은 건가?

리더 격 여우 아인을 노려보았다.

"뭐지? 선생들에게 뭔가 사정이라도 있나?"

"모르는 건가?"

"그래, 우리는 조금 지위가 높은 병사일 뿐이니까 말이지."

지휘관이긴 해도 대표는 아니다.

……어디까지나 전투에 중점을 두고 있다.

"하지만…… 이 비장의 수를 전부 막은 건 솔직히 칭찬하지."

여우 아인은 날고 있는 검 두 자루의 움직임을 억누르고 있는 나에게 감탄한 목소리로 말했다.

"맞으면 이쪽이 유리해지는데."

"소문으로 도는 치료 불가 무기겠군."

"그렇지. 무섭지 않나?"

"글쎄, 이 정도는."

"그건 굉장한걸. 그럼! 제대로──!"

"그래, 이쪽도 진심으로 맞서 주지!"

나는 영귀갑 방패에 있는 방패로 무기 합성을 행했다.

합성하는 건 아이언 실드 피스톨. 발동하는 건 매직 불릿!

다시 마법 영창을 해 발동시킨다.

적을 강화한 원호 마법…… X 클래스의 부스트에 대응할 수 있는 건 이 방법뿐이다!

"알 레벌레이션 아우라! 그리고……."

영귀갑 방패의 보석 부분에서 원호 마법 덩어리가 뿜어졌다.

"라프타리아! 모두, 잠깐만 공격을 쳐 내는데 집중해 줘!"

"네! 하아아아아아아아앗! 루프트 군!"

"응!"

"라프!"

라프타리아와 루프트, 라프짱이 호흡을 모아 마법진을 펼쳤다.

""오행 천명진 전개…… 앵천명석이여, 조정자의 이름에 따라 힘을!""

라프타리아는 무기를 앵천명석의 도로 바꾸고 루프트의 도끼도 벚꽃색으로 빛을 냈다.

"하앗!"

"무슨…… 힘이 빠져나가!"

"이 녀석들도 조정자라는 예측은 하고 있었지만…… 이 타이밍에 치고 나오는 건가!"

무기를 맞대고 힘겨루기 중이던 라프타리아가 상대를 힘껏 쳐 날리고, 나를 향해 날아드는 두 자루 검을 쳐서 떨궜다.

"큭……."

"형은 이렇게 움직이는 위험한 검을 막고 있었던 거야?"

"우와! 이거 맞으면 치료할 수 없는 거잖아?! 무서워!"

"저희가 지금 막을 수밖에 없어요!"

"소인들도 있소이다!"

"그림자 씨! 앞에 나서면 안 돼요!"

앞에 나선 그림자를 향해 치료 불가의 검이 날아들었다.

그러나 베였을 터인 그림자가 어둠이 되어 사라졌다.

그래도 검은 그대로 그림자가 있는 곳으로 날아들었……지만 그림자와 라프카게가 쳐 냈다.

"하이드 바인드의 응용이외다."

"바인드…… 와이어."

세인이 부유하는 죽음의 검을 실로 묶었다.

당장에라도 뚝 끊길 것 같으나, 그래도 손잡이 부분에 감긴 실을 끊는 데 시간이 걸린다.

"체인지 실드!"

나는 플로트 실드로 상대의 검을 쳐내는 걸 그만두고, 체인지 실드를 써서 거울 방패로 바꾼다. 그리고 영귀갑 방패에서 나온 마법의 덩어리를 플로트 실드들로 쳐내기를 반복했다.

거울의 권속기를 사용했을 때 했던 마룡과의 협력 기술을 나 혼자 할 수 있게 되었던 건 나름의 수확이었다.

반사하는 플로트 실드가 내 의지와 떨어져, 지팡이의 권속기를 사용했을 때 발동했던 다른 스킬을 자동으로 사용했다.

이름이 떠올랐기에 외쳐서…… 발동시킨다.

"매직 프리즌!"

기를 담아 반사한 회수는 셀 수 없고, 반사에 의한 강화로 얼마나 배율이 올랐는지는 미지수. 하지만 이걸로 적에게 걸린 원호 마법과 맞서는 건 가능할 것이다.

내 목소리에 맞춰 반사되고 있던 알 레벌레이션 아우라를 응축한 구슬이 작렬, 아군이라 지정한 녀석들에게 뿌려졌다.

몸이 휙 가벼워진 느낌이 들었다.

날아드는 검을 즉시 플로트 실드로 받아 내고, 다른 녀석들이 공격으로 나설 수 있도록 어시스트한다.

"갑니다! 팔극진…… 천명 찌르기!"

"이쪽도…… 팔극진, 천명타(天命打)!"

라프짱이 결계를 유지하고, 라프타리아와 루프트의 호흡을 맞춘 필살기가 날고 있는 검을 포함해 약간 강화가 약해진 피엔사의 수인들에게 날아들었다.

"우앗! 이건 받아낼 수 없어!"

적들이 코등이싸움을 포기하고 크게 펄쩍 뛰자, 라프타리아와 루프트의 일격은 재빨리 날고 있는 검을 향했다.

휙휙 종횡무진 움직이는 검을 포착해 쳐내기를 반복한다.

"놓치지 않아. 광익(光翼) 전개."

추격에 나선 세인이 가위를 이도류로 들고…… 등에 빛나는 날개를 펼쳤다.

그렇다…… 날개라고 부르는 것이 어울리는…… 나비 같은 날개가 세인의 등에 생겨났다.

레인과는 종류가 다른 듯 보이지만, 눈에 띄게 움직임이 좋아졌다.

세인은 그대로 독수리 수인과 얽혔다.

"큭……. 날아오다니, 이계의 재봉도구 용사 놈!"

"자기만 날 수 있다고 생각하면 큰 착각이야."

날갯짓할 때마다 날개에서 방향성이 있는 가루 같은 것이 독수리 수인 쪽으로 날아가 작은 폭발을 일으켰다.

세인은 가위에 의한 이도류 공격과 사역마 콤비네이션으로 공격을 시작했다.

우선은 오른손에 든 외날 가위로 내려 베고, 날개를 부딪혀 일회전 공격, 왼손으로 가로 베기를 한 다음 사역마 두 마리로 후방 공격…….

"으, 윽……. 숫자가 많아! 페더 샷!"

방어에 몰린 독수리 수인이 마법을 사용해 세인을 공격했지만, 재빨리 후퇴한 세인은 다시 접근해 연속 공격을 멈추지 않는다.

"이걸 받아 보시지!"

낫을 휘두르던 독수리 수인이 낫의 손잡이 부분을 쥐고, 그대로 회전하는 형태로 상대를 베려 했다.

"그——."

"세인 님은 당신보다도 강한 낫의 사용자를 알고 계십니다. 기량이 미숙해요."

모처럼 봉제 인형 사역마가 대변했다.

"상대의 움직임이 너무 빨라! 선생들!"

"……할 수 없지."

지팡이의 권속기를 가진 여자 용사가 마법 영창에 들어갔다.

『나, 지팡이의 용사가 정령에게 명하고, 세계에 명한다. 용맥의 힘이여, 내 마력과 용사의 힘과 함께 힘을 이루어, 힘의 근원인 지팡이의 용사가 명한다. 다시금 삼라만상을 깨우쳐, 저자들의 모든 것을 빼앗아라!』

"알 릴리즈 디버프 X!"

이츠키가 사용하는 알 레벌레이션 다운 X와 동등한 마법이라고, 내 마음에 기생하는 마룡이 영창을 듣고 분석했다.

뭐, 그렇게 나오겠지. 강화되었다면 그만큼 저하시키면 된다.

하지만!

"능력 저하 마법 따위가 간단히 통하리라고 생각하지 말라고? 하앗!"

나는 지팡이의 용사 쪽이 아니라 피엔사 녀석들을 향해 토하듯 내뱉었다.

변환무쌍류 실전기 마도금주로 지팡이의 용사가 사용한 마법을 모아 지웠다.

영창 방해를 할 수 없다 해도 약체화의 원호 마법 정도는 무력화할 수 있다.

"능력 저하 마법을 쳐냈어?! 말도 안 돼?!"

"너희도 싸움엔 익숙한 것 같지만, 경험한 전장의 숫자가 달라."

우리는 그렇지 않았다면 살아남을 수 없었으니까.

"큭……. 정말이지 터프하고 귀찮은 놈들이야."

"우리를 제거하는 것보다 피엔사에서 세계 지배를 포기하는 쪽이 빠르다고 생각하는데? 뒤에 뭐가 숨어 있는지 너희도 눈치채고 있겠지?"

"대충은. 하지만 그게 상층부의 생각이고 우리에게 거부할 권리는…… 없어."

군인이란 건가.

자신의 사정을 들먹이지 않는 그 태도는, 우리 시대의 기사님들에게도 이어졌으면 좋겠는데.

뭐, 이 녀석들은 아인과 수인이니까 이어받는다 해도 실트벨트나 실드프리덴 소속이었겠지만.

나는 시선으로 라프타리아 쪽에 신호를 보냈다.

라프타리아는 일단 도를 칼집에 수납했다가 기를 담아 충전을 시작했다.

『나의 온갖 협력자들이여. 내 요청에 따라 마의 힘을 토대로 나타날지어다!』

큰 기술을 사용하기 위해 라프 종들의 힘을 멀리에서 불러 모았다.

"라프으으으으으!"

빛이 라프짱 주위에 모여 하오리처럼 라프타리아를 덮었다.

루프트는 자세를 낮추고 꼬리를 부풀려 큰 기술을 사용할 준비를 갖추고, 세인은 날개를 꺼내고 양손으로 가위의 날을 교차시키고 있다.

키르도 평소의 활달함이 자취를 감추었다. 언제라도 달려들 수 있도록 동공이 열린 육식 동물을 방불케 하는 표정을 보였다. 성난 시베리안 허스키의 강아지 느낌이로군.

그림자와 라프카게는 각각 단도를 들고 어둠에 모습을 숨기고서 공격할 틈을 노리고 있다.

변칙적인 구성이지만 나쁘지 않은 상황이다.

"이러면 비장의 수를 아낌없이 투입할 수밖에!"

여우 아인은 날고 있는 두 자루 검 외에 들고 있던 검을 각각 날렸다.

"유성방패!"

쿨타임이 끝난 유성방패를 다시 전개하고, 날고 있는 네 자루의 치료 불가 검을 막아 냈다.

다른 녀석들이 공격하는 것도 중요하지만, 이 검의 공격을 받으면 여기서 즉각 치료하는 건 꽤 어렵다. 움직임도 빠르고 방어에 몰릴 수밖에 없다.

"웨폰 프리즘 X!"

이때 지팡이의 용사가 우리의 상공을 향해 무지개색으로 빛나는 보석 같은 것을 지팡이로부터 사출했다.

뭐지?

"저건…… 방패 용사님! 쓰레기 왕의 스킬과 닮았소이다!"

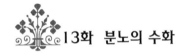 13화 분노의 수화

그 말에 생각났다……. 확실히…….

"프라가라흐 커스텀 X!"

그리고 투척구의 용사가 치료 불가의 검과 같은 이름의 스킬을 쏘고──.

"에어스트 실드! 세컨드 실드! 드리트 실드! 체인지 실드! 너희는 앞에 나서지 마!"

"엇?!"

플로트 실드를 합해 다중 전개하고, 나타난 방패를 전부 앵천명석의 방패로 바꾸어 스킬에 대비했다.

직후, 투척된 검이 보석에 부딪혀 무수히 늘어나 우리를 향해 쏟아져 내렸다.

전개한 방패에 콰지직 충격이 달리고 부서져 간다.

용사의 무기에 대해 절대적 효과가 있는데도……. 이건 상대도 조정자 계통의 기능을 습득했다고 봐도 될까.

성무기의 용사를 인질로 협박당하고 있는 것이다. 이쪽 조정자의 지시 따위에 따를 리 없다.

아니…… 뭔가 주입받은 걸까.

"으윽……."

다른 녀석들에게 들어가는 대미지를 조금이라도 줄일 수 있도록, 앞에 나서 날아드는 무수한 검을 받아 냈다.

그러는 동안 내 방어가 돌파당해 갈가리 찢긴다.

쓸데없이 아프다……. 전신이 썰리는 것도 시간문제인가.

잘도 이런 수단을 생각했군.

이전에 쓰레기가 스킬 컴비네이션으로 매직 프리즌이라는 스킬을 사용해, 마법을 원하는 대로 반사하는 공격을 설명했던 걸 떠올렸다.

타깃은 처음부터 나였는지, 무수히 날고 있는 검이 나만을 노리고 있다.

놓칠 것 같냐!

기의 『집(集)』으로 최대한 모아서, 헤이트 리액션을 작동시켜 더더욱 정밀도를 끌어올렸다.

"나, 나오후미 님?!"

"형?!"

"혀, 형!"

"나는 신경 쓰지 말고 가!"

"하지만!"

"됐으니까! 너희는 공격에 전념해! 내가 공격을 받는 동안, 저 녀석들을! 으으윽……!"

무기를 난반사해 늘리는 이 스킬이 어느 정도의 효과 시간을 갖고 있는지는 모르지만, 상대를 처리하지 못하면 내 체력이 버티지 못한다!

"──갈게!"

세인이 가장 빨리 피엔사 녀석들과 지팡이와 투척구 용사들을 향해 돌격했다.

"광익! 좀 더…… 힘을!"

세인의 날개가 더더욱 빛을 내며 선두에 선 투척구의 용사와 격하게 충돌했다.

투척구 용사의 싸움법은 리시아를 참고하면 간단히 상상할 수 있다.

근접전에선 꽤 불리하다.

"라프타리아 누나, 빨리! 망설이면 안 돼!"

"하지만 나오후미 님이! 저 검은!"

"됐다니까! 지금은 한시라도 빨리 싸움을 끝내야만 해!"

"그렇소이다! 소인들이 적을 해치우지 못하면 방패 용사님도 버티지 못하오! 이때야말로 한계까지 공격하는 것이 중요하오!"

"라프!"

루프트와 그림자, 그리고 라프카게가 나를 걱정하는 라프타리아에게 싸우도록 이야기했다.

그러나 당황한 라프타리아는 망연하게 이쪽을 보고 있다.

"형…… 나, 이제는…… 정말로 결심했어! 형들을 위해서 강해질 거야! 으아아아아아아아아아!"

키르가 정신을 차리더니 더욱 크게 포효하면서 돌아섰다.

파앗 하고 내 시야에 수화 보정 승인 아이콘이 출현했다.

동시에 체인지 실드의 지시까지 나왔다.

이 흐름은…… 아, 역시 그건가. 키르도 할 수 있는 건가?

추가로 마법을 통해 변신 배리에이션을 늘릴 수 있는 것 같지만, 함께 있는 녀석들 중 협력할 수 있을 만한 녀석을 생각했다.

라프타리아…… 빛이나 어둠은 나쁘지 않지만, 지금 나온 지시보다 강력해지리라고는 생각할 수 없다.

환각은 이미 사용했으니 필요 없다.

그림자……도 비슷하겠지. 세인은 잘 모르겠다.

내 회복과 원호 마법……도 이 상황을 극복할 수 있을지는 모른다.

키르…… 무리하면 안 돼. 상황에 따라서는 이 힘의 흐름을 해제하겠어.

"체인지, 실드."

수화 보정을 켜고, 동시에…… 체인지 실드를 발동했다.

두 개의 플로트 실드가 빛을 내며 흑백의 자비와 라스 실드로 변해 나타났다.

동시에 키르의 몸이 고동에 맞추어 커지고, 체모가 검붉게 변화해 갔다.

"우오오오오오오오오오오오오오!"

키르는 사족 보행으로 형태를 바꾸고 검은 불길을 피우며 달려갔다.

그 속도는 진심으로 싸우는 세인과 라프타리아에 필적했다.

"뭐, 뭐야, 이 녀석!"

"수화인가?!"

"형을 이 이상 다치게 하지 마! 으아아아아아앗!"

키르는 잔상을 남기며…… 검은 불길 속에서 케르베로스를 만들어 피엔사의 군인들에게 과감하게 돌격했다.

"키르 군에게 지지 않겠어요!"

『이 힘은 환각의 도표, 모든 것을 매장하는 마도의 진수, 우리의 적을 환혹하는 환영……. 천명이 명한다! 나의 적을 환각의 바다에 떨굴지어다!』

"마천 환영층!"

라프타리아가 즉각 마법을 사용해 적 전원을 강력한 환각에 빠뜨렸다.

"뭐…… 뭐야?! 이렇게 강력한 환각 마법이라니……! 젠장, 환각인 걸 아는데 풀 수 없어! 괴물인가!"

"이건…… 지팡이의 권속기로도 해석할 수 없어. 그 녀석들을 쓰러뜨리려면 이 정도까지 강해야 한다는 거네."

"하지만 우리도 질 수는 없어. 어디에 있는지 목표를 알 수 없다면 전방위를 노리자!"

"알았어!"

지팡이와 투척구의 용사가 각각 무기를 들고 스킬을 사용했다.

"스킬 프리즘 V…… 유성포(流星砲) X!"

반사하는 보석을 띄워 올리고, 아군을 제외한 모든 곳에 탄을 쏟아붓기 시작했다.

마법은 내가 반사하니까 경계한 건가.

"유성탄(流星弾) X!"

투척구의 용사가 무수한 수류탄 같은 걸 주위에 던지고, 거기에서 별이 사방팔방으로 흩날렸다.

갈가리 찢겨 시계가 서서히 붉게 물들고 있는 나도 알 수 있다.

지팡이와 투척구의 유성 스킬이다.

"물러서지 않아!"

세인은 상처를 입으면서도 계속 투척구의 용사를 붙들었다.

"큭…… 이 녀석, 몸을 사리지 않고……. 당연한가! 전력으로 상대한다!"

투척구의 용사가 환각에 시달리면서도 세인의 공격을 받았다.

공격은 일방적인데 상대도 체력이 있는지 쓰러질 낌새가 없다.

"큭……."

이때 여우 아인이 주위에 뭔가 스프레이를 뿌리는 것이 보였다.

"살았다! 환각까지 해제할 수 있다니 편리한 물건이군! 미안하지만 이쪽도 질 수 없어!"

"우리도 질 수는 없단 말이다!"

"크아아아아아악!"

키르가 여우 수인의 꼬리를 덥석 깨물고는 붕붕 휘둘렀다.

"크아아아악! 뜨거워! 큭…… 놔라!"

키르는 여우 아인에게 얻어맞으면서도 한 발짝도 물러나지 않고 계속 물어뜯었다.

여우 아인은 키르의 화염 물어뜯기에 서서히 불에 그을렸다.

"나도 잊지 마!"

독수리 수인도 망설임 없이 세인의 앞에 나서 투척구의 용사를 지키듯 맞섰다.

동료라 부르기에는 먼 사이라도 함께 싸워야만 한다는 건가.

"하아아아아앗!"

라프타리아가 모든 것을 칼로 쳐서 떨구며, 뒤따르는 루프트와 그림자를 적 앞까지 인도했다.

"사정을 봐줄 수는 없어요! 여기서…… 쓰러져 주세요!"

지팡이의 용사에게 도를 휘두르는 라프타리아 앞에 표범 수인이 돌아 들어와 천 같은 것으로 받아 냈다.

부웅 소리가 나더니 라프타리아의 도가 스륵 미끄러졌다.

"이 반응은…… 윽…… ."

라프타리아의 등 뒤에 칼날이 날아들어 등을 베였다.

공간을 비틀어 상대의 등으로 튀어나오게 하는 물건?!

……신을 참칭하는 자와 세인의 언니 세력의 잡졸이 쓰던 특수한 장벽이다.

"오오……. 이건 진짜다. 이런 촌구석에서 이렇게 강력한 공격을 받아 낼 수 있을 리 없다고 생각했는데."

"강한 공격을 할 수 있으니 우리에게도 승산이 있어!"

"……소용없어요! 그까짓 것쯤!"

라프타리아가 무기를 제로의 도로 바꾸며 돌려 베었다.

천은 간단히 부욱 찢겼다.

"으앗!"

"환각 상태도 해제되었어! 물러나요!"

표범 수인보다 앞에 나선 지팡이와 투척구의 용사들이 힘껏 외쳤다.

"가겠어! 저 방패 용사가 움직이지 못하는 지금이야말로!"

"그래! 이쪽도 큰 기술을 쓰겠어! 묠니르 X!"

"요르문간드 X!"

번개를 머금은 강대한 투척 망치와 보라색으로 빛을 내는 지팡이가 라프타리아와 세인을 노리고 던져지려 했다.

투척 망치의 스킬명은 들은 적이 있다.

뇌신의 무기……. 과연, 틀림없이 스킬로 있어도 이상하지 않다.

그리고 지팡이의 스킬, 요르문간드……. 내가 사용했을 때의 펜리르 포스와 맞춰 보면 연관성이 깊은가.

신을 먹은 늑대의 형제 이름이다.

지팡이는 그런 스킬을 내포하고 있는 것이로군.

라프타리아는 도에 손을 더해 기를 담고서 지면에 마법진을 즉각 전개해…… 베었다.

"이 이상! 나오후미 님에게 상처를 입힐 순 없어요! 천명 오행 상극(天命五行相剋)!"

무리한 힘을 담았기 때문인지 라프타리아의 어깨에서 피가 터져 하오리가 새빨갛게 물들고, 마치 붉은 조끼를 덧입은 것처럼 되었다.

"크으으윽……. 마법진에 의한 포박…… 움직일 수 없어!"

"도울게!"

세인은 번개를 휘감고 나는 거대한 투척 망치를 실로 묶어 올리고, 가위를 하나로 모아 돌격해 투척구의 용사를 베었다.

이 상황에서 위협이 되는 건…… 투척구의 용사보다도 지팡이의 용사인가.

"천명 오행상극에서……."

라프타리아는 두 개의 스킬을 큰 기술로 상쇄하고, 허리에 차고 있던 다른 도를 뽑아 가속 상태에 들어가 스킬을 사용했다.

"형! 조금 뜨거울지도 모르지만 참아 줘!"

키르가 여우 수인을 입만으로 내던지고는 크게 숨을 들이쉬고 나에게 검은 불길을 토했다.

뜨거울까 생각했지만 전혀 열이 느껴지지 않는다.

본래 내 분노와 링크된 것이라서일지도 모른다.

키르가 뿜은 광범위의 불길 덕에 무수히 날던 검이 날려 갔다.

곧 돌아오리라는 건 알지만…… 이 타이밍은, 라프타리아의 공격…….

"어택…… 서포트!"

지팡이의 용사에게 가시를 날렸다.

내가 던진 가시는 무수한 치료 불가의 검 사이를 헤집고 지팡이의 용사에게 명중했다.

한순간, 라프타리아가 내 쪽을 본 것 같았다.

아아, 눈에 눈물이 맺혀 있군. 아직 화가 나 있는 듯하다.

"영도(靈刀) 단혼(斷魂)!"

"뭣——?! 꺄아아아아아아아아아악——?!"

라프타리아의 도를 받은 지팡이의 용사는 SP를 전부 잃었는지 비명을 잃으며 뒤로 넘어져 실신했다.

"괘, 괜찮아?! ……어이?!"

투척구의 용사가 전혀 움직이지 못하는 지팡이의 용사에게 달려가 흔들어 일으키지만 움직임이 없었다.

직후, 내 주위에서 무수히 날던 검은 안개가 흩어지듯 사라져, 네 자루 검만이 내 주위를 선회하며 공격을 이어갔다.

"유성……방패!"

다시 결계를 생성해 막았지만…… 큭, 몸에서 베이지 않은 곳을 찾기가 어려울 정도로 갈기갈기 찢겨서 아프다.

"형을 위해서도——!"

"소인들도 가겠소이다!"

"라프~!"

루프트의 도끼에 의한 타격과, 그림자와 라프카게의 재빠른 참격이 여우 아인과 표범 수인을 내리쳤다.

"크…… 나도, 갈래! 후우우우우웁!"

키르가 어지러움을 걷어내려는 듯 고개를 흔들더니, 크게 숨을 들이쉬고 적을 향해 검은 불길을 토했다.

"크학!"

여우 아인은 품에서 간신히 세 번째…… 손톱 같은 걸 꺼내 루프트의 도끼를 받아내고는 날려가고, 표범 수인은 그림자와 라프카게에게 베이고 검은 불길에 몸을 태웠다.

"추격하겠소이다! 블러드 드레인!"

"라프~!"

"끄아아악! 피가…… 빨리고 있어?! 뭐지?!"

"치유되지 않는 상처를 입은 자의 고통을 조금이나마 배우는 것이오!"

그림자와 라프카게가 힘을 합쳐 베었던 표범 수인에게서 피를 빼앗고, 세인이 상대하던 독수리 수인에게 뿌렸다.

"블러드 레인!"

"응? 피……?! 끄으으으윽!"

"거기!"

"빈틈이 생겼네!"

그 틈을 놓치지 않고, 세인이 가위로 독수리 수인을 베었다.

"질 것 같으냐! 이 무기에 찔린 상처는 결코 아물지 않는단 말이다! 엇——!"

독수리 수인의 찌르기를 그 몸에 받으면서.

"죽음을 각오하고……. 훌륭하다……!"

독수리 수인은 그대로 무참하게 지면에 낙하했다.

세인은 낫에 찔린 그대로 착지하고, 날개를 지운 후 내 쪽으로 달려왔다.

동시에 라프타리아가 투척구의 용사의 목에 도를 향하고 날카롭게 자세를 잡았다.

이 이상 움직이면 죽인다고 말하는 것처럼 살기를 뿜으면서.

"이 불길은 회복하기 어려워! 너희도 당한 기분이 어때!"

키르가 내 흉내를 내며 외쳤다.

"······크으윽······. 이건 어려운가······."

여우 아인과 표범 수인이 갖고 있는 네 자루 검이 휘잉 소리를 내며 돌아가고, 두 자루가 라프타리아를 향해 날아갔다.

"핫!"

투척구의 용사는 라프타리아가 검을 쳐내는 틈을 찔러 지팡이의 용사를 안고 거리를 벌렸다.

"일단 후퇴한다. 이만큼 몰아붙였으면 저 방패 용사는 죽은 거나 마찬가지."

"······그렇군. 정직히 말해서 이 정도로 강하다면 정말로 안타깝다."

"이것도 나라······ 피엔사 왕족의 명령······. 미안하지만 전쟁인 것이다. 강함이 화가 되는 일도 있다고 생각하고 포기해 다오."

"사과할 생각은 없어. 우리 세계를 위해서니까······."

의식이 없는 지팡이 용사를 제외한 나머지가, 여우 아인의 지시에 따라 각자 우리에게 말했다.

라프타리아의 주위를 나는 두 자루 검이 녀석들 곁으로 돌아가고, 동시에 펄럭하고 천 같은 것을 꺼내 자신들에게 감았다.

그러자 천이 지면에 떨어지는 동시에 녀석들의 모습이 사라졌다. 천의 흔적도 없다.

"숨은 것이오?"

"아니. 그런 기척은 없어."

"이곳에 없다는 건 알겠어요……. 멀리 도망친 거겠지요."

다른 공간으로 날아가는 도구인가?

아무튼 상대는 여기서 퇴각을 선택했지만…… 뭐, 무기의 구조를 알고 있으니 이 정도까지 당한 상대는 오래 못 버티리라 생각하겠지.

몰아붙이는 것까지는 가능했던 것 같지만, 도망치는 솜씨도 제법 나쁘지 않은 놈들이다.

후욱 하고…… 도주할 수 없게 하는 드래곤의 성역 마법이 해제된 느낌이 들었다.

도망치면서 흔적을 남기지 않겠다는 건가.

"하아…… 하아……."

"나오후미 님!"

라프타리아가 내 곁에 급히 달려왔다.

"형! 윽……."

체인지 실드로 라스 실드를 해제함과 동시에 수화가 풀린 키르가 그대로 쓰러졌다.

라스 실드의 힘 덕분에 다소는 치료 불가 무기의 대미지를 경감할 수 있었지만, 이쪽도 한계…… 같…….

"형의 힘을 쓴다는 건…… 이렇게 괴로운 걸까."

"키르 군 덕에 살았어요."

"하지만…… 이래서는 도움이 되었다고 할 수 없어……. 좀 더, 좀 더 강해지고 싶어……."

키르는 그렇게 말하며 간신히 몸을 일으켜 앉았다.

"방패 용사님! 괜찮은 것이오이까!"

"괜찮아 보이나?"

전신을 베여서 피가 흐르고 있다고! 빈혈로 어질어질하다.

하지만 여기서 쓰러지면 틀림없이 죽는다. 오기로라도 쓰러질 수 없다.

"라프타리아, 주위 경계를 태만히 하지 마. 세인은……."

"나보다도──."

"세인 님은 우선 방패 용사님 자신을 치료해야 한다고 말씀하십니다."

"알았어. 조금 부축해 줘."

나는 방패에서 마력수를 꺼내고 마법 영창을 시작했다.

큭……. 빈혈 상태로 저 어려운 마법을 영창하는 건 힘겹다. 절대로 전투 중에 쓸 수 있는 마법이 아니다.

"패스트 힐 제로!"

우선은 나에게 시전해서 치료 불가 상처의 효과를 해제한다.

0의 영역…… 5%

그런 문자가 한순간 뇌리를 스쳐 간 직후, 마력이 제로가 되어 기절할 뻔했다.

"나오후미 님!"

라프타리아의 목소리에 어두워졌던 의식을 억지로 각성시키고 마력수를 마셨다.

아, 뒤는 부탁한다, 마룡.

『내 차례 ♪』

"레벌레이션 힐!"

내 상처가 순식간에 확 아물어 간다……. 하지만 출혈로 잃어버린 체력까지는 회복되지 않는다.

아직 약간 어질어질하지만…… 세인의 상처를 치료해야만 한다.

"세인, 다음은 네 차례야."

"아직 괜찮아."

"괜찮지 않아. 루프트, 붙잡아 둬."

"응."

낫지 않는 큰 상처를 입었으면서 무슨 소리를 하는 거야.

루프트에게 명령해 거리를 두려 하는 세인을 붙잡게 하고서 마법을 사용했다.

으…… 역시 의식이 끊어질 것 같다.

0의 영역······ 7%

"다음은······ 회복만 하면 되겠군."

"나오후미 님······."

"라프으······."

"형."

상처는 나아도 피는 보충되지 않는다.

이 세계에서도 꽤 위험한 약에 해당하는, 조혈 작용을 촉진하는 약을 나중에 복용할까.

"전부, 싸울 수 있도록 준비해. 이쪽에 나타났다는 건 렌이나 다른 녀석들 쪽에도 나타났으리라는 이야기니까."

라프타리아의 붉게 물든 무녀복에서 상처를 확인했다.

꽤 깊게 베였군······. 새삼 생각하지만, 자신을 베다니 기묘한 상황이다.

"알 레벌레이션 힐!"

이곳에 있는 전원에게 회복 마법을 사용하고 마력수를······ 귀찮다.

여차할 때를 대비한 루코르 열매를 꺼내 삼켰다.

마력과 SP가 동시에 회복되지만······ 역시 권태감은 회복되지 않는다.

마력을 몽땅 쓰고 마는 문제를 조금이라도 경감할 방법은 없을까.

마법 구성 난이도도 쓸데없이 높다.

레벌레이션 클래스와는 천양지차라고 할 만큼 난이도가 높다.

물론 레벌레이션이 쉬운 쪽이다. 전투 중에는 절대로 할 수 없는 차원이다.

가장 상처가 깊은 라프타리아의 상처를 치료하고 한숨을 돌렸다.

갑옷도 너덜너덜하고 피투성이고, 수리에 시간이 걸릴 것 같다…… . 못 해 먹겠구만.

"렌과 포울 쪽에 가자. 그걸 위해서라도 이 우리를 부숴."

"네!"

"맡겨!"

세인이 고개를 끄덕였다.

"해제하지 않는 것이오이까?"

"그림자, 할 수 있다면 해도 된다만?"

"이런 기능도 습득하고는 있소만…… ."

그림자가 우리를 관찰하며 돌아보았다.

"해제를 위한 구성을 잘 파악하기 어렵소이다. 확실히 부수는 쪽이 빠르겠소이다."

"그렇겠지."

"그러면…… 할게요! 우리에 반격 기능이 있을 것 같으니 물러서 주세요!"

라프타리아가 도에 기와 마력을 담아 스킬을 사용했다.

"순도 하일문자!"

우리에서 불꽃이 피었다.

반격하듯이 번개와 불길이 파바밧 날아들었지만, 그것도 칼을 되돌리며 베어냈다.

절반 정도 잘린 흔적이 남았지만.

"라프타리아가 이 정도라면 세인과 루프트, 그림자에게 시켰다간 반격이 귀찮겠군. 어택 서포트를 맞추려고 해도…… 표적이 작아. 맞추지 못할 정도는 아니지만."

키르는 수화의 반동으로 아직 제대로 일어서지 못하고 있다. 반동이 너무 큰 듯했다.

마룡은 태연히 사용하고 있었으니 괜찮을 거라고 생각했지만…… 키르는 그렇게까지 버티지 못하는 듯하다. 도움이 되긴 했지만 남용은 피해야 할까.

어택 서포트의 가시를 우리에 맞추고, 라프타리아가 다시 한 번 베어서 우리를 절단했다.

이러고도 재생한다거나 하면 다른 방법으로 해제해야만 하겠지만, 아무래도 기우로 끝난 듯 별일 없이 사람이 빠져나갈 수 있는 틈이 생겼다.

"유성방패를 펼치고…… 그럼 나가자."

변함없이 전격을 머금은 우리에 닿지 않도록 모두에게 유성방패를 사용해 지키며 밖으로 나왔다.

"좋아! 렌이 있는 곳으로 가자. 키르는……."

"으흑…… 형. 나는 어째서 이렇게 쓸모가 없지? 루프트에게도 뒤처지고."

키르는 자신의 무력함을 한탄하듯 양손으로 얼굴을 덮고 분한 눈물을 감추려 하고 있었다.

"뒤처지지 않았어. 네 덕분에 살았는걸. 그래도 모자란다고 생각하면 이제부터 힘을 기르면 될 뿐이야."

"좀 더 강해……지고 싶어. 다른 사람들이랑 형들의 힘이 되고 싶어……. 흐으윽……."

그렇게 말한 키르는 분한 눈물을 참으려 했다.

"라프타리아짱……. 나를 안전한 곳으로 날려 줘. 이대로는 짐만 되는걸."

"키르 군……."

"부탁이야……. 아직 제대로 못 움직이니까. 걸림돌이 되고 싶지 않아."

"……알았어요. 귀로의 사본."

라프타리아는 키르가 실트란에 있는 용각의 모래시계로 갈 수 있도록 스킬을 사용했다.

키르……. 덕분에 살았어. 평소에는 까불기만 하지만, 네 결의를 헛되이 하진 않겠어.

우리는 그곳에서 가능한 처치를 끝내고 렌 일행이 마물 퇴치를 하러 간 쪽으로 향했다.

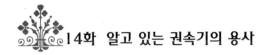

14화 알고 있는 권속기의 용사

렌 일행이 성지 경비용으로 사용하는 길을 따라갔다.

아마도 우리와 마찬가지로 도주 방해의 우리를 설치한 후 드래곤에게 성역 마법을 발동했을 것이다.

무사하기를 빌 수밖에 없다.

그렇게 생각하며 라프짱이 지시하는 장소로 서둘러 향했다.

그러자 우리가 갇혔던 것과 같은 우리가 보였다.

"라프타리아!"

"예!"

어택 서포트를 우리에 맞추고, 라프타리아가 스킬로 절단.

그대로 우리 안에 들어갔다.

그러자 거기에는 렌과 에클레르, 히요짱이 만신창이가 되어 어깨로 숨을 몰아쉬면서 윈디아와 메르티를 지키는 형태로 상대와 대치하고 있었다.

메르티가 가진 검이 두꺼운 바람의 벽을 만들어 둘을 지키고 있었다.

라프짱이 올 수 있었던 건 필로에게서 유래한 저 검이 있었던 덕분인가.

하지만…… 그래도 날고 있는 창의 공격을 완전히는 막아낼 수 없다.

전원이 신체 어딘가에서 피를 흘리고 있다.

"나오후미!"

우리를 눈치챈 메르티의 표정이 밝아졌다.

"나오후미가 왔어!"

"그, 그런가! 그건 고마운 원군인걸!"

그런 렌 주위를 무수한 창이 종횡무진 날면서 노리고 있었다.

우리 쪽은 검이었는데 렌의 상대는 창인가…… . 렌이 검의 용사니까 자칫 치료 불가 능력을 가진 검을 웨폰 카피하기라도 하면 위험하다고 생각한 것이겠군.

"증원?!"

거기에는 우리 때와 마찬가지로 각각 도끼와 건틀릿을 가진 자들, 피엔사의 군인 같은 늑대 아인과 호랑이 수인, 그리고 인간 같은 녀석이 있었다.

피엔사는 일단 인간과 아인의 혼합국이었을 텐데.

지휘관은…… 인간 같군.

"방패 용사 일행? 제1부대는 뭘 하고 있는 거지?!"

"물리쳤다고 하면 믿을 거냐?"

"…… ."

리더 같은 녀석이 입을 다물었다. 뭔가 생각하고 있군.

"……어느 쪽이라 해도, 조금이나마 전력을 줄여야만 해. 그쪽은 맡긴다!"

"기다려!"

리더 같은 인간이 건틀릿을 가진 자를 불러세우려 했다.

"아, 잠깐!"

건틀릿을 장비한 용사 같은…… 포울 같은 옷을 입은 남자가 나에게 달려들어 스킬을 날렸다.

"에어스트 러시 V! 세컨드 러시 V! 드리트 러시 V! 월광각(月光脚) V! 맹호파암권(猛虎破岩拳) V!"

"엿차, 차, 후우."

이 움직임은 본 적이 있다.

포울과 대련했을 때 받아 본 기억이 있다.

나를 노리고 날아드는 창도 건틀릿의 충격도 방패로 받아내고, 피하고, 쳐냈다.

"무슨── 움직임을 읽고 있어?!"

"너, 이쪽에도 건틀릿의 용사가 있다는 걸 모르나?"

"……알고 있어! 그래도, 물러설 수는 없다!"

건틀릿의 용사 같은 녀석이 시선을 방패를 가진…… 작은 체격의 여자에게 눈으로 신호를 보냈다.

하키 마스크가 나타났다. 뭘 할지 알겠군.

"제이슨 머더 X!"

그것도 본 적이 있어!

갑옷남이 사용했을 때보다도 성능이 높은 듯한, 붉은 체인소 같은 참격이 주위 녀석들에게 날아들었다.

"엎드려!"

이 공격도 어느 정도 궤도가 정해져 있다.

엎드려 피하며 건틀릿의 용사의 팔을 붙잡았다.

"이건 어떠냐! 터틀 크래시 X!"

건틀릿의 용사가 붙잡히지 않은 팔로 내게 스킬을 날렸다.

충격이 전해져 왔기에 어떤 계통 스킬인지 간파할 수 있었다.

"흥!"

기를 상대의 내부에서 순환시켰다.

크…… . 이쪽 강화가 약간 부족한 탓에 내게도 조금 대미지가 들어왔다.

"이게 무슨…… 카운터?! 크헉!"

남자가 입에서 피를 토했다.

그걸 삼키고는 자기 팔을 부술 기세로 내 팔을 때리려고 했다.

"놔! 크레센트 브레이크 X!"

도끼의 용사가 건틀릿의 용사를 지키기 위해 나를 향해 달려들어, 도끼를 크게 후려치려 했다.

그 내리치는 동작이 초승달 같은 궤도를 그리는 둔중한 일격이었다.

"이쪽도 물러설 순 없어요!"

"우리를 잊으면 안 돼!"

"하아아!"

"그렇소이다!"

라프타리아와 세인, 루프트와 그림자가 그런 도끼 용사의 공격을 각자의 무기로 받고 쳐 냈다.

"우리도 이 흐름을 타죠!"

"그래!"

"끄에에에에!"

"라프으으읏!"

메르티가 검을 들고, 윈디아와 어느샌가 이동해 있던 라프짱과 히요짱과 함께 합창 마법을 준비하기 시작했다.

"필로짱…… 힘을 빌려줘!"

『어머니이신 대지, 청정한 용맥의 흐름이여, 삶을 바라는 생명의 마음을 인도하여 힘으로 형성하라. 용맥이여, 우리의 바람을 들으라. 힘의 근원인 우리가 원한다. 다시금 이치를 깨우쳐, 내 앞의 장애물을 뛰어넘을 공격을!』

"고등 합창 마법 신뢰(神雷)!"

합창 마법에 맞추어 상공에서 피엔사 녀석들을 향해 '징벌'과 흡사한 번개가 내리꽂혔다!

"번개 마법인가! 그렇다면…… 하아아아앗!"

리더 격인 녀석이 메르티 일행이 외운 마법이 어떤 효과인지를 분석한 후…… 하늘에 공간을 왜곡하는 천을 펼쳤다.

내리꽂힌 번개는 천을 통과하지 못하고 사라졌다.

제길, 귀찮게스리.

"그건 상정하고 있었어! 하아!"

"끄에!"

메르티와 히요짱이 각자 검과 날개를 옆으로 그었다.

그러자 바람의 칼날이 독액과 섞이며 날아갔다.

"으앗! 얕볼 수가 없구만!"

호랑이 수인이 창을 민첩하게 회전시켜 받아 냈다.

접촉이라도 했다면 중독 상태가 될지도 모르지만……

"윽…….."

그런 호랑이 수인의 수인이 나빠지더니 입가에 손을 가져갔다.

"뭐지…… 피……?"

라프짱과 히요짱이 수상한 미소를 짓고 있었다.

"끄에…….."

"라프프…….."

피엔사의 군인들 주위에 보라색 구름 같은 것이 스윽 모습을 드러냈다.

오오, 히요짱이 몰래 독을 뿌리고 있었나.

그걸 라프짱이 숨기고 있었고…….

어딘가의 닌자는 피를 빨아들여 무기로 쓰는 등 렌도 질릴 공격밖에 안 하는데, 이쪽은 닌자보다도 닌자다운 짓을 하고 있군.

"윽, 뭔가 불온한 낌새가 느껴지는 것이오! 어디외까! 소인을 바보 취급하는 기운을 낸 곳은!"

"그렇게까지 알 수 있을 정도라면 분명히 나오후미 님의 시선이에요."

육감만은 예리하군. 그렇긴 해도 상대하고 있을 때가 아니다.

"독 안개를 뿌렸다!"

"치료용 스프레이는 있어! 서둘러서 뿌려!"

대체 얼마나 잘 준비하고 온 거냐.

늑대 아인이 품에서 꺼낸 스프레이 같은 것을 짓밟아 주변에

뿌렸다.

"가라! 게이볼그 커스텀!"

피엔사의 군인 같은 녀석들이 창을 여러 자루 던져 왔다.

그 목표는…… 메르티와 윈디아다!

"메르티!"

"메르티 여왕!"

"메르티 폐하!"

렌과 등을 맞대고 싸우던 에클레르가 메르티의 곁에 달려가고, 도끼 용사의 공격을 쳐 낸 그림자도 달려갔다.

"윈디아!"

나는 순간적으로 어택 서포트를 건틀릿의 용사에게 맞추고서 메르티를 지키기 위해 달렸다. 렌은 윈디아를 지키기 위해 창속을 돌파하고 있었다.

"우오오오오오오오오오오오! 유성검 X! 봉황 열풍검(鳳凰烈風劍) X!"

날아드는 무수한 창에서 윈디아를 지키기 위해, 렌이 두 자루 검에서 별을 날리고 불새를 휘감으며 돌격해 창을 쳐냈다.

"실드 프리즌!"

방패의 우리로 메르티 일행을 지켰다.

"세설(細雪)!"

"윽──."

라프타리아가 마력을 강하게 방출하는 스킬로 건틀릿의 용사를 베어 넘겼다.

"붙잡히게 만들진 않겠어! 토네이도 액스 X!"

도끼를 든 작은 소녀가 전신을 회오리처럼 회전해 공격하면서 라프타리아 쪽으로 급히 접근했다. 건틀릿의 용사를 지키려는 듯 도끼를 휘두른다.

"암반 쪼개기 X!"

쿠웅 하는 소리를 내며 크레이터와 땅울림이 발생했다. 도끼 용사는 라프타리아가 공격을 피하기 위해 크게 도약한 틈에 건틀릿의 용사를 안고 거리를 벌렸다.

아군을 구하려는 움직임이다.

그 틈에 렌이 마법 영창을 끝냈다.

"레벌레이션 매직 인챈트!"

메르티 일행이 외운 합창 마법의 잔재를 검에 모아 깃들게 한다.

"라이트닝 소드!"

렌의 검이 번개를 머금고 빛을 내기 시작했다. 그 검을 쥔 렌이 상대를 노려보았다.

그 모습은…… 당당히 싸우는 용사 그 자체인 동시에, 본인의 외견과 선호하는 장비 덕분에 중학생 쯤이 좋아할 법한 미남 검사로도 보였다.

이것만 보면 렌은…… 음.

본인이 졸업하고 싶어 하는 부분이 지금도 강하게 드러나는 걸 알 수 있다.

실력도 확실히 오른 만큼 매우 믿음직스럽지만.

"라이트닝······ 헌드레드 소드 X!"

렌이 검을 치켜들자 번개를 머금은 무수한 칼날이 비처럼 적에게 날아들었다.

피엔사의 군인들은 공간을 왜곡하는 천을 꺼내서 검의 비를 간신히 대처하고 있······으나, 도끼의 용사는 애써 무기로 쳐서 공격을 피했다.

그러나 전부 대응하지 못했는지 몇 발 명중해 곳곳에서 피를 흘리고 있다.

"역시 싸우기 힘들어······. 검의 용사······!"

도끼의 용사가 렌을 답답한 듯 노려보았다.

"나오후미, 이 두 사람은······."

"그래, 저건 권속기지?"

렌이 내 질문에 고개를 끄덕였다.

"그런 것 같아. 게다가 내가 사용한 스킬 몇 개는 사전에 알고 있었던 것처럼 대처했어."

"그건 서로 마찬가지겠지. 다른 세계의 건틀릿 용사가 너희 쪽에도 있으니까."

"실력의 차이라는 것도 있겠지만."

공격을 받아 낸 건 몇 번뿐이라 완전한 실력은 판단할 수 없다.

하지만 기는 습득하지 못했는지 방어 무시나 방어 비례 공격을 돌려 보냈더니 대미지가 들어갔다.

포울이었다면 나와 마찬가지로 흘려냈으리라.

그 점에서 말하면 이쪽이 한 수 위인가.

공격의 무게는 있다고 생각하지만 그건 원호 마법의 차이인지도 모른다.

"그래도 졌다고는 생각하지 않을 거야. 하지만…… 확실히 당신들 쪽이 강한 건 인정할게."

"……역시 너희도 성무기의 용사를 인질로 잡혀 있나?"

"……."

역시나 내 질문에 침묵으로 답하고 있다.

"우리 세계를 위해서도, 용사를 위해서도 여기에서 질 수는 없어."

흠……. 이건 내친김에 물어봐도 손해가 없으려나?

"그럼…… 그 도끼의 강화 방법을 가르쳐 주지 않겠어?"

다른 세계의 권속기지만 방패로는 할 수 없는 칠성 무기인 도끼의 방법으로 렌을 강화할 수 없을까?

"나오후미, 아무리 그래도 그건 너무 직구잖아."

"……육체 강화. 설명하기 복잡해서 시간이 걸려."

오? 생각하는 척만 하고 가르쳐 주지 않는, 미래에 있는 녀석들과는 역시 다른 대답이다.

사명을 위해 싸운다는 성실한 녀석들로 채워져 있는 이 시대는 정말 멋지다.

"어떤 것이든 말할 테니까——."

"쓸데없는 소리는 거기까지 해 두라고!"

대장 격인 피엔사의 리더가 끼어들어 주의를 주길래 노려보았다.

좋은 상황이니까 닥치고 있어!

"돌아간다! 만족할 수 있는 결과는 아니지만 상처는 입혔어. 그러니 일단…… 약해지는 걸 기다려서 다시 오면 돼. 그 상처를 치료하려면 피엔사에 올 수밖에 없다. 좋은 결과가 있기를 빌지."

무수한 창이 피엔사의 군인들에게 돌아가고, 도끼의 용사가 건틀릿의 용사를 부축해 달려갔다.

그리고 후퇴용인 수수께끼의 천을 자기들에게 덮어쓰고 모습을 감추었다.

용사가 증원으로 달려오고 말았다.

이 이상 어떤 일이 일어날지 판단할 수 없다. 그렇다면 일단 후퇴할 필요가 있으리라.

치료 불가의 상처를 입힐 수 있었으니 더더욱……이란 말이지.

"도망쳤나……. 무조건 들이받기만 하는 전생자 놈들이나 광신도들과는 종류가 다르군."

저쪽도 용사와 군인이다. 전체가 이기기 위한 작전을 착실히 생각하며 움직이고 있다.

피엔사와 전에 싸웠을 때, 몹 몰이로 혼란스러웠던 때와는 전혀 움직임이 다르다.

개인으로 싸우면 상당히 귀찮은 상대인지도 모르겠군. 묘한 무기도 갖고 있고.

렌을 상대로 묘한 검을 꺼내지 않은 건 웨폰 카피를 겁냈기 때문이겠지.

상대의 손에 들어가면 스스로 파괴되게 장치했다 해도, 전투 중에 쥐고 복제된다면 상황이 역전될 가능성이 있다.

"간신히 버티긴 했지만…… 저쪽도 귀찮은 상대를 투입했네."

"신을 참칭하는 놈들은 우리를 겁내서 다른 세계의 용사를 인질로 싸우게 하는 모양이고."

렌 쪽의 치료를 하면서 지금까지 얻은 정보를 설명했다.

"자신들을 죽일 힘을 가진 상대를 쓰러뜨리는 데에는 효과적인 수네. 리스크도 그다지 없고."

"미래와 마찬가지로 귀찮은 수만 써대는군."

역시 그놈들이 미래에서도 날뛰고 있나?

우리가 주모자를 죽였으니까, 만에 하나라도 자신들이 살해당하지 않도록 방침을 바꿨다……거나.

그렇다고는 해도 떠들썩하게 날뛰는 걸 좋아하는 것 같으니까, 뭔가 위화감이 있군.

"피엔사와 그 배후에 있는 자들의 목적은 우리에게 치료 불가능한 상처를 입혀서 원하는 전개로 끌고 가는 것 같네."

"그래, 우리를 그대로 죽여도 좋고 협박해서 휘하에 들어오게 한다는 안도 있을 것 같군."

"……치료 불가가 먹힌다면, 이라는 전제가 필요하겠네."

"그렇지. 이런 것도 대처할 수 있는가를 시야에 넣고 있을 것 같군."

다행히도 내가 치료할 수 있어서 소용 없다고도 할 수 있지만, 우리 이외에는 죽음과 직결될 수밖에 없는 위협이다.

"피엔사는 신을 참칭하는 자들과 손을 잡고 있다고 각국에 알려 박멸을 호소하면 이쪽도 연합군을 결성할 수는 있겠지만…… 힘들어."

메르티는 작전을 생각하는 쓰레기 같은 표정으로 미간을 찌푸렸다.

"의욕을 보이는 나라도 있겠지만…… 뒤에 있는 상대가 너무 위험해서 대의를 내걸어도 불똥이 튀는 걸 두려워서 항복을 택하는 나라가 많을 것 같아."

그렇다면 그다지 효과적인 방법이라고는 할 수 없겠지.

절대적인 강자와 손을 잡고 있으니까. 그런 녀석을 죽일 수 있는 우리가 왜 나서지 않느냐며 규탄당할 건 뻔하다.

피엔사가 대대적으로 선전하고 있는가 아닌가는 반반으로 봐야 할까.

마모루 쪽과 좀 더 작전을 짜지 않으면 대처하지 못할 것 같다.

아무튼 활의 용사를 끌어들이는 것만으로 해결될 문제가 아닌 것은 알게 되었다.

"도끼를 사용한 녀석에게 강화 방법을 자세히 듣지 못한 게 아쉽군."

"가령 말해 준다 해도 미래에 있는 도끼의 권속기와 같을지 알 수 없어."

"문제는 그건가……."

반신반의해서는 강화를 할 수 없다. 도끼라면 같은 강화 방법이라고 확신할 수 있다면 좋겠지만…….

"그래도 녀석들이 믿는 성무기의 용사는 검의 용사였던 것 같군."

"……틀림없어."

전생자가 아닌 용사 녀석들과 진심으로 치고받아야 하는 극히 귀찮은 상황에 몸서리를 치게 된다.

글래스와 라르크처럼 말이 통해서 양쪽의 타협점이 나오면 좋겠지만, 성무기의 용사가 인질로 잡혀 있다면 꽤 어렵겠지.

하지만…… 위협받고 있다는 점과 우리가 대항 수단을 갖고 있다는 건 끼어들 틈이 되겠지.

인질을 어떻게든 구해 내면 그대로 협력자가 되어 주리라.

"지키기만 하는 게 아니라 공격해야만 할 때로군."

"그래……. 아무래도 성지보다 나오후미 쪽을 우선하는 것 같았으니까."

"다른 쪽은 괜찮을까? 포울 쪽도 노리고 있을 것 같아."

호출할 수 없는 라프짱들 쪽도 신경 쓰인다.

"걱정되네. 빨리 가자!"

그렇게 해서 우리는 다른 순찰조와 마을의 상태를 보러 갔다.

"어이! 괜찮아?"

마을에 돌아가자 전투의 흔적이 있었다.

피투성이가 되어 입구에 털썩 주저앉아 있는 포울, 그 뒤에는 미 군이 있고, 마모루 일행, 라트와 호른이 모두를 돌보고 있다.

"아, 형님. 괜찮아……. 사망자는 나오지 않았어. 이야기대로 묘한 무기로 습격해 와서, 모두가 한동안 맞섰더니 멀리서 조명탄이 터진 후에 물러갔어."

포울의 상처를 확인한다.

치료하지 않은 걸 보면 치료가 불가능한 상처인가.

"상처를 입혀서 약화시키는 게 목적이었던 모양이네. 그리고 미래의 방패 용사들이 상대를 후퇴시킨 거지? 상대 쪽에서 뭔가 정보를 주고받고 있는 것 같았어."

"아마도. 이쪽에 권속기를 가진 용사가 나타나진 않았나?"

"그런 사람은 나오지 않았는데?"

아마도 협박당하는 용사는 넷밖에 없는 듯하다.

우리가 후퇴시키고, 렌 쪽에 달려가는 동안 모든 부대를 후퇴시키기로 한 건가.

"이야기를 하기 전에 치료가 먼저로군. 치료 불가능한 상처를 입은 녀석들은 모여……. 단번에 치료하는 쪽이 빨라."

그렇게 치료 불가 상처를 해제한 후 이야기를 시작했다.

"생각보다 다친 사람이 적어서 다행이야."

상처를 입은 건 주로 포울과 호른이었다. 다른 녀석들은 그다지 심하지 않은 듯하다.

"공격을 받을 것 같게 되면 미 군이 몸을 펼쳐서 지켰어."

아아, 그 점토 같은 몸으로 지키는 건 유효했던 건가.

그러나…… 조금 위축되어 보이는 건 착각이 아니겠지.

"라프으~."

"모두 껴입게 했던 시작형 미 군 조끼로 몸을 지켰던 거야."

라트가 전투 후에 폐기된 것으로 보이는 물건을 가리켰다.

붉은색으로 물든 고깃덩이가 쓰레기의 산처럼 쌓여 있었다.

"그래도 돌파당하거나 공격이 너무 집중되어 벗겨져 버리거나 했지만."

"나―는 별일 없어서 다행이라고 생각해."

나도 가져가면 좋았을까?

아니…… 그 격렬한 공격을 생각하면 무리겠지. 마찬가지로 찢겨 버릴 것이다.

"이 정도로 상처 샘플이 있으면 어느 정도는 연구할 수 있을지도 모르겠어."

"꼭 대항책을 찾아내서 알려 줬으면 좋겠군."

"노력은 할 거야."

"마모루 일행은 어떻지?"

"아……. 피엔사에 잠입하고 있는 도중에 라프 종이 소란을 피워서 급히 돌아와 싸움에 참가했어."

마모루 쪽으로 습격은 없었던 건가.

아니…… 잠입 중이었으니까 찾아내지 못했던 건가.

"필로리아의 힘으로 적들을 격퇴했다!"

어째 필로리아가 가슴을 펴고 있다. 이 녀석이 뭔가 했나?

"도움이 되지 않는 언니가 있으면 고생이야."

"어머어머…… 분위기를 너무 타는 거 아니니."

내가 필로리아를 가리키자 마모루가 쓴웃음을 지우며 답했다.

"날개에서 깃털을 뿌려 적의 자동 추적 무기의 궤도를 막아

줬어. 거기에 미 군으로 제작한 방어구를 조합해서 어떻겐가 선전할 수 있었거든. 최전선에 선 포울을 지키는 건 어려웠지만."

그 깃털, 마법 취급이었나. 무기에 속박되지 않는 편리한 공격 방법이로군.

이때 나타리아와 수룡이 다가왔다.

"……사태는 일각을 다투는 상황이 되었습니다. 조정자로서도 권속기의 용사로서도 피엔사는 들여놓아선 안 될 영역에 발을 디뎠다고 확신했습니다."

"활의 용사는 어떻지?"

"사정을 들어야 하는 건 마찬가지지만 처분을 피할 수 없겠죠. 피엔사 쪽에 붙었다면 그건 세계의 적이 되었다는 의미예요. 넘어서는 안 될 선이에요."

피엔사가 우세이긴 해도, 그건 신을 참칭하는 자가 암약하고 있기 때문일 뿐이다.

실트란에서 숨기고 있던 우리와 녀석들이 투입한 권속기의 용사는 입장상 거의 같다.

그러나 조금만 이야기를 해 보면 상황이 꽤 다른 것이 전해져 왔다.

우리의 경우는 원래 시대에 돌아가지 못해 실트란에 있을 뿐이니까.

성무기의 용사를 인질로 잡힌 것은 아니다.

"충분히 주의해야 한다. 이후의 싸움은 보다 격해질 터."

"그래요……."

수룡의 주의에 나타리아도 동의했다.

"이 싸움에 활의 용사가 나오지 않는 게 신경 쓰이는군."

"확실히 그러네요……. 뭐어, 이쪽으로서는 있는 쪽이 수고가 줄어들지만……."

"없는 것에는 의미가 있다, 는 건가."

마모루와 라프타리아의 이야기로는 구제 불능인 녀석은 아닌 것 같았고.

피엔사의 방침에 이의를 제기하고 유폐되거나 살해된다거나 했을 가능성도 있다.

……설마 피엔사도 그렇게까지 어리석은 선택을 했으리라고는 생각하고 싶지 않군.

군의 강화에도 필요할 테고.

만약…… 그 권속기들이 미래의 칠성무기여서, 군인의 강화를 대행한다고 쳐도 말이다.

나와 렌에게 각각 불가능한 강화가 있는 것처럼, 녀석들의 강화는 렌이 사용하는 강화가 반영되게 된다.

렌 쪽에 있는 강화 방법 중 동료에게 해 줄 수 있는 게 뭐지?

지팡이는 마법, 건틀릿은 스킬, 투척구는 금전을 사용해 다른 무기 강화의 한계치를 올린다.

도끼……의 강화가 육체 강화라는 듯하지만, 그 내용이 채찍 같은 것일 가능성은 높다.

애초에 신을 참칭하는 자가 관련되어 있다면 추가로 다른 세계의 녀석들을 데리고 있을지도 모르겠군.

목적은…… 우리가 정말로 신을 사냥하는 자와 관련되어 있는가를 확인하는 것이라든가.

내실을 탐색당하는 건 그리 좋은 기분이 아니로군.

"마모루 쪽이 간 조사는 어떻게 되었지?"

"피엔사 국내에도 신기술을 도입해 싸움을 유리하게 이끌고 있다고 선전하고 있을 뿐이었어. 조금 더 파고들어야만 해."

아직 거기까지는 조사하지 못한 참인가. 그것도 그렇게 시간이 들진 않겠지.

"함께 하고 싶은 건 빨리 마차의 권속기를 입수해서 검과 창의 세계 쪽으로 가는 것이로군."

인질로 잡혀 있다는 용사는 아마도 자신의 세계에 있으리라.

특례 처리가 허가되지 않는 한 성무기의 용사가 다른 세계로 건너가는 건 어렵다.

신을 참칭하는 자들이 억지로 끌고 갔을 가능성도 있으니까 인질이 된 용사의 구출은 계속할 필요가 있지만.

"흐음…… 렌이 파도의 소환에 맞추어 검의 세계에 갈 수 있다면 고생하지 않을 텐데 말이지."

"그렇지. 나도 가능하면 좋겠다고 계속 생각하고 있어."

렌이 검에 손을 얹고 답했다. 묘한 곳에서 융통성이 없다고 해야 할까.

심술인가? 성무기라는 건 어째서 이렇게나 우리 뜻대로 움직여 주지 않는 건지…….

"무기 때문에 추가로 문제가 생긴다면, 나와 렌이 이 세계에서 나갈 수 없는 상황도 예상할 수 있겠군."

이 시대의 용사는 마모루인데도 나까지 다른 세계로 이동하지 못한다거나 하면…… 아트라를 향해 방패 정령을 두들겨 패라고 명령해 주겠다.

……어째서인지 방패의 보석이 반짝반짝 빛난 것 같다.

방패의 정령이 아트라에게 맞아서 도움을 청한 것인지, 아트라가 승낙한 건지는 모르겠지만.

"파도가 일어나면 혼란한 틈에 슬쩍 갈 수 있을 가능성은 있지만……."

파도를 일으키고 있는 원흉이 핀포인트로 우리를 노리고 있는 지금 그런 게 허가되리라고는 생각하기 어렵다.

나라면 안 한다. 방법이 발견되면 파도를 일으켜서 처치하려 들지도 모르니까.

일부러 상대가 수단을 찾을 때까지 기다릴 생각도 없다.

"마모루, 필로리아. 피트리아에 관한 결심은 끝났어?"

"……."

내 질문에 필로리아가 얼굴을 붉히며 아래를 내려다보았다.

"낳은 것도 아닌데 딸이 생기다니……. 게다가 정말 잔혹한 사명을 멋대로 내리다니 필로리아는 인정하고 싶지 않아……. 하지만 피트리아가 진심으로 바란다면 받아들일게."

"일단 준비는 되어 있어."

호른이 용제의 핵석 같은 것을 꺼내 마모루에게 건넸다.

"본래는 마모루가 직접 만드는 걸 지켜보려고 했지만, 시간이 부족할 것 같아서 멋대로 만들어 버렸네."

"호른……."

"내─가 상상하는 범위에서 마모루와 필로리아의 사이에서 태어날 것 같은 아이의 요소를 담아 결정화한 거야."

"이런 것도 만들 수 있구나……."

이 녀석 완전히 만능 아닌가?

"용제의 계승 시스템과 나타리아가 가진 해머의 응용 기술이네. 애초에 혼이라 부를 정도의 것은 아니고 필로리아의 자립 진화를 촉진하는 가속약 같은 거야."

호른은 드래곤 최강에 이의를 제기하기 위해 드래곤도 제법 연구하고 있었던 듯하다.

즉, 이것저것 응용할 방법을 알고 있다는 건가…….

"나머지는…… 마차의 권속기 앞에서 의식을 해서 그 결정을 기동시키면 마차의 권속기와의 조절이 이루어져 제대로 소지자로 선택될 거야."

"그럼, 서둘러서 성지로 마차를 가지러 갈까. 시간이 아깝고."

그때 현기증이 일었다.

"나오후미, 괜찮아?"

"아, 문제 없어. 출혈이 심해서 체력이 돌아오지 않았을 뿐이야. 조금만 있으면 나아."

마을의 창고에서 루코르 열매를 꺼내서 잔뜩 먹고 있으니까.

나 한정으로 영양 만점, 어지간한 약보다 효과가 좋다.

"그다지 좋진 않지만……."

"나오후미 님, 너무 무리하시면 안 돼요."

"알고 있어. 이제 마차의 권속기만 가지러 가면 되잖아."

"예……."

"아무튼 실트란의 용각의 모래시계를 통해 키르를 회수해야겠지."

"키르 군, 열심히 노력했죠."

"그래……."

우리가 일단 키르를 데리러 가자, 치료를 받아 회복한 키르가 꼬리를 흔들며 우리에게 달려들었다.

"형! 그 뒤에 괜찮았어?"

할 수 없이 안아 주자, 키르는 내 얼굴을 한껏 핥기 시작했다.

완전히 개잖냐, 그 태도는.

"그래, 딱히 문제는 없어. 그것보다 키르, 네 쪽은 어떻지?"

"아직 몸 곳곳이 아프지만 움직일 수 있을 정도로는 회복했어."

"완전히 나은 게 아니면 무리하지 않는 게 좋은데?"

"이 정도로 쉬고 싶지 않아."

"이야기는 들었지만, 열심히 했군."

포울이 키르를 칭찬했다.

"포울 형, 수화하면 엄청나게 몸이 아파. 원래 이런 거야?"

"쉬운 건 아니지만, 그렇게까지 아픈가?"

여기서 호른이 키르를 조사하듯 질문을 던졌다.

"내— 추측으로는 그 정도까지 부하가 걸리진 않을 거야. 뭘 했지?"

"형에게서 힘을 빌렸어."

"정말 위험할 때를 극복하기 위한 저주의 방패가 떠올라서 말이지."

"그러면 상정한 이상의 부하가 걸리는 게 당연하겠군."

"하지만 엄청나게 힘이 넘쳤어! 그래도…… 싫은 기분도 엄청 들어서. 모두 밉다는 기분이 들었어. 그게 형의 비장의 수인 거구나."

키르도 라스 실드의 정신 오염을 맛보고 말았다는 건가.

키르 자신이 저주에 침범당하진 않았으니 다행이지만, 그만큼 반동이 큰 것일까.

"그 힘을 사용해서 오래 싸울 수 있게 된다면……."

키르가 기대하는 듯한 표정으로 나를 바라보았다.

"가능하면 다른 방법이 무난하겠지. 그것보다 괜찮았던 거야? '케르베로스'가 되지 못했는데."

한 번 변신할 수 있게 된다면 돌이킬 수 없다는 말을 들었는데도 키르는 수화를 해 버렸다.

"괜찮아. 그런 힘과 모습을 얻을 수 있다면……."

그다지 좋은 방법이 아니지만 말이지.

"정밀 검사를 해야 한다고 생각해. 반동으로 뭔가 문제가 생기지 않을지 조사하는 게 좋을 거야."

"겨우 실험의 위험성을 이해했어?"

라트가 이때라는 듯 호른에게 힐문했다.

"상정 이상의 출력을 낸 게 나빴던 거네."

"대공과 관련되면 그 정도는 상정해야만 하는 거야."

"억지를 쓰네."

"그쪽도 마찬가지잖아."

"아무튼 키르. 생명이 위험할 수도 있으니까 호른의 조사가 끝날 때까지 그 수는 쓰지 않는 방향으로 가자."

"……알았어. 더 튼튼해질래."

이번 일은 키르에게 충분히 배울 기회가 되었는지도 모르겠군.

제대로 성장해서 싸움의 의미를 이해했으면 좋겠다.

"정말이지…… 모두 너무 무리를 해요."

"라프타리아짱이 할 말이 아니야. 우리가 늘 생각하는 일인걸."

"확실히 그렇지. 이건 한 방 먹었는걸."

우리는 늘 무리를 해서 승리를 쟁취하고 있다.

키르가 우리를 보고 생각한 그대로겠지.

그런 이야기를 하면서 성지로 향했다.

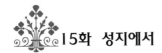 15화 성지에서

"어?"

성지 근처 마을에 있는 리저드맨들에게 사정을 이야기하고 마차의 소지자를 선택하는 의식을 하러 가는 도중.

호른이 가진 채찍의 권속기에 있는 보석이 반짝반짝 점멸하기 시작했다.

"뭘까?"

호른이 채찍을 손에 들고 고개를 갸웃거렸다.

뭔가 이상 사태가 일어났다고 경고라도 해 주는 걸까?

그렇게 생각하고 있는데, 갑자기 굉음과 함께 성지 쪽에서 흙먼지가 피어올랐다.

"저건……?!"

우리는 예사롭지 않은 기척을 느끼고 일제히 달려갔다.

"대체 뭐지?"

"저건 성지에 설치한 트랩이 작동한 거네."

"그런 게 있었나?"

"그래. 마차의 권속기 소지자의 허가 없이 저 문을 강제로 열려고 하면 발동하는 종류의 트랩이야."

나름 경비가 엄중했었군.

"피엔사의 잠입 부대가 또 있었다거나."

"그럴지도……. 하지만 활의 용사였다면 마차의 권속기도 트랩을 작동시키진 않았을 거야……. 불길한 예감이 드네."

이 상황에서 그 이외의 감각이 든다면 뭔지 궁금할 것 같구만.

우리는 서둘러 흙먼지가 피어오르는 곳에 도착했다.

"벌써 달려왔나."

그러자 흙먼지를 걷어내듯 바람이 일더니…… 파도를 일으키는 신을 참칭하는 자 중…… 개의 가면을 쓴 녀석이 파직파직하는 결계 같은 것을 펼치고 저항하는 마차의 권속기를 어떤 힘으로 띄우고 뛰쳐나왔다.

"그 나라가 노리는 것이 이 정도 물건이라는 건 알고 있었지만, 방비 자체는 이 정도인가."

달려온 우리를 향해, 신을 참칭하는 자는 그렇지 않느냐는 듯한 시선을 보냈다.

"그리고 토지도 중요한가……. 고대의 용사란 녀석은 이쪽을 방해하려고 묘한 장치를 해 두었군. 어느 쪽도 귀찮은 것이지만 이렇게 되면 할 수 없지."

"어이!"

렌이 반사적으로 제로의 검을 작동시켜 전투 자세를 취했다.

"이런, 아직 이쪽은 싸울 생각이 없다……. 보아하니 역시 그 정도 무기를 줘 봤자 대응하는 모양이군."

신을 참칭하는 자가 "교활한 놈들이다."라고 중얼거리고는, 마차의 권속기를 방패로 삼듯 떠올라 거리를 두었다.

"무슨 짓이지? 그 마차의 권속기를 어쩔 생각이냐?"

내 물음에, 신을 참칭하는 자는 증오스러운 시선을 보냈다.

"일부러 가르쳐 줄 필요가 있나? 신을 죽인 죄값을 치러라."

"뭐가 신을 죽인 죄냐. 쾌락 살인귀에게 대가를 치르게 했을 뿐이잖아."

"너희는 그렇게 자기가 정의라는 양 방해를 하는군."

아, 아직 우리 배후에 신을 사냥하는 자라는 녀석들이 있다고 생각하고 있군.

"이런 상황이니까 말해 두지. 이렇게 용사를 부려서 이쪽이 곤란해하는 걸 즐기는 네놈들도 마찬가지 아닌가!"

뭔가 묘한 착각을 하고 있는 것 같군.

아니……. 어쩌면 신을 사냥하는 녀석들도 비슷한 짓을 한다거나?

괜히 오해를 풀었다간 사이에 끼일 가능성이 높으니 쓸데없는 소리는 하지 않는 쪽이 무난할까.

"그것도 전보다 힘을 늘렸군. 쓸데없이 살기를 두르고……. 협박할 셈인가."

신을 참칭하는 자가 나를 노려보며 물었다.

살기는 전에 만났을 때부터 뿜고 있었다만, 늘어났다고?

잘 알 수 없는 이야기를 하기 시작했군.

뭐, 망치의 권속기의 강화가 판명되었으니 이전보다 강해진 건 확실하겠지만.

"너희 뒤에 있는 놈들도 이제 알았을 거다. 방관을 즐기고 있는 모양이니 이놈들이 끼어들지 못하도록 마차는 맡아 두겠다! 그리고 깨달아라! 이 세계에는 정복욕을 채우고 싶은 놈들이 널리고 널렸으니, 구할 가치는 없다는 걸!"

"그건 부정할 수 없군."

어느 시대라도 변함이 없구만! 이라고 진심으로 생각한다.

우리 시대에도 메르로마르크와 포브레이, 실트벨트 전부 정복욕이 넘쳤고, 마모루 일행의 시대도 나라의 인식은 그리 다르지 않다.

파도가 일어나 용사끼리 협력하자고 하는 상황에서도 뭉치지 못하는 게 좋은 증거다.

뭐…… 그래도 용사끼리의 전투는 가능한 한 피하려는 생각이 있으니까 우리 시대보다는 나은가.

우리 시대에선, 모토야스부터 시작해서 렌과 이츠키도 처음에는 서로를 밀어내야 할 상대로밖에 인식하지 않았으니까.

"나오후미 님!"

"하지만…… 우리는 그렇지 않은 녀석들을 위해 싸우고 있어."

그게 내 대답이다.

그래, 이건 틀림없다.

이세계에 와서 다양한 사람들을 만나고, 도움을 받으며…… 이끌어 낸 결론이다.

"그러니까 너희가 보다 곤란해할 짓을 얼마든 해 주지. 뭣 같다고는 생각하지만 싸운다는 건 그런 거니까 말이지."

전략이나 지략 같은 말로 자신을 정당화하는 녀석이 있지만, 근간은 이런 것이다.

그러나 그래서 지킬 수 있다면 얼마든지 오명을 뒤집어쓰겠다.

지킬 자도 없고, 다정하게 대해 주는 자도 없는 곳에서 누명을 뒤집어 쓴 게 아니다.

나는 이 세계에 와서 신뢰를 받고 지키고 싶다고 바라게 되었기에 어떻게 매도당하더라도 견딜 수 있다.

내가 지키고 싶은 자들을 상처 입히려는 놈들이 보내는 매도라면 기분 좋을 정도다.

"……기억해 둬. 똑같은 짓을 당할 각오가 없다면 처음부터 하지 마."

정말이지 그 가능성을 조금도 생각하지 않는 녀석이 너무 많다.

싸움에서는 조금이라도 대미지를 입지 않도록 움직이는 게 기본이지만, 동시에 최악의 가능성도 생각해 둬야만 하는 것이다.

그런 것도 없이 이길 생각만 하는 몽상가에게는 걸맞은 대가를 치르게 해 주겠다.

"……흥, 허세를 부리는 것도 그 정도로 해 둬라. 여전히 방관하려는 녀석들의 도움 따위 기대해 봤자 소용없으니까."

"도와줄 필요도 없을 만큼 너희가 과소평가되고 있다고는 조금도 생각하지 않나?"

허풍을 한층 더 키워 두자. 잡졸 상대로 진지하게 상대할 생각은 없다고 말이지.

"애초에 그렇게 여유를 부려도 되는 건가? 지금 항복해서 목숨을 구걸하는 것이 너희에게 도움이 되지 않을까?"

의미심장한 어조로 말해 봤다.

이 녀석도 파도에서 중계를 하고 있었던 것 같았고, 이 녀석이 파악할 수 없는 곳에서 신을 죽이는 자가 쳐들어와 시청자들을 학살하고 있을지도 모른다.

뭐가 있어도 이상하지 않은 놈들이다. 상대의 상상력을 부풀려 위협하는 데에는 오히려 좋다.

멋대로 불안해져서 겁을 먹어 주면 틈이 생길지도 모르고 말이지.

"하등한 열등 세계인 주제에 잘도 지껄이는구나!"

오? 도발이 먹혔나?

렌, 마모루와 호른에게 마차의 권속기를 탈환하도록 시선으로 신호를 보냈다.

그걸 파악한 렌이 가볍게 한 걸음 내디디려 할 때, 신을 참칭하는 자가 퍼뜩 정신을 차린 듯 개 마스크 아래에서 나를 죽일 듯한 시선을 보내더니 마차의 권속기를 높이 띄우고 날아올랐다.

되돌리려 해도…… 마차는 활의 권속이었나?

"마모루, 마차의 권속기에 용사로서 명해. 저항하는 힘을 늘려 줘."

전생자들이 권속기를 구속하고 있을 때와 구조는 같을 터다.

올바른 소지자라면 효과가 없겠으나, 저 상태로 올바른 소지자를 선정했다고는 할 수 없다.

그렇다면 마차에 명령하면 저항해서 해방할 수 있다.

"어, 어떻게 하는데?!"

……마모루는 모르는 건가. 이 시대에는 권속기를 강탈하는 전생자 같은 게 없었던 거겠지.

그럼 내가 대응할 수 있을까? 방패에 손을 얹……으려고 할 때 신을 참칭하는 자가 고속으로 움직였다.

"도발에 놀아날 생각은 없다. 네놈들이 이걸 원하는 건 안다. 그렇기에 벌로서 몰수한다. 그리고."

"꺄아──?!"

"끄에?!"

"에어스——!"

다급하게 방패를 꺼내려 했지만 시간을 맞추지 못했다.

신을 참칭하는 자가 잔상이 생길 정도의 속도로 우리에게 접근했다. 그리고 눈에도 보이지 않는 속도로 히요짱에 타고 있던 메르티의 멱살을 움켜쥐고 떠올랐다.

젠장······. 이제 조금 남았다 싶은 순간까지 몰아붙였는데 예상 못한 상대를 노려서 대처가 늦었다.

"이 녀석도 인질로 몰수한다!"

"메르티!"

"메르티 여왕!"

"메르티 폐하!"

그림자와 에클레르가 도약해서 붙잡으려 했으나 신을 참칭하는 자는 메르티를 붙잡고 상공으로 도망쳤다.

"으으으으······. 어라? 나 같은 게 인질로 가치가 있을까?"

멱살을 잡힌 메르티가 신음을 억누르며 도발했다.

"아아, 너면 돼. 소문이 나 있거든. 저 녀석들의 두뇌이자 엄청난 외교의 달인, 위험한 암여우라고 말이지."

암여우라니······. 어머니와 같은 별명이 붙었군.

"후······. 당신 같은 자에게도 그런 말을 들어서 참 영광이야."

메르티는 여왕의 관록을 드러내는 미소를 지으며 답했다.

진심으로 자랑스러운 듯하군.

암여우라는 호칭은, 메르티에게는 여왕과 가깝다는 뜻으로 받아들일 수 있나······.

본래의 꺼림칙한 의미가 아니기에 나도 불쾌하다곤 생각하지 않는다.

"하지만 내가 빠져도 우리 진영의 정치적 움직임은 둔해지지 않아. 대신할 사람은 얼마든지 있어."

"그게 정말인지 아닌지는 곧 알겠지. 네놈들은 전능한 우리 신을 분노하게 했으니까 말이다!"

"어머어머, 전능한 신인데 미래를 모르는 거야? 그거 웃기는 이야기네."

"뭐라고! 우롱할 셈이냐!"

"사실을 말했을 뿐이잖아? 전능하다면 인질을 잡을 것도 없어. 스스로 무능한 걸 보이고 있으니까 웃긴 거야."

한 발도 물러서지 않는 메르티의 그 모습은…… 여왕의 기품과 쓰레기의 굳건함을 떠올리게 했다.

"솔직히 말해. 죽고 싶지 않으니까 제발 그만둬! 죽이지 마! 이렇게 말이야! 그 정도로 나오후미와 실트란의…… 용사와 그 동료들이 당신들을 용서할 리 없겠지만!"

"큭……."

"나오후미가 자주 하던 말이 있어! 쏴도 되는 녀석은 자신도 맞을 각오가 있는 녀석뿐인 거야!"

"닥쳐라! 그 이상 지껄이면 목숨은 없어!"

신을 참칭하는 자는 마차의 권속기를 향해 메르티를 휙 던지고, 그대로 결계 안에 넣고는 날아올랐다.

응? 마차의 권속기의 보석이 빛나고 마차 형상이 변화하는

데…… 메르티를 마차 안에 넣었어?

"메르티를 어쩔 셈이냐!"

"닥치고 들어라. 네놈들 배후에 있는 놈들에게 전해. 동료를 돌려받고 싶다면 결계를 풀고 어서 손을 떼라고! 그러지 않으면 네 동료의 목숨은 물론이고 이 세계도 그냥 두진 않는다! 네놈들의 정의라는 게 어떤 건지 지켜보지!"

신을 참칭하는 자는 그렇게 말하곤 소리 높여 웃으면서 모습을 감추었다.

"제길……."

전광석화 같은 움직임으로 움직여서 마차의 권속기만이 아니라 메르티까지 빼앗겨 버렸다.

조금만 더 거리를 좁힐 수 있었다면 에어스트 실드를 꺼내거나 해서 메르티를 구할 수 있었을지도 모르는데.

"방패 용사님!"

"이와타니 님!"

그림자와 에클레르가 초조감에 힐문하듯, 그리고 어쩌면 좋을지 상담하는 목소리로 나를 불렀다.

"또 속도가 부족했어……. 조금 더 빨라진다면……."

"메르티 양이!"

"침착해. 저 녀석은 인질로 메르티를 데려갔어. 즉, 죽일 생각은 없다는 거야. 게다가 전생자처럼 하렘에 끼워 넣거나 하는 짓도 하지 않겠지."

"그런 짓을 하게 둘 것 같나! 메르티 여왕 폐하는 용사들과 마찬가지로, 어떻게든 지켜야만 하는 분이다!"

에클레르가 발끈했다.

"그렇소이다!"

"우선은 저 녀석이 어디로 갔는지를 조사하고, 어떻게 메르티를 구출할지 그 방법을 찾는 게 우선이야. 그림자, 네 역할은 뭐지?"

"조사와 밀정 임무외다. 하지만 어디로 조사하러 가면 되는 것이오! 이동 스킬을 가진 용사들과 마찬가지로 소인으 쫓아갈 수가 없소이다!"

"그건 어느 정도 괜찮을 것 같네."

호른이 채찍의 보석을 가리키며 답했다.

어렴풋하게…… 보석이 빛을 내고 있는 듯하다.

"아마도 마차의 권속기가 우리―에게 있는 곳을 알려주고 있는 것 같네."

"이 빛을 따라가면 되는 것이오이까?"

"그렇겠네. 그렇긴 해도……."

호른이 가진 채찍의 권속기가 가리키는 곳을 보았다.

곧바로 실트란 방향……이 아니로군.

그 너머를 가리키는 것이라는 정도는 나도 알 수 있다.

가리키는 곳은…… 말할 것도 없겠지.

신을 참칭하는 자가 암약하고 있는 나라인 피엔사가 틀림없다.

"메르티 여왕 폐하……."

"어떻게 탈환해야 하겠소이까?"

"아무래도 신을 참칭하는 자들은 우리 배후에 있는 존재가 녀석들에게 불편한 결계 같은 무언가를 만들고 있다고 착각하고 있는 것 같군. 이전에 싸웠을 때도 우리를 탐색할 수 없다거나 하는 소리를 했었고, 아마도 0의 무기의 기능이나 뭔가가 영향을 주는 거라고 봐도 되겠지."

물리적인지 정신적인 것인지는 불명이지만.

힘 싸움이 아니라 변칙적인 수를 써 왔다. 우리와 정면에서 싸우는 건 피하고 싶을 터.

그러니 도망칠 곳 없이 우리와 싸워야 하는 상황에 빠뜨리면 승기는 있다.

"그 마차, 역시 사태를 무겁게 본 건지 메르티를 지키기 위해 모습을 바꾸고 있었어. 저걸로 지켜질지 어떨지는 모르지만, 그래도 권속기야. 어떻게든 해 주길 빌자. 그걸로 안 된다면 할 수 없지……. 포기할 생각은 없지만."

게다가 마차의 권속기가 있는 곳을 알려주고 있다.

방법은 있는 것이다. 여기에서 포기할 수는 없다.

"그렇다면 메르티를 탈환해서 마차의 권속기를 입수해 정면에서 처치하면 되는 거야. 다양한 의미로 피엔사는 본격적으로 세계에서 지워져야 하겠군."

용사가 이만큼 모였다. 저쪽에도 용사가 있지만 알 바 아니다.

우리는 지금까지 어떤 역풍도 극복해 왔다.

메르티가 인질로 잡혀 있으니까 양보…… 같은 걸 했다간 메르티에게 살해당할 거다.

그때, 하늘에서 거대한 그림자가 느릿하게 날갯짓 소리를 내며 내려왔다.

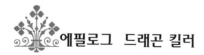 ## 에필로그 드래곤 킬러

확인해 보자 커다란 서양 드래곤이었다. 우리가 피엔사 녀석들과 조우했을 때도 보였던 녀석이다.

뭐지? 선발대로 습격하러 왔나?

"……싸울 생각은 없다. 실트란의 용사님들과 조정자와 수호룡 님."

펄럭 펄럭 날갯짓을 하며 착지한 드래곤은 그렇게 말하며 조용히 고개를 숙였다.

그리고 서서히 모습을 인간 모습 여자로 바꾸어 갔다.

"너는…… 그 녀석이로군."

"호른 님도 오래간만이로군."

"가능하면 만나고 싶지 않았지만. 지금 와서 무슨 용건이야?"

호른이 껄끄러워하는 표정으로 인간화한 드래곤을 향해 말을 뱉었다.

내가 말없이 드래곤을 가리키자 호른이 미간을 찌푸리며 답했다.

"피엔사의…… 활의 용사가 키운 드래곤……. 용제야."

"정확히는 호른 님에게 부분적으로 개조를 받은 개체라고 말하는 것이 옳다."

"꽤 저자세네. 내―가 피엔사를 떠날 때 네가 뭐라고 했는지 잊었다고는 말할 수 없을 텐데."

"……드래곤이 최강의 마물이라는 사실을 부정할 생각은 없다. 지금은 그것과 다른 문제임을 호른 님도 알 텐데?"

"내가 아는 용제처럼 거들먹대는 태도가 아니군."

이 녀석, 정말로 용제인가?

타쿠토 주변에 있던 용제 같아서 싫은데.

"……드래곤의 자긍심은 있지. 내가 이곳까지 와 준 것이니까, 하다못해 이야기 정도는 들어 봐도 좋지 않겠느냐."

음……. 최약의 용제 같은 소리를 하는 녀석이군.

"게다가…… 귀공에게는 관대한 태도로 접하고 싶은 마음이……."

어째서인지 피엔사의 용제가 내 쪽을…… 뺨을 붉히며 보고 있다.

뭐지? 어쩐지 마룡처럼 굉장히 안 좋은 감각이 등골을 스쳐 갔는데.

"음…… 확실히 이 몸도 이 방패의 용사와는 좋은 관계를 맺고 싶다고 생각한다. 이 녀석은 공격력이 없으니까 역린을 만져 주면 기분이 좋거든."

여기서 수룡이 영문 모를 지원 사격을 해 주었다.

"뭐라고……. 꼭 만져 봐 주었으면 좋겠군."

"그러고 보니 가엘리온도 그랬어. 방패 용사가 역린을 만져 주면 굉장히 기쁘다고."

윈디아까지 동의하고 있다.

그러고 보니 가엘리온은 나에게 묘할 정도로 몸을 비벼댔지.

가엘리온 녀석, 내게 성감대를 비벼대며 기뻐하고 있었던 건 아니겠지?

그래서 나에게 친밀해진 거라면 더더욱 가까이할 수 없다.

마룡은…… 아니, 그 녀석은 대놓고 나에게 호의를 드러내고 있으니 그런 태도는 아니었을 터.

"아…… 다른 의미로 드래곤 킬러 체질이었나요. 드래곤에게 사랑받을 줄은."

"아니, 나―와 자손의 앙케트에 의하면 마물 대부분에게 사랑 받고 있었어. 그리고 마모루보다도 마물과의 조우율이 높았지."

나타리아의 추측에 호른이 정체 모를 연구 결과로 보충했다.

웃기지 마! 무슨 추리를 하고 있는 거야!

"활의 용사님이 마물에게 사랑받는 특수 능력을 갖고 있는 게 아니냐고 말씀하셨었죠."

"라프타리아, 너까지 이 이야기에 편승할 셈이냐?"

"아인과 수인에게 사랑받는 것도 사실은 그 때문이라든가?"

"나오후미……. 인간 이외에게 사랑받고 있구나."

렌이 나에게 동정하는 시선을 보냈다.

"……다 내던지고 여기서 도망쳐도 되나?"

"저어…… 나오후미 님이 현실 도피를 하시려고 해요. 이야기가 탈선하고 있고, 메르티 양을 걱정하지 않아도 되나요?"

"그렇지. 내 사정보다도 메르티가 먼저다."

정말로 내 문제 같은 건 아무래도 좋다.

최근 어째서인지 드래곤 상대로 영문 모를 인기가 있는 것 같지만, 내게 드래곤 애호 취미는 없다.

내 바람은 무수한 라프짱과 라프 종들에게 둘러싸인 방에서 맘껏 잠드는 거니까 말이지.

"나오후미 님, 겨우 화제를 피했는데 이상한 표정을 짓지 말아 주세요."

소름이 돋은 라프타리아가 주의를 주었다.

역시 내 생각을 읽는 감도가 강화되어 있군. 확신했다.

"……그 적이 암약하고 있는 듯한 피엔사의 용제가 우리에게 무슨 용건이지?"

"그렇지. 그럼…… 단도직입적으로 말하면 부디 우리 나라 피엔사의 폭주를 멈추고 나의 주인, 활의 용사를 구출해 주었으면 한다."

"구출이라고?"

아까도 화제에 나왔었지만 이번 사건에서 전혀 모습을 드러내지 않는 활의 용사.

어느 시대에도 활의 용사는 방패 용사와 사이가 나쁘다고 생각되고 있었다.

하지만 라프타리아의 말로는 대화에 귀를 기울일 정도의 시야는 갖고 있는 듯했는데.

피엔사에 포섭되어 있어서 돌아설 수 없다고도 들었다.

"아까까지 있던 도주 방해 결계를 펼친 건에 대해서는 사과하겠다. 그러지 않으면 주인의 목숨이 위험했다."

"그는 지금 어떤 상태지?"

마모루가 피엔사의 용자를 향해 물었다.

"……당신들이 신을 참칭하는 자를 쓰러뜨린 사실이 명확해진 후 화를 내던 피엔사의 왕족이 갑자기 들떠서는 세계 통치를 주장했다. 그때는 현실 도피를 하고 있는 건가 생각했다."

피엔사의 용제는 담담하게 이야기를 시작했다.

처음에 피엔사의 왕족은 생각대로 세계 지배가 되지 않아 현실이 보이지 않게 되어 있었다.

국민을 포함해 활의 용사 일파도 같은 판단을 내리고 있었다.

그러던 어느 날, 피엔사에게 수수께끼의 인물과 함께 이세계의 권속기를 가진 용사들이 힘을 빌려주겠다며 나타났다. 실트란으로 돌아서려 한 나라들에 수수께끼의 치료 불가 무기를 사용해 침략을 개시했다.

역시 활의 용사도 이상하다고 생각해 왕족에게 이의를 제기하자, 활의 용사에게 소중한 자들이 인질로 붙잡힌 모양이다.

게다가 활의 용사도 함께 투옥되었다나.

그렇게 해서 주인이 꼭두각시가 되고 만 피엔사의 용제도 협력을 거부할 수 없게 되고 만 모양이다.

물론 배후에 있는 존재는…… 확신하고 있다.

"지금 우리에게 접촉해도 되나?"

"위험하다고는 생각하지만…… 주인도 같은 명령을 내리리라 판단하고 있다. 이 세계를 소중히 생각하는 마음은 같으니까."

오오, 멋진 대답인걸.

적어도 우리의 경우는 '잘 아는 게임 세계에 왔다! 신난다!' 는 녀석투성이였다.

지금은…… 뭐, 이 세계를 위해 필사적으로 싸우고 있지만.

렌은 말할 것도 없이 속죄를 위해서.

이츠키는 리시아의 정의를 지키기 위해.

모토야스는…… 필로를 위해서인가?

나는…… 정했었지. 라프타리아와 모두를 위해 세계를 지키고 싶다고.

그런 상황에서 신을 참칭하는 자와 나라에 인질을 잡히고, 세계의 적에게 대항할 수단을 가진 상대를 죽이도록 강요당하는 상황…… 버틸 수 있을 리가 없다.

위험은 각오하고서 도움을 요청하는 건가.

"우리 동료가 방금 유괴당했는데, 네가 그걸 구출하도록 도와줄 수 있겠지?"

"협력할 수 있는 범위에서 하겠다. 그러려고 말을 걸었으니."

"호오……."

"아무래도 신을 참칭하는 자들은 당신들을 찾아내지 못하는 듯하다. 즉, 나도 너희에게 협력하면 녀석들의 눈을 속일 수 있다."

이건…… 아마도 0의 무기의 힘이 결계 같은 역할을 해서 신을 참칭하는 자들이 탐지하지 못하는 거겠군.

피엔사의 용제는 나에게 머리를 숙였다.

"용제로서 귀공을 보면 두려움과 따르고 싶은 본능이 자극된다. 이런 감정은 처음이다."

그러고 보니 0의 무기는 불로불사의 존재에게 효과를 발휘하고, 드래곤을 위압하는 효과도 있었지.

이 시대에 오기 전에 가엘리온이 내게서 거리를 두었던 게 생각났다.

아까 역린에 관한 이야기를 했지만, 드래곤은 무서운데도 이끌리는 뭔가를 느끼는 것인지도 모르겠다.

······0의 영역이라는 기능이 관련되어 있나?

수룡도 제로라고 붙은 마법을 영창한 후에 묘한 살기를 느꼈다고 말했었고.

"협력할 수 있는 범위라고 말했는데, 그건 어디까지지?"

"피엔사의 왕성에 들어가기 위한 비밀 통로······. 도중의 경비 정보, 그 모두를 제공하지. 적이 눈치챈다면 전투 시에도 힘을 빌려주겠다. 귀공의······ 그 힘의 말단에 접속할 수 있다면······ 보다, 강해질······ 수 있다."

"라프~."

피엔사의 용제가 멍하니 내게 손을 뻗으려 할 때 라프짱이 내 어깨에서 뛰어 피엔사의 용제의 얼굴을 꼬리로 가볍게 때렸다.

"나는 지금······ 무엇을······?"

"어쩐지 멍하니 내게 손을 뻗으려고 했어. 붙잡으려고 한 건 아니겠지?"

용제라면 마룡처럼 용사를 포섭해서 힘으로 삼는다거나 하는 짓을 할 수 있을 테니까 말이지.

"그런 생각은 조금도 없다!"

라프짱도 그런 경계를 하고 있었는지도 모르겠다.

"말단이라…… 확실히 있군."

이번에는 수룡이 내게 접근했다.

"라프!"

역시 멍한 눈으로 내게 다가왔기에 라프짱에게 때리게 했다.

"윽……. 갑자기 저항하기 어려운 유혹이 밀려왔다. 누구냐, 그런 걸 넣어 둔 녀석은."

『이 몸♪』

슬쩍 자랑스러운 듯한 목소리가 들렸다……. 지금 마음속에서부터 살의가 솟구쳤다고.

내게 대체 뭘 넣어 둔 거냐.

네놈이냐! 네놈 탓에 드래곤 킬러(성적인 의미로)라고 인식되는 거냐?

다음에 만나면 가만두지 않겠다.

애초에 그래도 되는 거냐? 너 말고 다른 드래곤이 나를 덮치려고 든다고!

아무리 매도해도 마룡의 유사 인격은 대답하지 않는다.

일정 단어와 마법 관련이 아니면 반응하지 않으니까 어쩔 수 없다고는 생각하지만, 귀찮다!

"범인은 마룡이란 녀석으로…… 내게 묘한 수를 써서 분노와 접속할 수 있게 한 것 같아."

빰에 손을 대며 모두에게 설명했다.

"어……. 즉, 나오후미 님에게 힘을 빌리면 드래곤은…… 마룡 같은 힘을?"

"가질 수 있는 모양이야. 키르의 경우도 부산물일까."

"상당한 고위 드래곤이 아니라면 역으로 먹혀 버릴 게다. 그 정도까지 묘한…… 저주의 힘을 방패 용사에게서 느낀다."

내 분노가…… 힘을 바라는 본능이기도 한 것이 드래곤을 끌리게 하는 것이리라.

어쨌든 수룡과 피엔사의 용제를 더욱 강화할 수 있단 말이군.

"부디 협력해 주지 않겠나? 주인을 도와준다면 어떤 부탁도…… 보물도, 내 몸과 마음이라도 제공하겠다."

"무슨 말을 하는 건가요?"

라프타리아가 불온한 기적을 느끼고 차단한다.

"내 소유물이 되고 싶다고 말하는 것처럼 들렸다만."

"……."

어이. 부정하라고.

"여, 연인 강탈?"

"재미있는 상황이네. 꼭 조사해 보고 싶어. 활의 용사에게 꼴 좋다고 말해줄 수 있을 것 같잖아."

여기서 마모루가 얼토당토않은 소리를 지껄이고, 호른이 호기심에 가득한 시선을 보내기 시작했다.

"재미있지 않아. 내게 이런 짓을 한 놈이 나쁜 거다."

"나오후미 님, 피엔사의 활의 용사가 알게 되면 라르크 씨처럼 되어 버릴 거예요."

싫은 예시를 들지 마라.

그건 내가 악의를 갖고 한 일이 아니잖아.

테리스가 멋대로 이상해졌을 뿐이다.

지금도 마룡이 수수께끼의 페로몬을 장치한 탓이다.

"사랑은 공포와 흡사한 감정이라고 들었다……. 그대의 기운도 있기에 드래곤을 끌어들이는 것이 틀림없다."

수룡이 묘한 소리를 했다.

"세계에 사랑받는 용사라……. 큭큭큭, 그것 역시 재미있군."

재미없다. 필로리아, 적당히 입 다물어.

그 뒤에서 나를 보면서 웃는 언니도 입 열지 마.

"아무튼 이걸 해제할 수는 없나?"

이 오토 드래곤 킬러를 해제하지 않고서는 내 마음이 편할 날이 없다.

"흠……. 이 몸이 접속해서 조작한다면 어느 정도는 문제가 없어질지도 모른다."

"기다려. 그거라면 내가. 수호룡이 권력을 가지고 개입할 문제인가? 내가 더 많은 힘을 끌어낼 수 있다."

"무슨 헛소리를……."

수룡과 피엔사의 용제가 찌릿한 눈빛으로 다툼을 시작했다.

"수룡에게 사랑받아서 좋겠네요. 저도 이런 그를 보는 건 처음이에요."

"다프~."

나타리아와 다프짱이 뭔가 의기양양해하는 표정으로 말했다.

약점이라도 잡았다는 생각인가?

"아무튼…… 조정자의 드래곤 쪽이 신용할 수 있을 것 같으니까 그쪽."

"좋아! 이 몸의 덕이 승리했다!"

뭐가 덕이냐. 정말이지 드래곤은 내가 시큰둥한 반응만 하게 만드는군!

"그럴 수가……."

피엔사의 용제가 원통한 눈으로 나를 보았다.

안됐지만 나는 여자의 그런 눈에서 아무것도 느끼지 않는다. 오히려 불쾌하다.

"그렇게 보지 마. 나는 그런 표정을 짓는 녀석이 정말 싫어."

"그래, 나도 싫군."

나와 렌이 나란히 피엔사의 용제에게 말했다.

윗치가 애교를 부릴 때의 눈으로 보여서 불쾌하다.

여기서 윈디아가 경쾌하게 피엔사의 용제의 손을 붙잡고 말을 걸었다.

윈디아, 너는 드래곤이라면 아무라도 상관없는 거냐?

뭐, 아군이 되어 준다고 해서겠지만 경계심을 가지라고.

"방패 용사의 마음에 들고 싶어?"

피엔사의 용제는 조용히 고개를 끄덕였다.

"그럼 너무 아양을 떠는 모습을 보이지 않는 게 좋을걸? 내 드래곤인 가엘리온도 방패 용사에게 미움받시 않으려고 이것저것 연구하고 있었으니까 가르쳐 줄게."

"윈디아? 저기, 나오후미에게 폐가 되고, 용제라고 해서 편하게 생각하는 건 좋지 않아."

렌이 윈디아에게 달려가서 당황한 듯 설교하려 했다.

"그런 거야 내 마음이잖아."

윈디아는 알 바 아니라는 태도였지만.

"수룡, 빨리 나를 치료해."

"음."

그렇게 해서 수룡이 내 방패의 무언가를 조작하기 시작했다.

수룡의 비늘이 사악 하고 약간 검게 빛나게 되었다.

"오오……. 이건 확실히 굉장하군……."

"아, 기운이 약간 약해졌어."

피엔사의 용제가 눈치를 채고 수룡을 부럽다는 듯 바라보았다.

"노력해서 마음에 들도록 하면 되는 거야. 앞으로의 싸움에서 힘이 필요할 테니까 기회는 있어."

윈디아의 호의적인 격려에 위화감만 든다.

그거야 이 녀석은 드래곤을 좋아해서 가엘리온을 엄청 아끼고 있지만.

……가엘리온이 없으니까 드래곤에게 굶주려 있었나?

수룡으로 참으라고.

"흐음……. 이 힘을 라프짱들 쪽으로 돌리고 싶은데."

"라프~? 라프라프~."

아, 그러고 보면 라프짱들은 분노의 방패를 사용한 경우의 억제기가 되어 주었었지.

일단은 연결되어 있어도 힘으로 변환할 수 없는지도 모르겠다.

"나도 가능하게 되고 싶네."

"불길한 소리를 하지 말아 주세요."

"아무튼 간에. 피엔사의 용제, 네 주인을 구출하든 어쩌든 간에 말이다……. 내 동료인 메르티를 유괴한 녀석에게 손을 빌려준 피엔사의 죄는 무거워."

내 말에 그곳에 있던 모두가 수긍했다.

"알고 있다. 이미 피엔사에 대의란 없다. 이 세계를 팔아 넘기려는 피엔사의 왕족은 사라지는 게 세계에 도움이 된다."

좋아, 내통자의 협력을 얻었군.

우선은 메르티와 활의 용사를 구하는 거다.

하지만…… 메르티를 구한다니 어째 공주님을 구하는 시추에이션이로군.

그 녀석은 이미 여왕이지만.

"나라를 뒤집을 시간이다. 신을 사냥하는 용사가 세계의 적과 손을 잡은 피엔사를 숙청해 주지!"

"아, 그 말 좋네! 크크크……. 다크 브레이브 일행도 힘을 빌려주지! 응? 마모루!"

필로리아가 마모루에게 그렇게 말하며 미소를 지었다.

"그래……. 이제 참는 것도 한계야. 활의 용사도 걱정되고, 이번에야말로 이 싸움에 종지부를 찍어 주자!"

마모루 일행도 충분히 의욕이 있는 듯하다.

"뭔가……. 쿠텐로에 들어갔을 때가 생각나네요……. 나오후미 님에게 낚여서 모두 의욕이 넘쳤어요."

"헤에, 이런 느낌이었어?"

퇴치할 대상이었던 쿠텐로의 왕 루프트가 어두운 분위기를 풍기며 말했다.

"그렇지. 그때도 이런 느낌이었어. 그때보다도…… 사기가 높은 것 같지만."

메르티의 인망이 굉장하다.

내가 유괴되어도 이렇게는 생각하지 않겠지.

'싸우지는 못해도 살해당하지도 않을 거야!'라며 태평해 할 것 같다.

"지금이야말로 직접 맛보게 해 줘야겠지!"

미래로 돌아가는 것도 중요하지만 지금은 그럴 때가 아니다.

어차피 마차의 권속기는 필요하고, 검과 창의 세계에 가야만 한다.

꼭 탈환해서 저쪽 용사도 구하고, 신을 참칭하는 자에게 대가를 치르게 해 주겠다.

우리는 이렇게 명확한 의지를 가지고, 전쟁을 시작했다.

(계속)

방패 용사 성공담 22

2020년 05월 25일 제1판 인쇄
2020년 06월 01일 제1판 발행

지음 아네코 유사기 | **일러스트** 미나미 세이라

옮김 김동수

발행 영상출판미디어(주)
등록번호 제 2002-000003호
주소 21311 인천광역시 부평구 평천로 132 (청천동)
전화 032-505-2973(代) | FAX 032-505-2982

ISBN 979-11-6524-506-1
ISBN 979-11-319-0033-8 (세트)

TATE NO YUSHA NO NARIAGARI Vol. 22
ⓒAneko Yusagi 2019
First published in Japan in 2019 by KADOKAWA CORPORATION, Tokyo.
Korean translation rights arranged with KADOKAWA CORPORATION, Tokyo.

● ● ●
영상출판미디어(주)

아네코 유사기
작품리스트

◆

**영상출판
미디어㈜**

트랜드를 이끄는 고품격 장르소설

방어력에 올인한 결과는…… 최강 캐릭터 탄생?!
2020년 1월 애니메이션 방영! 핵폭탄급 뉴비의 최강 플레이 스토리!!

아픈 건 싫으니까
방어력에 올인하려고 합니다
1~6

게임 지식이 부족해서 스테이터스 포인트를 모조리 VIT(방어력)에 투자한 메이플.
움직임도 굼뜨고, 마법도 못 쓰고, 급기야 토끼한테도 희롱당하는 지경.
어라? 근데 하나도 안 아프네……. 그 이전에, 대미지 제로?
스테이터스를 방어력에 올인한 탓에 입수한 스킬 【절대방어】.
추가로 일격필살의 카운터 스킬까지 터득하는데──?!
온갖 공격을 무효화하고, 치사급 맹독 스킬로 적을 유린해 나가는 『이동형 요새』 뉴비가
자신이 얼마나 이상한지도 모르고 나갑니다!

유우미칸 지음 / 코인 일러스트

영상출판
미디어(주)

최강 마법사의 은둔계획

1~6

마물의 위협이 끊이질 않는 세계. 타고난 재능 탓에 어린 시절부터
최전선에서 목숨을 걸고 싸운 소년 아르스 레긴은 세계 최강 마법사의 상징인
랭킹 1위의 자리에 오르고 10년 동안의 군 생활을 마치길 희망한다.
그러나 최강의 전력을 놓칠 수 없는는 국가는 퇴역 대신에 마법학원 입학을 권하는데———.

파란이 멈추지는 않는 학교 생활, 미소녀 마법사들의 육성까지,
이제 그만 평온을 바라는 세계 최강의 영웅담이 새로이 시작된다!

이즈시로 지음 / 미유키 루리아 일러스트

영상출판
미디어(주)

방패 용사 성공담 클래스 업
공식 설정 자료집

애니메이션도 흥한 인기 이세계 판타지 「방패 용사 성공담」
이세계에 방패 용사로 소환되고, 소환된 나라 메르로마르크에사 누명을 쓰고,
고생 끝에 모든 박해를 떨쳐내고, 마침내 파도를 넘어 또 다른 세계로 넘어가는 여정까지.

원작 기준 1~9권의 각종 설정과 서적으로는 나오지 않았던 각종 오리지널 단편들이 총집합!
'방패 용사'의 팬이라면 놓칠 수 없는 팬북이 여기에!

아네코 유사기 지음 / 미나미 세이라 일러스트

영상출판
미디어㈜